SEM JULGAMENTOS

Obras da autora publicadas pela Editora Record

Avalon High
Avalon High – A coroação: a profecia de Merlin
Cabeça de vento
Sendo Nikki
Na passarela
Como ser popular
Ela foi até o fim
A garota americana
Quase pronta
O garoto da casa ao lado
Garoto encontra garota
A noiva é tamanho 42
Todo garoto tem
Ídolo teen
Pegando fogo!
A rainha da fofoca
A rainha da fofoca em Nova York
A rainha da fofoca: fisgada
Sorte ou azar?
Tamanho 42 não é gorda
Tamanho 44 também não é gorda
Tamanho não importa
Tamanho 42 e pronta para arrasar
Liberte meu coração
Insaciável
Mordida
Sem julgamentos

***Série* A Mediadora**
A terra das sombras
O arcano nove
Reunião
A hora mais sombria
Assombrado
Crepúsculo

***Série* O Diário da Princesa**
O diário da princesa
Princesa sob os refletores
Princesa apaixonada
Princesa à espera
Princesa de rosa-shocking
Princesa em treinamento
Princesa na balada
Princesa no limite
Princesa Mia
Princesa para sempre
O casamento da princesa
Lições de princesa
O presente da princesa

***Série* As leis de Allie Finkle para meninas**
Dia da mudança
A garota nova
Melhores amigas para sempre?
Medo de palco
Garotas, glitter e a grande fraude
De volta ao presente

***Série* Desaparecidos**
Quando cai o raio
Codinome Cassandra
Esconderijo perfeito
Santuário

***Série* Abandono**
Abandono
Inferno
Despertar

MEG CABOT

SEM JULGAMENTOS

Tradução de
Carolina Simmer

1ª edição

EDITORA RECORD
RIO DE JANEIRO • SÃO PAULO
2021

EDITORA-EXECUTIVA
Renata Pettengill

SUBGERENTE EDITORIAL
Mariana Ferreira

ASSISTENTE EDITORIAL
Pedro de Lima

AUXILIAR EDITORIAL
Júlia Moreira
Juliana Brandt

COPIDESQUE
Helena Coutinho

REVISÃO
Renato Carvalho
Cristina Freixinho

CAPA
Letícia Quintilhano

DIAGRAMAÇÃO
Abreu's System

TÍTULO ORIGINAL
No Judgments

CIP-BRASIL. CATALOGAÇÃO NA PUBLICAÇÃO
SINDICATO NACIONAL DOS EDITORES DE LIVROS, RJ

C116s

Cabot, Meg, 1967-
Sem julgamentos / Meg Cabot; tradução de Carolina Simmer. – 1. ed. – Rio de Janeiro: Record, 2021.
; 23 cm.

Tradução de: No Judgments
ISBN 978-65-55-87347-4

1. Romance americano. I. Simmer, Carolina. II. Título.

21-73117 CDD: 813
CDU: 82-31(73)

Meri Gleice Rodrigues de Souza – Bibliotecária – CRB-7/6439

Texto revisado segundo o novo Acordo Ortográfico da Língua Portuguesa.

Impresso no Brasil

ISBN 978-65-55-87347-4

Em memória de Kady Elkins, Marilyn Furman e Maureen Venti, amantes inveteradas dos livros e da natureza, que partiram deste mundo cedo demais.

CAPÍTULO 1

Hora: 8h18
Temperatura: 27°C
Velocidade do vento: 9km/h
Rajadas: 0km/h
Chuva: 0mm

O furacão estava a mil e quinhentos quilômetros da costa quando meu ex-namorado ligou, me oferecendo carona para um lugar seguro em seu jatinho particular.

— Não, obrigada — falei, apertando meu celular entre o ombro e a orelha enquanto limpava o balcão de fórmica sujo de geleia. — É muito legal da sua parte oferecer, mas não vou sair daqui.

— Sabrina — disse Caleb. — Tem um furacão de categoria cinco indo na sua direção.

— Ele não está vindo na minha direção. Ele vai pra Miami.

— A Ilha de Little Bridge fica duzentos e quarenta quilômetros ao sul de Miami. — Caleb parecia aborrecido. — A tempestade pode mudar de direção num piscar de olhos. É por isso que a trajetória dos furacões é chamada de cone de incerteza.

Ele não estava me contando nenhuma novidade. Mas já era de esperar que Caleb sentiria necessidade de me explicar um fenômeno climático.

— Obrigada pela sua preocupação — rebati, friamente. — Mas prefiro correr esse risco.

— Você prefere correr o risco de morrer? Você realmente me odeia tanto assim?

Essa era uma boa pergunta. Caleb Foley tinha pontos positivos: assim como eu, ele adorava arte. A família dele era dona de uma das maiores coleções particulares de obras impressionistas do século XIX da América do Norte.

Ele também era ótimo na cama, era sempre educado e esperava para gozar só depois de mim.

Porém, quando mais precisei de seu apoio — e com certeza não era hoje —, o que ele fez?

Sumiu.

E, agora, só porque um furacão poderia passar de raspão pela ilhazinha para onde fugi a fim de remendar meu coração partido, ele achava que bastaria um passeio no seu jatinho Gulfstream para fazermos as pazes?

Sinto muito. Agora é tarde demais.

— Muito legal da sua parte oferecer isso. — Ignorei a pergunta dele. — Mas, como eu disse, não vou sair daqui.

Cogitei contar o verdadeiro motivo. Gary, que havia se tornado uma parte essencial da minha vida, não estava em condições de viajar no momento.

Mas que diferença isso poderia fazer? Eu sabia o que Caleb diria sobre Gary. Ele não entenderia.

Era meio estranho não contar algo tão importante para alguém com quem eu já havia compartilhado todos os detalhes da minha vida.

Mas também era a coisa certa a fazer.

— Além do mais — preferi acrescentar —, ninguém daqui vai embora.

Era verdade. Em vez de entrar em pânico e sair correndo, jogando todas as suas tralhas dentro dos carros, do jeito que sempre imaginei que as pessoas faziam quando um furacão se aproximava, boa parte dos quatro mil e setecentos habitantes da

Ilha de Little Bridge parecia não ter se abalado com a notícia. A cafeteria na qual eu trabalhava continuava lotada como sempre durante o café da manhã, e, apesar de muita gente comentar sobre a tempestade, os fregueses não aparentavam nervosismo, apenas um pouco de irritação…

Esse era o caso de Drew Hartwell, que, ao celular, informava a um cliente que não restauraria o caixilho de uma janela centenária tão cedo.

— Porque tem um furacão vindo — disse Drew, parecendo meio impaciente enquanto colocava pimenta na sua tortilha —, e o revestimento não vai secar antes da tempestade chegar. É por isso. Se você acha legal ter um banheiro inundado com água da chuva, a escolha é sua, mas, no seu lugar, eu esperaria o tempo melhorar.

Normalmente, eu não tinha o hábito de prestar atenção nas conversas dos clientes, mas, normalmente, Drew Hartwell não usava o celular na cafeteria. Ele sempre seguia as regras que Ed, o gerente e dono do Sereia, listara ao lado do caixa:

SEM SAPATOS, SEM CAMISA, SEM PROBLEMA.
VAI USAR O CELULAR? CAI FORA.

Uma pessoa que nem sempre seguia as regras? Eu. Pelo menos a última, de toda forma.

— Beckham! — gritou Ed para mim, de trás do balcão. Eu me virei e dei de cara com seu olhar indignado. Ele apontou com o dedão para o meu celular e depois para a porta de vidro. — Já que é tão importante, você pode ir falar lá fora. — Irritado, ele se virou para Drew, que, apesar de ser seu sobrinho, era tratado como qualquer outro freguês. — Você também.

Drew ergueu a mão calejada, concordando com a cabeça enquanto deslizava do banco de vinil laranja diante do balcão e seguia para a porta, o celular ainda agarrado ao queixo.

— Escuta — disse ele para a pessoa do outro lado da linha. — Eu entendo. Mas a janela já vai estar fechada com tábuas. Então não tem nenhum...

Perdi o restante da conversa enquanto ele saía.

Desculpa, articulei com a boca para Ed. Então, para Caleb, falei rápido:

— Olha, estou no trabalho. Eu nem devia ter atendido o telefone. Só fiz isso porque... porque...

Por que eu *tinha* atendido? Ainda mais levando em conta que fazia meses desde minha última conversa com Cale...? Talvez porque fossem oito da manhã, e ele nunca ligava tão cedo. Achei que tivesse acontecido alguma emergência, mas não uma emergência relacionada a ele.

— Escuta — continuei. — Se era só isso que você queria, a gente conversa mais tarde, tá? — Mais tarde tipo nunca mais.

— Não, Sabrina. Preciso falar com você agora. A questão é que a sua mãe...

Eu sabia. Meu coração acelerou.

— O que tem ela? Aconteceu alguma coisa?

— Está tudo bem. Mas foi ela que ficou me perturbando pra ligar, já que você não atende as ligações dela.

Meu coração diminuiu o ritmo. Eu devia ter imaginado. Caleb jamais teria ligado, que dirá se oferecido para atravessar dois mil quilômetros de avião por vontade própria... não depois da forma como terminamos. Na verdade, não fomos nós, exatamente, já que fui eu quem fez as malas, deixou as chaves com o porteiro e foi embora, me tornando, na teoria, a pessoa que sumiu.

Só que não foi tão simples assim. Que outra opção eu tinha? Que tipo de namoro era aquele? Eu não queria continuar me relacionando com alguém como ele.

Agora, eu seguia para a porta de novo — para a saída lateral do Sereia. Uma lufada de ar úmido, com cheiro de mar, me cumprimentou quando pisei na calçada, ignorando o olhar irritado de

Ed e as espiadas curiosas das outras garçonetes, Angela e Nevaeh. Nenhum deles fazia ideia do que poderia ser tão importante para que eu ousasse atender o celular durante a correria do café da manhã. Ainda mais porque ninguém nunca me ligava, então aquilo era novidade.

Uma novidade que provavelmente causaria minha demissão.

— Caleb, escuta...

— Ela está muito preocupada com você, Sabrina. Todos nós estamos.

Quase explodi em uma gargalhada.

— Você sabe que a sua mãe anda com aqueles meteorologistas do rádio — continuou Caleb. — Pelo que contaram pra ela, esse de agora é um monstro. Se existisse uma categoria seis, seria ele. Parece que...

— Fala pra minha mãe que estou bem — eu o interrompi, ciente de que Drew Hartwell estava a alguns metros de mim, com o celular preso à orelha, numa conversa parecida.

Eu conseguia ouvi-lo dizer para a pessoa do outro lado da linha:

— Bom, pra começo de conversa, porque tenho outras coisas pra fazer agora além de restaurar uma janela com um século de idade que você ficou enrolando pra consertar. Além disso, preciso encomendar o vidro, e ele não vai chegar antes da chuva.

Mas Drew Hartwell não parecia muito preocupado. Ele nunca parecia preocupado. Sua mão livre — a que não estava segurando o celular — havia deslizado para baixo de sua camisa gasta e desbotada da Liga de Bocha da Ilha de Little Bridge para coçar preguiçosamente sua barriga reta, sem querer revelando um rastro felpudo de pelos escuros que desaparecia sob a cintura da bermuda cargo... A visão causou um frio agradável em minha barriga, como se eu tivesse acabado de sair de um brinquedo de um parque de diversões.

Qual era o meu problema?

Quando percebi que o encarava, tratei de olhar para longe, me lembrando do aviso sussurrado por Angela Fairweather no meu primeiro dia de trabalho:

— Fica longe desse daí. Teve uma época em que aquela picape velha dele aparecia na frente de uma casa diferente por semana. Teve um tempo que era uma casa diferente por *noite*.

Porque, pelo visto, Drew Hartwell — com seus um metro e oitenta de altura, seu cabelo castanho bagunçado, seu bronzeado de praia permanente e seus olhos azuis como o céu de verão — era tão mulherengo quanto Caleb e seus amigos, mas ele era de uma espécie diferente: Drew fazia o estilo caseiro.

Nascido na Ilha de Little Bridge, Drew nunca havia morado em outro lugar, com exceção de alguns anos no continente.

Já Caleb e seu melhor amigo Kyle — que virou minha vida de cabeça para baixo num piscar de olhos — tinham nascido em Nova York e viajado o mundo todo, graças às suas contas bancárias recheadas e aos pais ricos.

Mesmo assim, Caleb não sabia nada sobre mulheres. Ou, pelo menos, não sabia nada sobre a mulher com quem ele falava agora.

— Não adianta eu dizer pra sua mãe que você está bem, Sabrina — dizia Caleb no meu ouvido. — Ela não vai parar de ligar. Ela pediu pra eu avisar que já está na hora de você deixar de ser teimosa e desistir dessa aventurazinha para encontrar sua verdade interior, ou seja lá o que for, e voltar pra casa. E que você devia ter entendido isso antes de um furacão de categoria cinco aparecer.

Abri um sorriso cínico. Minha mãe realmente diria algo assim.

— Bom, você pode me fazer o favor de avisar a ela que ainda não encontrei minha verdade interior, mas, quando isso acontecer, ela será a primeira a saber? Enquanto isso, eu sei cuidar de mim mesma. Não preciso da ajuda dela nem da de ninguém. Muito menos da sua.

— Ah, que ótimo, Sabrina. — Agora Caleb parecia ofendido. — Desculpa por me importar. Sabe, na última vez que a gente se falou, você reclamou que eu não me importava o *suficiente*...

Senti uma pontada diferente na barriga, bem menos agradável do que o frio que havia surgido quando vi o abdome exposto de Drew.

— Você sabe muito bem que não foi isso que eu disse. Existe uma diferença entre não se importar e me chamar de mentirosa.

— Eu nunca te chamei de mentirosa, Sabrina. Só falei que, talvez, você estivesse exagerando...

— Exagerando? Sério, Caleb?

— É, exagerando. Você sabe que o Kyle fica meio mão-boba quando bebe demais...

Meio mão-boba? Fiquei tão irritada que, para me controlar, precisei me forçar a olhar além do cais, para o ponto onde o céu turquesa se encontrava com o mar azul-claro. Algo na visão daquela água calma, límpida, se estendendo até o infinito, fez com que eu retomasse o controle. Eu tinha começado a pintar durante minhas folgas do trabalho — quando não havia ninguém por perto —, e a atividade sempre me acalmava.

— Não quero mais falar disso, Caleb — avisei. — Preciso voltar pro trabalho ou vou ser demitida.

— Ah, isso seria uma grande tragédia — zombou Caleb. — Seu trabalho de *garçonete*, em um bar na *praia*, na *Flórida*.

Olhei rápido na direção de Drew Hartwell, com medo de ele ter escutado — Caleb era tão arrogantemente escandaloso ao telefone quanto era em pessoa.

Mas, por sorte, Drew parecia entretido com sua ligação.

— Pelo menos — chiei para Caleb com os dentes trincados — eu *tenho* um emprego.

— Ah, você está tentando me ofender, Sabrina? — rebateu Caleb, irritado. — Só porque eu nunca trabalhei sou inferior a você? Sinto muito, mas isso não me abala. Escuta, se você não quer vir comigo, pelo menos posso mandar uma passagem num voo comercial, já que você não se deu ao trabalho de comprar uma por conta própria.

— Nem precisa tentar — rosnei para o celular —, porque não vou sair de Little Bridge. E me chamam de Bree agora, não de Sabrina.

Então desliguei na cara dele.

CAPÍTULO 2

Furacões são sistemas circulares de tempestade que se formam no oceano e podem atravessar centenas de quilômetros, sendo caracterizados pela baixa pressão no centro, também chamado de olho, a partir do qual faixas de chuva espiralaram para fora.

Foi só quando enfiei o celular no bolso da calça jeans que percebi o silêncio que reinava. A única coisa que eu conseguia ouvir era que a conversa de Drew Hartwell havia acabado... e seu olhar tinha abandonado o cais diante de nós, focando em mim.

Por causa do sol — que brilhava bem na cara dele, e eu tinha deixado meus óculos escuros lá dentro —, era difícil ter certeza, mas ele parecia exibir aquele sorriso cínico que era sua marca registrada e algo sobre o qual Angela também havia me alertado. Não dava para saber o quanto da minha conversa ele tinha escutado.

Ai, meu Deus, pensei, com o coração disparado. Tomara que tenha sido pouco.

— Primeiro furacão? — perguntou.

Aquilo me irritou.

— O quê? Não.

Ninguém gostava de ser classificado como "água doce" — um novato na região — pelos insulanos nativos. Eles adoravam informar aos turistas que as "conchas" — um molusco que era iguaria local, servido frito no Sereia em sanduíches, saladas ou sem acompanhamento, como um bolinho — na verdade eram caramujos marinhos, e que os recifes onde os visitantes costumavam mergulhar eram habitados por tubarões capazes de devorar uma pessoa inteira (apesar de os tubarões só comerem peixes e serem muito tímidos, além de só haver um registro de ataque nos últimos cinquenta anos, quando um turista exibido provocou o tubarão).

Queimaduras de sol ou picadas de mosquito eram sinais certeiros de que você era "água doce". Todos os nativos da Ilha de Little Bridge acordavam e passavam protetor solar com FPS 100 e várias camadas de repelente logo depois do banho. Era assim que conseguiam evitar melanomas e as várias doenças transmitidas por mosquitos que assolavam o sul da Flórida havia séculos. Sempre que um turista todo vermelho e se coçando entrava desajeitado na cafeteria, até Nevaeh, minha colega de trabalho adolescente que só prestava atenção em si mesma, balançava a cabeça e murmurava um "ah, coitadinho".

E foi por isso que menti para Drew Hartwell.

— Passei pelo Wilhelmina quando, humm... me mudei pra cá.

— Ah, o Wilhelmina — disse ele, e concordou com a cabeça, se lembrando da tempestade feroz de categoria três que causou um bom estrago uma década antes.

Não mencionei que, na época, eu tinha dezesseis anos, estava na casa de praia alugada pelos meus pais e que, ao primeiro sinal de vento, minha mãe resolveu fugir para um resort e spa exclusivo próximo a Miami, onde enfrentamos o lado mais fraco da tempestade em uma suíte de três cômodos com luz, serviço de quarto e mordomo particular.

Tecnicamente, eu tinha passado pelo furacão Wilhelmina... mas não do jeito que Drew Hartwell imaginava.

— Então. Você vai sair da ilha? — perguntou.

— Não pretendo — respondi. — Apesar da minha família achar que eu deveria. — Apontei para o bolso, indicando meu celular.

Ele concordou com a cabeça de novo.

— Família — resmungou, apertando os olhos para o horizonte. Ele falou como se aquilo fosse um palavrão.

O motivo para isso não era um completo mistério para mim. O alerta de Angela sobre Drew Hartwell havia sido ecoado por Nevaeh, mas não pelos mesmos motivos.

— Ele é doido — dissera Nevaeh.

E Nevaeh (*heaven*, paraíso em inglês, escrito de trás para a frente) sabia do que estava falando, já que Drew Hartwell era seu tio. Demorei semanas para descobrir que Nevaeh não achava que ele era maluco por ter feito alguma coisa absurda, mas apenas porque ele teve uma carreira promissora como carpinteiro no norte, em parceria com uma empresa nova que restaurava construções históricas em "NoDo" (Nevaeh não tinha muita noção das regiões de Manhattan nem dos nomes de bairros como o NoHo).

E, mesmo assim, ele havia desistido de tudo e voltado para a ilha.

— Quem faria uma doideira dessas? — perguntara Nevaeh para mim numa certa manhã, enquanto enrolávamos garfos, facas e colheres em guardanapos de papel. — Quem largaria uma vida maravilhosa em Nova York e voltaria pra cá?

Eu sabia o que ela estava fazendo — jogando um verde para descobrir o meu motivo para fazer exatamente a mesma coisa —, mas não mordi a isca. Nevaeh era uma das maiores fofoqueiras da cafeteria, algo perdoável, já que ela só tinha quinze anos e estava trabalhando ali durante as férias de verão porque os donos, Lucy e Ed Hartwell, eram seus tios-avós. Por motivos que ninguém me explicou direito, Nevaeh morava com os dois, e não com os pais, a irmã de Drew Hartwell e um homem que, de acordo com Nevaeh, era um jogador de beisebol famoso que um dia voltaria e a levaria embora para longe "disso tudo".

A única coisa que eu disse foi:

— Bom, imagino que seu tio Drew tenha tido bons motivos pra deixar a cidade.

E deixei por isso mesmo.

Mas também fiquei curiosa, principalmente porque a mulher nova-iorquina que veio junto com Drew para Little Bridge teve dificuldade em se adaptar. Nevaeh havia ficado de olho nela, invejando-a ao mesmo tempo que zombava dos seus hábitos de "cidade grande". ("Ouvi dizer que ela compra um sal cor-de-rosa especial que vem lá da Europa e que custa vinte dólares o frasco. Pra que alguém precisa de um sal cor-de-rosa europeu de vinte dólares?" Nevaeh balançara a cabeça, sem entender. "Por que ele é tão melhor do que um sal branco americano normal?")

Drew estava construindo a própria casa em um terreno na frente da praia, herdado dos pais (que morreram em circunstâncias quase tão misteriosas quanto a situação da guarda de Nevaeh... ou misteriosas para mim, pelo menos).

Não demorou muito para começarem os boatos de que a situação entre ele e Leighanne (a namorada da cidade grande) na praia de Sandy Point não era das melhores.

— Ouvi dizer que ela não suporta o calor — informou-me Nevaeh uma manhã, enquanto enchíamos frascos de ketchup. — Tipo, literalmente. O tio Drew ainda não instalou o ar-condicionado. Ele disse que talvez nem instale. Ele não gosta.

Fiquei horrorizada.

— Fez quase trinta graus ontem à noite. Eu não conseguiria dormir sem ar.

Nevaeh concordou com a cabeça.

— Mas não é só isso. Ouvi dizer que ela está com febre de ilha.

— Febre de ilha?

— É tipo claustrofobia. Acontece com pessoas que não aguentam morar tão longe do continente. Elas sentem necessidade de ir embora. Você vai ver. A Leighanne vai dar um pé na bunda dele e voltar pra Nova York. Eu já avisei, mas ele me escuta? Não.

Algumas semanas depois, foi exatamente isso que Leighanne fez — com um dramalhão a que todos nós assistimos bem de perto, já que ela decidiu usar a cafeteria como palco, entrando de supetão, no auge do movimento do café da manhã, e jogando um objeto pequeno no peito de Drew enquanto ele ocupava seu lugar de sempre diante do balcão, bebericando café e lendo a seção de esportes do jornal local.

— Toma — gritara Leighanne. — Pode ficar com a porcaria das suas chaves. Não vou precisar mais delas.

Drew pareceu confuso... ainda mais quando o que ela jogou em seguida foi justamente um saleiro. Eu sabia disso porque estava parada ao lado dele, segurando duas porções de *huevos rancheros*, quando o objeto o acertou no peito e aterrissou aos meus pés, miraculosamente inteiro. O saleiro estava vazio, com apenas um resquício cor-de-rosa no fundo.

— E pode ficar com isso aí também — gritou Leighanne. — Não quero nada seu. E você nunca mais vai precisar aturar nenhuma das minhas tralhas.

Então ela se virou e saiu da cafeteria batendo os pés, seus cachos castanhos brilhantes balançando por baixo do chapéu de caubói, enquanto Drew continuava sentado ali, parecendo levemente surpreso. Pelo menos até Nevaeh, agora preocupada com a possibilidade de perder para sempre a potencial tia glamorosa, gritar:

— Ah, tio Drew, levanta essa bunda daí. Vai atrás dela!

Mas Drew preferiu não fazer isso — uma decisão possivelmente acertada, já que poderia ser tarde demais, considerando que ela talvez estivesse com febre de ilha. Enquanto o Mini Cooper de Leighanne corria para longe, todos pudemos ver que ele estava entulhado com seus pertences, provavelmente incluindo não apenas o infame sal, mas também o coração que ela tomara de volta.

Então eu conseguia entender o motivo para o "tio Drew" não estar muito satisfeito com a família no momento, ainda mais porque Nevaeh havia passado boa parte da semana seguinte dizendo para todo mundo que quisesse ouvir:

— Eu avisei que ele precisava tomar cuidado se não quisesse levar um pé na bunda. Eu avisei!

No entanto, isso não dava a Drew o direito de focar seu olhar desconcertantemente azul em mim e dizer o que disse em seguida, que foi:

— Mas, no seu caso, sua família tem razão. Você devia ir embora, água doce.

Fiquei tão chocada que não consegui nem pensar em uma resposta irritada adequada antes que ele se virasse e voltasse tranquilamente para seu café da manhã.

Parada ali, boquiaberta no calor do início da manhã, fiquei me perguntando por que ele veria graça em insinuar que eu não seria capaz de lidar com um furacão. Ele mal me conhecia. Depois de passar três meses servindo o café da manhã para ele quase todos os dias — tortilha, café com leite sem açúcar —, aquela foi a conversa mais demorada que tivemos.

Suas gorjetas eram sempre generosas — trinta por cento, em dinheiro, apesar de ele sempre pagar a refeição no cartão.

Mas mesmo assim.

Enquanto eu virava a maçaneta da porta lateral da cafeteria, pensei que talvez o problema não fosse Drew me achar incapaz de lidar com um furacão, e sim o fato de eu ter testemunhado seu término de namoro humilhante. Alguns homens eram sensíveis em relação a esse tipo de coisa.

No entanto, eu precisava admitir que ele nunca tinha dado sinais de estar chateado. Depois daquilo, eu o vi ser abordado por pelo menos meia dúzia de mulheres bonitas na cafeteria, que diziam ter "sal" o suficiente para seu "saleiro" quando ele precisasse... Mas, pelo que eu sabia, ele não tinha aceitado nenhuma oferta.

Era difícil manter segredo em um lugar tão pequeno quanto Little Bridge. Apesar de eu ter mantido o meu.

Dentro da cafeteria, o ar estava frio e agradável, cheirando a bacon recém-frito, como em todas as manhãs.

Porém, havia algo errado. Senti o clima assim que entrei. Os sons matutinos habituais aos quais eu tinha me acostumado — os garfos arranhando pratos e o murmúrio baixo das pessoas debatendo as manchetes do jornal local — haviam desaparecido.

Por um segundo, fiquei com medo de ter sido demitida mesmo — Ed era tão conhecido por seu gênio tempestuoso quanto por sua torta de limão maravilhosa —, mas bastou olhar para os rostos de Angela e Nevaeh para eu entender que o problema não era esse. Minha entrada havia sido ignorada; todos estavam vidrados nas duas televisões presas às paredes, uma em cada extremidade do balcão. Ed deixava uma ligada na Fox News e a outra na CNN, ambas sem som e com as legendas ligadas. Era uma solução que parecia agradar a todos os fregueses.

Mas, hoje, por causa da tempestade, as duas estavam ligadas no canal do tempo, com som.

Foi assim que ouvi os meteorologistas avisando que o furacão Marilyn havia feito uma curva e agora vinha direto para a Ilha de Little Bridge.

CAPÍTULO 3

Os ventos intensos de um furacão atravessando o oceano podem causar uma ressaca perigosa, criando uma muralha de água capaz de provocar inundações centenas de quilômetros terra adentro.

Algumas pessoas gostam de dizer que a Ilha de Little Bridge foi descoberta pelos espanhóis em mil quinhentos e treze, mas é claro que isso é mentira. Ninguém "descobre" um lugar que já era ocupado havia milhares de anos. Little Bridge, uma ilhota em um arquipélago de ilhas semelhantes na ponta da Flórida, conhecido como Florida Keys, foi lar do povo Tequesta por muitos séculos antes da invasão espanhola. Os indígenas foram escravizados, e, com o tempo, as ilhas Keys se tornaram território dos Estados Unidos.

Little Bridge, que em inglês significa "pequena ponte", recebeu seu nome por ser conectada ao restante do arquipélago por uma ponte.

Porém, como a maioria das ilhas se conecta por pontes, não faz sentido nenhum Little Bridge ser batizada em homenagem a esse fato.

Mas isso fazia parte de seu charme peculiar, e provavelmente foi o que chamou a atenção do meu pai quando ele começou a planejar nossas viagens em família. Ele gostava de lugares esquisitos, e Little Bridge, com seu nome estranho e seus habitantes mais estranhos ainda, se destacava nesse quesito.

Então era aqui que passávamos as férias todo ano, apesar de minha mãe sempre deixar explícito que preferia um lugar mais agitado, como os Hamptons, Paris ou Ibiza.

Porém, assim como meu pai, me apaixonei por nossa casa de veraneio diante do canal, por acordar sentindo o cheiro de maresia, encontrar peixes-boi bebendo água da nossa mangueira no cais e observar garças atravessando a areia com seus movimentos delicados. Eu adorava andar de barco, com o vento soprando em meu cabelo, a imobilidade vítrea da água perto dos bancos de areia, e o desafio de pintar essa água, transportando a reflexividade e o brilho da vida real para a minha tela.

E, óbvio, passear pela cidade pitoresca, ensolarada, com suas construções históricas — por lei, nenhuma podia ter mais de dois andares, porque qualquer construção mais alta do que isso impediria os vizinhos de admirarem o pôr do sol —, cada uma pintada com um tom diferente de cor-de-rosa, azul ou amarelo, e parar para tomar um sorvete ou fazer compras nas lojas locais. Eu entendia por que meu pai amava Little Bridge, por que ele teria se mudado para cá caso seu emprego como um advogado criminalista bem-sucedido em Manhattan — e a aversão da minha mãe pela ilha — não tornasse impossível esse sonho.

Eu também amava esse lugar. Little Bridge me trazia a sensação de segurança — não que, naquela época, eu tivesse motivos para me sentir insegura em qualquer lugar.

Para mim, fez todo o sentido do mundo fugir para Little Bridge quando meu senso de segurança foi ameaçado. Meu pai — se ele não tivesse falecido no ano passado — entenderia.

Porém, agora, a nova vida segura e confortável que construí com tanto cuidado parecia estar desmoronando. Eu me dei conta disso no instante em que entrei em casa e encontrei minha colega de apartamento, Daniella, jogando roupas dentro de uma mala.

— Aonde você vai? — perguntei, apesar de ter a sensação desanimadora de que já sabia a resposta. — Você não vai sair da ilha, vai?

— É óbvio que vou.

Ela tomou um gole da margarita gelada em seu copo. Eu tinha visto o copo do liquidificador na bancada da cozinha quando entrei no apartamento de dois quartos que nós dividíamos.

O apartamento era minúsculo — os quartos mal tinham espaço para uma cama queen —, mas dei sorte de encontrá-lo... não tanto pelo lugar em si, mas pela pessoa que vinha junto com o pacote.

Enfermeira da ala da emergência no hospital, Daniella era curvilínea e bem-humorada, extrovertida e alegre — exatamente o tipo de amiga de que eu precisava depois de tudo o que aconteceu no último ano em Nova York, assim como o trabalho no Sereia era exatamente o tipo de ocupação da qual eu precisava agora. Todo dia, às cinco e meia da manhã, eu estava de pé e pronta para sair, mesmo nas minhas folgas, porque Gary se acostumou a comer cedo e funcionava como meu despertador ao nascer do sol.

A rotina dava certo, já que Daniella também era uma pessoa matutina — e muito sociável. A maior parte da população da ilha parecia ser amiga dela, o que não me surpreendia: ela já tinha dado pontos e injeções, feito radiografias e curativos em quase todo mundo.

Foi assim que ela conseguiu alugar o apartamento de dois quartos por um preço tão (relativamente) baixo: porque havia tratado a asma crônica do filho da proprietária. Era raro encontrar apartamentos de dois quartos em Little Bridge — pelo menos por um valor que os moradores locais conseguissem bancar, já que a maioria das habitações no centro da ilha tinha sido arrematada por empresas de locação de veraneio e custava o olho da cara para os turistas que as alugavam pela internet.

Mas como nossa senhoria, Lydia, assim como boa parte das pessoas, adorava Daniella, nós tínhamos um desconto.

— A evacuação é obrigatória pra todos os funcionários do município — explicou Dani com sua alegria infalível de sempre. — Isso inclui o hospital. Fui transferida pro centro belo e ensolarado de Coral Gables.

— Coral Gables? — Peguei Gary, que tinha vindo correndo me dar seu cumprimento habitual (se esparramando de costas aos meus pés antes de esfregar aquela carinha dele nos meus sapatos), e me sentei. — Isso não faz sentido. Por que mandariam você pra Coral Gables se o furacão está vindo pra cá?

— E desde quando a burocracia local faz sentido? — Daniella soltou uma risada alegre. Dani achava graça em tudo, até em emergências médicas. Ela adorava animar os doentes. — Você já devia saber que não é assim que as coisas funcionam, Bree! — Então ela parou de sorrir e disse: — Não, mas, falando sério, é porque não querem que as pessoas achem que é seguro ficar aqui. Ninguém vai embora se o hospital e os serviços de emergência continuarem funcionando com todos os funcionários, porque isso passa uma falsa sensação de segurança. Então todos nós, o pessoal do hospital, a polícia e os bombeiros, fomos transferidos pra abrigos fora do caminho direto da tempestade. A esperança é que, assim, o pessoal da ilha faça a mesma coisa. Vão mandar um ônibus pra pegar a gente hoje à tarde. É por isso que estou bebendo. — Ela balançou a margarita. — Não preciso dirigir.

Desanimada, olhei para o raio de sol que entrava pela janela do quarto dela. Pelo céu azul e pela temperatura escaldante do lado de fora, era difícil imaginar que uma tempestade se aproximava.

Mas os meteorologistas, gritando na televisão da sala, discordavam de mim, assim como as dezenas de mensagens que se acumulavam no meu celular, várias de Caleb. E da minha mãe.

— Por que você está chateada? — perguntou Dani. — É por causa do furacão? Ele deve perder força em Cuba, sabia? É horrível dizer uma coisa dessas, e tadinha de Cuba, mas geralmente é o que acontece. Quando passar por aqui, será só uma ventania e muita chuva. Mas eles precisam evacuar a gente de qualquer forma, entende... só pra garantir.

Abri um sorriso fraco para ela.

— Não é a tempestade — falei. — Mas... não dá pra acreditar. Meu ex ligou mais cedo e se ofereceu pra vir me buscar de jatinho.

Dani, que sabia boa parte do que tinha acontecido entre mim e Cal — tirando os detalhes mais sórdidos, que eram difíceis de explicar —, quase cuspiu o gole de margarita que havia acabado de tomar.

— Acho bom você ter mandado ele enfiar o jatinho dele naquele lugar!

— Óbvio que mandei. Bom, não com essas palavras. Mas, agora que todo mundo está indo embora, meio que me arrependi. Até o Drew Hartwell disse que eu devia ir. Ele me chamou de água doce.

Agora Dani cuspiu de verdade, ou pelo menos fez cara de quem queria fazer isso.

— Drew Hartwell é um idiota. Ele acha que devia ser idolatrado por todas as mulheres. Ei, escuta, tive uma ideia. Você não quer vir comigo? A gente vai se hospedar num hotel. Com certeza vai ser algum bom. Da última vez, ficamos no Westin. Tinha piscina, gerador, essas coisas todas. E, ai, meu Deus, uns bombeiros de Key West também estavam hospedados lá... As festas eram inacreditáveis. Parecia que a gente estava naquele programa de televisão, *The Bachelorette*, só que melhor.

Sorri de novo, com menos desânimo.

— Valeu, mas não posso. Tenho que cuidar desse carinha aqui.

Nós duas olhamos para Gary, que tinha saído do meu colo e agora cheirava a lateral da mala de Daniella com um ar suspeito. Ou ele sabia que alguma coisa ia acontecer ou estava procurando um novo lugar para se aconchegar e dormir. Conhecendo Gary, era a última opção. Seu instinto de sobrevivência não era dos melhores. Um gato cinza malhado de meia-idade e que havia passado anos em um abrigo de animais em uma ilha mais acima nas Keys antes de eu aparecer e adotá-lo, ele só queria ficar grudado em seres humanos, não importava o que estivessem fazendo... mesmo que fosse algo tão chato quanto arrumar malas.

— Traz ele junto — sugeriu Daniella. — O hotel deve aceitar animais. Se não, a gente esconde ele.

— Valeu — falei. — Mas você sabe que o Gary não gosta muito de viajar. — Era verdade. Dentro de veículos em movimento, Gary chorava sem parar, mesmo medicado, e passar quatro horas dentro de um ônibus com ele parecia a descrição de um dos círculos do inferno. — Além do mais, não quero que a prefeitura gaste dinheiro comigo. Eu me sentiria culpada.

— Ah, pelo amor de Deus. — Daniella se esticou para pegar algumas bijuterias na cômoda e as guardou em um saquinho. Assim que ela se virou de costas, Gary pulou para dentro da mala e começou a cheirar tudo o que havia lá dentro. — A gente pode levar parentes no ônibus e pro hotel. Você é praticamente minha única família aqui.

— Ohhh. — Fiquei comovida de verdade... e aliviada por ela não notar o que Gary estava fazendo, afofando as roupas que ela havia dobrado com cuidado, criando uma cama confortável. Eu me aproximei da mala, levantei seu corpo de quase nove quilos, com ele soltando um gritinho de protesto, e o coloquei no chão. — Que fofo da sua parte. Mas acho que é melhor eu e o Gary ficarmos por aqui, ainda mais depois dos últimos problemas médicos dele.

Daniella franziu a testa, mas dava para perceber que ela concordava comigo. Eu não pretendia adotar um gato tão necessitado de cuidados quanto Gary, que tinha uma personalidade maravilhosa, mas uma saúde complicada depois de tantos anos na rua e no abrigo. Na semana anterior, tive de desembolsar mil e duzentos dólares para a remoção de todos os seus dentes por causa de um negócio chamado estomatite felina, uma inflamação dolorosa na boca.

E, apesar de ele já parecer melhor, com bem menos dor (e bem menos fedorento), eu não pretendia tirá-lo dali tão cedo, com ou sem furacão. Ele continuava tomando antibióticos e vários outros remédios, e só podia comer a comida enlatada pastosa que eu amassava com todo o cuidado.

Mas tudo valia a pena. Na hora de dormir, depois de se limpar e fazer uma inspeção minuciosa no apartamento, ele subia na minha cama, se enroscava junto a mim e caía no sono.

E, pela primeira vez desde aquela última manhã com Caleb, eu finalmente conseguia ter uma boa noite de sono. Na minha opinião, isso só acontecia por causa do corpinho quente, amável, pesado e ronronante ao meu lado.

Não tive vontade de contar nada disso para Caleb, que dirá para minha mãe ou para qualquer um dos meus amigos da cidade grande. Só meu pai, que também adorava animais, entenderia.

Mas meu pai tinha morrido.

Daniella olhou para Gary enquanto ele seguia para o cesto cheio de roupa suja, farejava e depois pulava lá dentro, moldando um ninho macio em meio ao seu uniforme do hospital, pijama e calcinha do dia anterior antes de ronronar tão alto que nós duas escutamos.

— Eu entendo — disse Dani. — Ele é seu bebê e não está bem pra viajar por enquanto, com ou sem furacão.

Abri um sorriso grato. Ela era a colega de apartamento perfeita. Quando perguntei se teria problema se eu pegasse um gato (o primeiro da minha vida, já que minha mãe nunca quis animais na casa. "Tão sujos!", ela sempre dizia. "E vão arranhar os móveis"), Daniella não viu problema nenhum. Gary tinha conquistado minha amiga de cara com seus enormes olhos verdes, com suas saudações esfregando o rostinho em nossos pés e seu ronronar constante.

— Mas — disse ela, voltando para a mala —, se você mudar de ideia, pode ir com o meu carro. O tanque está meio vazio, mas ele vai ficar estacionado no hospital, com as chaves dentro do quebra-sol. Eu até diria pra você alugar um carro, mas ouvi falar que os turistas pegaram todos hoje cedo, no pânico pra ir embora daqui.

— Ah. Bom, valeu, Dani. Talvez eu aceite a oferta. — Era bem provável que eu não aceitasse, mas era melhor ter um carro com pouca gasolina do que carro nenhum.

Como se lesse minha mente, Dani disse:

— Muita gente fica na ilha, sabe, Bree, mesmo com a evacuação obrigatória. O pessoal local tem medo de invasores e gosta de ficar de olho nas suas casas e nos negócios, ou são pessoas que estão doentes, que têm parentes doentes, tipo seu bebê Gary, ou não têm condições financeiras de ir embora, sei lá. Sair da ilha custa uma grana. Se você quiser ficar, não vai ter problema. Apesar de o hospital estar fechado, bastante gente fica por aqui, até uma equipe pequena de socorristas. — Ela abriu um sorriso travesso. — Mas é claro que alguns corpos de bombeiros vêm com a gente. Estou animada pra conhecer os novatos.

Sorrindo, revirei os olhos. Daniella vivia reclamando que aplicativos de relacionamento eram inúteis em uma ilha tão pequena — no fim das contas, você já tinha ido para a cama com todo mundo aceitável e trabalhava com o restante. A única maneira de conhecer alguém novo era viajando ou se envolvendo com turistas.

Eu não sofria desse problema — não por ser nova na ilha, mas porque estava dando um tempo nos relacionamentos. Eu não sabia quando, nem se, minhas partes íntimas voltariam a abrir para negócio.

— Mas, olha, esse apartamento... — Dani bateu com a lateral do punho na parede do quarto. — Concreto sólido. Quando o Sonny tapar as janelas, vai virar uma fortaleza. Então é seguro ficar aqui. — Sonny Petrovich era o filho de Lydia, a senhoria, um garoto tão apaixonado por video games que era capaz de passar horas falando sobre eles se você demonstrasse o menor interesse pelo assunto, então aprendi que era melhor não fazer isso. — Você só precisa ficar de olho — continuou ela — nas inundações.

— Inundações?

— É. Eu não morava aqui na época, mas ouvi falar que aconteceu durante o furacão Wilhelmina. Não foi tão ruim, só uns trinta centímetros de água. Mas a Lydia precisou trocar a geladeira, o fogão e tal...

Eu a encarei. *Inundações?*

— Mas todo furacão é diferente — continuou Daniella. — Em alguns, só chove; em outros, venta muito. Não dá pra prever. Se for só uma ventania, você vai ficar ótima aqui.

— Acho — falei, me levantando — que vou dar uma olhada nas minhas mensagens.

— É. — Daniella concordou com a cabeça. — Melhor mesmo. E você devia ir ao mercado pra fazer um estoque de comida, antes de tudo acabar, só pra garantir. Tipo garrafas de água. E comida pro Gary. E bebida. A Cruz Vermelha nos deu uma lista pra distribuir. Não tem bebida nela, é claro, mas eu já preciso de tequila pra enfrentar uma chuva forte, que dirá um furacão.

Peguei o papel que ela tirou de cima da cômoda. Nós tínhamos muitas daquelas coisas — comida enlatada, pão, um abridor de latas manual. Mas nunca nem passou pela minha cabeça comprar algumas das outras — lanterna, pilhas. Daniella deve ter entendido minha expressão, porque riu e falou:

— Tenho tudo isso no armário da cozinha. Comprei da última vez que uma tempestade estava vindo pra cá, mas ela acabou se dispersando no mar, então nunca usei nada. Talvez seja melhor comprar pilhas novas. Mas pode usar o restante das coisas.

Senti o alívio tomar conta de mim.

— Valeu, Dani. Você é minha salvadora. Literalmente! — De repente, pensei na sorte que dei ao responder ao anúncio de quarto disponível que me levou a uma colega de apartamento e amiga como ela, e acrescentei: — Vou ficar com saudade.

— Também vou — disse ela, e abriu os braços para me dar um de seus "abraços da Dani", que distribuía com frequência no hospital (mas nunca, segundo ela, para os "universitários que vinham farrear nas férias". Até Dani tinha seus limites).

E então ela foi embora. Seu último pedido foi para eu tomar conta do fermento levain que tinha herdado da avó — Daniella adorava fazer pão. Ele estragaria na geladeira se ficássemos sem luz.

Jurei que ficaria atenta.

Menos de cinco minutos depois de sua partida, eu já estava convencida de que nunca mais a veria.

CAPÍTULO 4

Se as instituições locais alertarem que é necessário evacuar a área, obedeça.

Que ridículo! Eu só estava desanimada porque o apartamento parecia muito escuro e solitário sem a Dani. Ela era uma presença tão brilhante e enérgica.

E estava escuro *de verdade*, já que Sonny Petrovich estava do lado de fora, cobrindo as janelas com grandes placas de metal, usando parafusos longos para prendê-las nas canaletas ao longo das paredes do prédio.

Deixei a televisão ligada no canal do tempo para ter companhia enquanto almoçava — um resto de salada de frango da cafeteria —, apesar de ser difícil ouvir o som com o barulho da parafusadeira elétrica de Sonny.

Não demorou muito para que eu me arrependesse. Não da salada, mas de assistir às notícias.

Porque, de acordo com a previsão do tempo, todos os habitantes do sul da Flórida que não evacuassem imediatamente suas casas iriam morrer.

E não apenas morrer, mas morrer de uma variedade de maneiras, provavelmente afogadas pela ressaca que o furacão Marilyn causaria, e também pela força destruidora dos ventos de duzentos e setenta quilômetros por hora.

Os meteorologistas não podiam dar certeza sobre nada, já que não havia energia nem forma de se comunicar com a ilha de São Martinho, as Ilhas Virgens ou qualquer outro lugar por onde o furacão Marilyn já tivesse passado, mas estimavam que centenas de pessoas provavelmente já tinham morrido pelo caminho apocalíptico da tempestade, e aquelas que não tentassem escapar logo teriam o mesmo destino.

Como era melhor ignorar esse tipo de informação, desliguei a televisão e abri o laptop. Nas minhas redes sociais, havia dezenas de e-mails e mensagens de amigos e parentes querendo saber se era verdade que eu não sairia da ilha, e por quê. Meu celular era a mesma coisa, só que com mensagens de texto e voz.

A maioria era da minha mãe. Todos tinham um tom de histeria crescente. Justine Beckham no seu auge:

> Eu só queria avisar que o governador da Flórida fez um pronunciamento dizendo que as pessoas que não evacuarem a região onde você está devem anotar o número dos documentos no braço, para que seus corpos sejam identificados depois da tempestade.

Minha mãe sempre foi dramática. Esse era um dos motivos para que seu programa de rádio fosse o campeão de audiência do horário, mesmo falando sobre questões jurídicas.

> Não sei que ideia foi essa de recusar uma oferta tão generosa do Caleb. Sei que você está com raiva, mas ele não teve culpa do que aconteceu. Kyle estava bêbado — sabia que ele está na reabilitação agora? Você não pode responsabilizar Caleb pelos atos de um amigo. E você devia saber muito bem disso, porque fez faculdade de Direito — não que tenha se dado ao trabalho de se formar, é claro.

Nossa, Justine. Que golpe baixo.

Mas a parte sobre Kyle era interessante. Eu não sabia que ele estava na reabilitação. Essa era uma notícia surpreendente. Bombástica até.

A informação fez com que eu me sentisse um pouquinho melhor, apesar de não mudar nada. Se Kyle estava se tratando, não poderia vir atrás de mim de novo. Eu teria noites de sono mais tranquilas agora, sabendo disso, apesar da tempestade que se aproximava.

Fiquei me perguntando por que Caleb não tinha me contado, apesar de ser fácil entender o motivo: se fizesse isso, ele teria de admitir que seu amigo não era tão perfeito assim e que tinha errado ao dizer que eu "exagerei" sobre a situação.

Infelizmente, minha mãe continuou:

> E eu sei que, depois daquele teste de genealogia ridículo, você não precisa mais me escutar. Só que alguns laços são mais fortes do que DNA, Sabrina. E o fato de eu ter carregado você no meu útero por nove meses e amamentado você por seis? Isso não conta?

Apaguei a mensagem sem escutar o restante. Aquilo já era o suficiente. Eu amava minha mãe — e pensava nela como minha mãe, apesar de não termos um parentesco genético. Ela era a mulher que tinha me dado à luz e me criado.

Mas, às vezes, ela perdia a noção.

Como era difícil me concentrar em qualquer coisa com o barulho da parafusadeira elétrica lá fora — e com a dor latejante na minha cabeça depois de escutar as mensagens de Justine —, resolvi ir ao mercado comprar os suprimentos que Daniella havia recomendado.

Então, depois de confirmar que Sonny não estava na janela do meu banheiro — ele era um garoto fofo e não se comportava feito um tarado, mas eu não queria correr o risco de tirar a roupa na frente dele sem querer —, tomei banho, tirei o cheiro de bacon do meu cabelo cor-de-rosa na altura dos ombros (passei boa parte da vida sendo loura, mas, num impulso, pedi a Daniella que me ajudasse a pintar: vida nova, cabelo novo), depois troquei o uniforme de trabalho por um short e uma camiseta, antes de finalmente abrir a porta do apartamento.

Com cuidado, Sonny pregava uma placa de metal na minha janela da frente. O sol brilhava no pátio — meu apartamento era uma de três outras unidades idênticas com dois quartos, todas construídas em argamassa no estilo espanhol, em torno de um pátio ladrilhado, cujo centro era ocupado por uma enorme árvore de jasmim-manga, atualmente toda florida.

Gary, que não resistia à oportunidade de tomar banho de sol e de cumprimentar um visitante, passou correndo por mim para se jogar nas pernas expostas de Sonny.

— Ah, oi, Bree. — Sonny se inclinou para fazer carinho nas orelhas de Gary. — Você ficou sabendo que lançaram uma versão nova do *Battlefront*? Saiu essa semana. Já estou no nível sessenta e oito.

— Não — respondi. — Eu não tinha a menor ideia disso. Estou mais preocupada com o furacão. Você acha que ele vai causar muito estrago aqui?

— Ah, não — respondeu Sonny em um tom despreocupado, se empertigando. — Mas minha mãe quer que a gente vá pra Orlando mesmo assim.

— E você acha que ele vai passar pela ilha?

O nervosismo que me acompanhava desde que assisti às notícias e ouvi a mensagem da minha mãe pareceu aumentar. Talvez eu estivesse cometendo um erro terrível. Talvez todas as pessoas que tentaram me alertar, incluindo minha mãe, estivessem certas.

Só que, sinceramente, o que elas sabiam? Nenhuma delas morava no cone de incerteza nem sabia o que era isso. Se Drew Hartwell não pretendia sair da ilha (e não parecia pretender mesmo), por que eu deveria?

— Bom, a gente já ia pra Orlando de toda forma — explicou Sonny. — Abriram um parque novo inspirado em *Star Wars*. Quero muito ir lá! Sabia que já estou no nível sessenta e oito do *Battlefront*?

— Sabia — respondi. — Você falou. Então, quando vocês vão embora?

— Hoje à noite, acho. Assim que ela conseguir abastecer o carro. Sabia que não tem mais gasolina na ilha? Talvez só no posto Shell perto da escola, pelo que ela disse. Mas a fila é de três horas.

Ah. Bom, a ideia de usar o carro de Dani já era. A possibilidade de faltar gasolina havia sido mencionada na televisão, mas achei que Little Bridge não teria esse problema... até agora. Na semana anterior, um furacão bem mais fraco tinha atingido o Texas e uma parte do golfo, na Flórida, causando falta de combustível nas ilhas Keys e em boa parte do sudeste do estado. Eu devia me sentir grata pela minha scooter só precisar de três dólares de gasolina para encher o tanque.

Não que fosse possível fugir de um furacão de categoria cinco em uma scooter. Bom, até dava para tentar, mas eu não iria muito longe.

— Nossa — falei para Sonny. — Que complicado. Mas tenho certeza de que vocês vão conseguir sair daqui a tempo.

— Ah, sim — disse Sonny, parecendo despreocupado. — Ei, você pode vir com a gente se quiser.

— O quê? — Fiquei chocada. — Com você e a sua mãe? Pra Orlando?

— É, por que não? Vai ser muito maneiro! Você gosta de parques de diversões, né?

— Hum. — Se fosse qualquer outro cara falando aquilo, eu suspeitaria de que ele estava dando em cima de mim. Mas Sonny realmente só se importava com parques de diversões e video games. — É bem legal da sua parte oferecer. Muito obrigada. Mas não posso, infelizmente. Preciso ficar aqui pra cuidar do Gary.

Ele olhou para o meu gato, que agora estava deitado sob a sombra da árvore de jasmim-manga, seu lugar favorito no mundo depois da minha cama. Uma lagartixa — havia milhares delas, talvez milhões, por Little Bridge. Parecia impossível dar um passo na calçada sem quase pisar em um daqueles bichinhos ágeis — foi correndo até Gary, que a afastou com um gesto preguiçoso da pata. A lagartixa foi embora, sã e salva.

— Ah, é — disse Sonny. — A Disney não aceita animais. Pelo menos não no hotel em que vamos ficar. É por isso que precisamos deixar o R2-D2 e o C-3PO em casa.

R2-D2 e C-3PO eram os porquinhos-da-índia de Sonny. Ele não só os amava loucamente como também morria de orgulho dos dois e passava horas escovando e cuidando da dupla.

— Mas alguém vai cuidar deles enquanto vocês estiverem fora, né? — perguntei.

— Ah, sim — disse ele. — Meu primo Sean ficou de passar lá em casa. Ele não pode sair da ilha porque trabalha pra empresa de energia, e precisa ficar aqui pra religar a eletricidade caso ela caia.

Eu conhecia o primo de Sonny, Sean Petrovich. Ele fazia os reparos mais complicados no condomínio.

— Ah, que ótimo — comentei. — Bom, então vou vê-lo por aqui. E obrigada por fechar as janelas. Estou indo no mercado. Posso trazer alguma coisa pra você como agradecimento?

— Claro, algum refrigerante de laranja — disse ele, animado. — Se tiver... e aquelas balas azedas.

— Ah, claro. Pode deixar. Vem, Gary. — Tirei o gato da sombra do jasmim-manga, apesar de ele soltar um gemido de protesto. — Você precisa ficar lá dentro enquanto eu vou no mercado.

— Posso tomar conta dele enquanto isso — ofereceu Sonny. — Vou ficar aqui.

Levantei a mão para proteger os olhos do sol forte de verão enquanto analisava a expressão sincera dele.

— Tem certeza?

Sonny já tinha feito isso várias vezes antes enquanto arrumava alguma coisa no condomínio, sem quaisquer problemas, mas nunca quando um furacão violento estava se aproximando da ilha.

— Tenho — respondeu Sonny, assentindo veementemente com a cabeça. — Eu gosto do Gary. E o Gary gosta de mim.

Isso era verdade. Apesar de também ser verdade que Gary gostava de todo mundo, incluindo o carteiro e o entregador de jornal, todos os meus vizinhos, o dedetizador e qualquer um que passasse pelo portão do pátio.

E a maior verdade de todas era que Gary, da mesma forma que eu, tinha passado por momentos difíceis... mas estava melhorando. No abrigo, ele me escolheu tanto quanto eu o escolhi, vindo de fininho até mim e empurrando meus pés com a cabeça, como se dissesse: "Ei, aqui embaixo. Olha pra mim. Sou carente, mas também sou necessário. Você precisa de mim tanto quanto eu preciso de você."

Porque isso realmente era verdade. E, juntos, estávamos criando uma vida nova, aprendendo a confiar nos outros depois de encontrarmos inúmeros motivos para não fazer isso.

— Bom — falei para Sonny. — Tudo bem. Vou deixar a porta aberta, pra ele entrar caso fique com fome ou sede. E você pode pegar o que quiser na geladeira também. Menos o negócio bege no pote. Minha colega de apartamento faz pão com aquilo. Acho que você não iria gostar.

Sonny concordou com a cabeça, satisfeito. Ele estava começando a suar sob o sol do meio da tarde.

— Valeu, Bree.

Sorri enquanto seguia para o portão. Um dos motivos para eu amar tanto Little Bridge era poder fazer esse tipo de coisa — deixar meu amado gato e meu apartamento sob os cuidados do faz-tudo, sem me preocupar, enquanto uma coisa dessas jamais aconteceria em Nova York. Bom, talvez até acontecesse, mas nunca comigo.

Essa foi uma das muitas razões para eu sair de lá.

Porém, agora, pensando no que estava por vir, comecei a me perguntar se tomei a decisão certa.

CAPÍTULO 5

Faça um estoque de suprimentos com tudo o que você possa precisar antes, durante e depois de um furacão.

Kit básico de sobrevivência para emergências durante desastres naturais — comida

Gás ou carvão para a churrasqueira (alerta: nunca use uma churrasqueira em ambientes fechados)
Abridor de latas manual
Alimentos e bebidas não perecíveis — quantidade para 7-10 dias por pessoa
Água potável — pelo menos 4 litros por dia por pessoa
Pratos, copos e talheres de plástico
Não se esqueça de comida/água para animais de estimação e bebês!

O sol ainda brilhava forte enquanto eu seguia até o empório do Frank para abastecer meu estoque para o furacão — na minha bicicleta roxa com uma cesta enorme, já que eu queria economizar o pouco de gasolina que restava na scooter —, com a lista de Daniella no bolso. Depois do boletim das duas da tarde do Serviço Nacional de Meteorologia, eu tinha me convencido de que não enfrentaríamos nada pior do que uma chuva forte, porém o seguro morreu de velho.

Mas, talvez, os moradores locais soubessem de algo que eu não sabia. No caminho de bicicleta, vi sinais de que os habitantes de Little Bridge estavam se preparando para uma catástrofe meteorológica absoluta. Na rua principal, as fachadas das lojas estavam bloqueadas, tábuas de madeira tinham sido pregadas sobre as vitrines de vidro. As grades de ferro da farmácia estavam fechadas. Apenas um pequeno bilhete na porta, escrito à mão, indicava que ela continuava aberta.

Quando entrei na loja do Frank, me surpreendi: as prateleiras exibiam a mesma aparência vazia de mercados saqueados por sobreviventes do fim do mundo em filmes e seriados. Só que aquilo era a vida real.

— Você chegou bem na hora — disse uma voz familiar, e me virei, dando de cara com Lucy Hartwell, a tia de Drew e dona do Café Sereia, acenando para mim com um saco de batata frita. — Essa é a última. Quer?

Senti um desejo súbito e esmagador pelas batatas, apesar de elas não estarem na minha lista.

— Quero... a não ser que a senhora queira.

— Já peguei um monte. — Ela apontou para o carrinho de compras. Realmente, tinha um monte lá dentro. Sete, para ser mais exata, de vários tipos, incluindo jalapeño e ondulada. E mais de uma dúzia de garrafas de vinho também. Ela deve ter notado minha surpresa, porque riu e falou: — Vou dar uma festa do furacão hoje à noite pra todo mundo que continuar na ilha. Imagino que seja o seu caso, porque seu nome continua na escala do primeiro turno de amanhã.

Ao contrário de alguns donos de restaurante que conheci, Lucy Hartwell era muito envolvida com o trabalho, prestava atenção em tudo o que acontecia na cafeteria, desde a escala dos funcionários até qual dos muitos pescadores de Little Bridge vendia o peixe mais fresco do dia.

Em parte, isso acontecia porque ela era parente da maioria dos empregados da cafeteria — e de mais ou menos metade dos residentes permanentes da ilha —, tanto por sangue como por casamento; o outro motivo era simplesmente sua personalidade. Nascida Lucia Paz (de acordo com as fofocas da cafeteria) em uma das famílias cubanas mais proeminentes da ilha, diziam que ela tivera uma legião de admiradores na juventude, mas, por motivos desconhecidos, havia se decidido por Ed Hartwell. Como os dois eram casados havia mais de trinta anos, parecia ter sido uma boa escolha.

— Humm — falei, surpresa ao saber que a cafeteria abriria mesmo durante a ameaça de um furacão de categoria cinco. — Claro. Quer dizer, sim, não vou sair da ilha. — Falei essa última parte mais para convencer a mim mesma do que a Sra. Hartwell. O mercado parecia tão vazio. Como aquilo tinha acontecido, e tão depressa? — Os senhores vão embora?

— Ah, não — respondeu a Sra. Hartwell com uma risada. — Ed nem cogitaria uma coisa dessas. Da última vez que fugimos de um furacão, uns ladrões de Miami arrombaram a cafeteria e roubaram o caixa.

Arquejei, surpresa.

— Sério? Que coisa horrível!

— Ah, não foi nada muito grave. Não tinha dinheiro nenhum lá dentro. Mas eles levaram o fatiador de frios. Ora, pra que alguém iria querer um fatiador de frios profissional? Me pergunto isso até hoje. A menos que eles tivessem um restaurante. Qual a probabilidade de isso ser verdade? Bem, imagino que tenham vendido. Mas, de qualquer forma, Ed nunca mais quis evacuar a ilha, pra ficar de olho nas coisas. Então vamos ficar e, hoje à noite, daremos uma festa do furacão. E você vai.

Era uma afirmação, não uma pergunta.

— Humm, eu adoraria. — Não era uma mentira. Mesmo eu não sendo a pessoa mais sociável do mundo, parte de mim estava louca para ir. A casa dos Hartwell era lendária, uma das construções mais importantes de Little Bridge, e eu nunca tinha entrado lá. — O que eu levo?

— Nada — respondeu ela, enfática —, só você. Como você pode ver, comprei o suficiente. Todo mundo que ficou na cidade vai aparecer.

— Que ficou na cidade?

— Bom, as pessoas com filhos vão embora, é claro — explicou ela. — E estão certas. Seria irresponsável arriscar ficar aqui e esse negócio acabar sendo pior do que o esperado.

Meus olhos se arregalaram. Pior do que uma categoria cinco? De acordo com as mensagens que minha mãe deixou — todas as sete —, nada era pior do que isso.

— E, claro — continuou a Sra. Hartwell —, quem não mora numa casa que foi construída de acordo com o código de segurança, capaz de aguentar ventos de categoria três e ondas de até três metros, deve ir pra um dos abrigos locais. Seria um absurdo não fazer isso.

Então o que eu estava fazendo?

— Mas a senhora acha que vai ser tranquilo? — perguntei, porque, quando Lucy Hartwell dizia que as coisas ficariam bem, as coisas ficariam bem.

— Nem um pouco. — Ela jogou a cabeça para trás com uma gargalhada. — Cuba vai melhorar nossa situação, é evidente. — Eu estava começando a notar que todos os moradores locais repetiam aquilo, como um mantra. As montanhas altas de Cuba costumavam amenizar os furacões que vinham para as Keys, diminuindo sua intensidade em uma ou duas categorias. — Mas vai ser um inferno, não tenho dúvida. — Devo ter parecido ainda mais preocupada, porque ela deu uma risada e continuou: — Não se preocupe! Da última vez que algo assim aconteceu foi com o Wilhelmina, e isso faz uma eternidade. Só ficamos uma semana sem luz, mais ou menos.

— Eu... lembro — falei, apesar de minhas únicas lembranças do Wilhelmina envolverem as pizzas maravilhosas do nosso hotel em Miami.

— Onde é mesmo que você mora? — perguntou a Sra. Hartwell. Notei que o celular dela, preso ao cinto como a ferramenta de um pedreiro, tinha começado a vibrar, mas ela o ignorou.

— Ah. No condomínio da Havana Plaza, na Washington.

Ela acenou com a cabeça. Obviamente conhecia o endereço.

— Uma construção boa, firme... com certeza vai aguentar os ventos do furacão. Mas aquela região fica só dois metros acima do mar, então alaga. Se a situação se complicar, é melhor você ir pra minha casa o mais rápido possível. Moro perto de você, um pouco mais acima na colina, então vai ser fácil.

De novo, era uma afirmação, não uma pergunta.

— Ah, não. — Eu me sentia meio horrorizada. Que tipo de pessoa ia para a casa dos chefes durante um furacão? Ainda mais quando um desses chefes era Ed Hartwell, que provavelmente me expulsaria de lá se eu usasse meu celular. — Obrigada, Sra. Hartwell, mas não quero atrapalhar...

— Atrapalhar como? — Ela parecia confusa de verdade. — Nós temos um gerador, estamos a seis metros acima do nível do mar, e a casa já sobreviveu a mais de duzentos anos de furacões. Ela foi construída pelo tataravô do Ed, que era capitão de um navio. Sabe, aquele pessoal sabia construir casas boas. Usaram madeira de pinheiro-amarelo. Ele foi extinto, porque cortaram todas as árvores pra construir casas por aqui e pelas Keys. É uma das madeiras mais fortes do mundo. É quase impossível furá-las com um prego, então ventos fortes não são problema. Você vai ficar com a gente. Está decidido.

Era impossível não ficar emocionada. Fazia poucos meses que eu trabalhava para aquela mulher. Ela mal me conhecia!

Mas sua generosidade — e a do marido rabugento — era lendária na cafeteria. Angela tinha me contado que, se eu trabalhasse lá por seis meses, teria direito a plano de saúde — com oftalmologista e dentista.

— Não é o melhor plano. — Angela, que havia se divorciado recentemente, voltara a morar com a mãe enquanto estudava administração na faculdade comunitária local. — Mas é o melhor plano oferecido por essas bandas, e isso inclui os empregos da prefeitura. Talvez eu continue trabalhando na cafeteria até depois de me formar.

Agora, a Sra. Hartwell me oferecia uma cama em sua própria casa se uma inundação catastrófica acontecesse.

Fiquei me perguntando como essa bondade toda não havia sido transmitida para seu sobrinho, que — apesar das gorjetas generosas — não era conhecido pela simpatia. Por outro lado, o tio dele também não era o homem mais agradável do mundo.

— É sério — falei, levantando a mão para interromper a Sra. Hartwell. — Não posso mesmo. Tenho um gato, e ele acabou de passar por uma cirurgia dentária...

Lucy Hartwell fez outra careta.

— Ah, não precisa se preocupar com isso. Nós adoramos bichinhos. Você sabe quantos animais abandonados a Nevaeh acolheu do abrigo? Um papagaio, dois coelhos e uma tartaruga. Isso sem falar dos vira-latas do Drew. Seu gato vai ficar bem. Vamos arrumar um quarto só pra vocês dois, e vai dar tudo certo.

Então o sobrinho dela também passaria o furacão lá? Que interessante.

Bom, fazia sentido. No noticiário, tinham enfatizado que pessoas que morassem perto da costa ou na costa deviam ter prioridade nos abrigos, porque estariam mais ameaçadas pela ressaca e pelos ventos perigosos do Marilyn. Drew Hartwell, que tinha uma casa na praia ainda em construção, se enquadraria nessa categoria.

Mas é óbvio que ele não iria para um abrigo se podia ficar na mansão de seus ancestrais.

— Não posso mesmo — respondi com firmeza. — Já tenho um lugar. Um... um quarto de hotel em Coral Gables, com minha colega de apartamento. Ela é enfermeira e já foi levada pra lá pela prefeitura.

A Sra. Hartwell ergueu as sobrancelhas.

— E quando você vai?

— Assim que a cafeteria fechar pra tempestade. Não queria deixar os senhores na mão. Minha colega de apartamento me emprestou o carro.

Pelo menos esta última parte não era exatamente uma mentira.

A Sra. Hartwell continuou com uma expressão incrédula no rosto, mas disse, pegando o celular, que vibrava:

— Bom, então tá. A festa começa às oito. Você sabe onde eu moro, não sabe? — Todo mundo sabia onde os Hartwell moravam, mas ela continuou como se não tivesse noção disso: — No topo da Flagler Hill, a casa branca com janelas azuis. Impossível não achar.

É claro. A casa da Sra. Hartwell era uma mansão linda e imponente no ponto mais alto da ilha, uma colina chamada "Flagler Hill" em homenagem ao construtor da primeira (e única) estrada de ferro do sul da Flórida, Henry Flagler. Os trilhos foram destruídos em 1935 por um dos furacões mais fortes da história dos Estados Unidos (apesar de não ter recebido nome), e jamais foram reconstruídos. Centenas de vidas foram perdidas.

Mas isso tinha acontecido numa época anterior ao radar Doppler, aos alertas prévios e aos abrigos à prova de furacões.

— A gente se vê mais tarde, Sra. Hartwell — prometi.

— Lucy — corrigiu ela enquanto finalmente atendia ao telefone que ainda vibrava.

— Lucy. — Mas o som parecia não sair da minha boca do jeito certo. Ela era a Sra. Hartwell, do mesmo jeito que seu marido era Ed. Eu simplesmente não conseguia pensar nela de outra maneira.

— Ah, oi, Joanne — disse a Sra. Hartwell, empurrando o carrinho. Fui deixada de lado, pelo menos por enquanto. — Sim, oito horas. O que você pode trazer? Nada, só você mesma.

Apesar de a Sra. Hartwell — Lucy — ter dito que eu não precisava levar nada para a festa, fiz compras pensando no evento, pegando mais comida do que pretendia entre as poucas opções que permaneciam nas prateleiras. Quem sabe? Talvez eu fosse convidada para várias festas do furacão nos próximos dias. Eu queria contribuir.

Foi assim que acabei voltando para casa com uma mistura estranha das comidas enlatadas sugeridas pela lista de Daniella, além do refrigerante de laranja e das balas azedas de Sonny (ele ficou tão agradecido que deu até vergonha) e uma variedade de frios (pelo visto, poucos clientes pretendiam comer salame aromatizado com vinho branco durante o furacão), além de torradas chiques, queijos e pastinhas. Eu poderia até morrer durante o furacão Marilyn, mas faria isso com estilo.

Além do mais, comprei álcool, conforme Daniella sugeriu (vodca, não tequila, porque nunca me dei bem com tequila), e também algumas garrafas de champanhe e muitas latas de comida de gato para Gary — tantas quantas cabiam na cesta da minha bicicleta, além das bolsas de lona que pendurei no guidão. Eu não queria que Gary ficasse com fome, e não dava para prever por quanto tempo o mercado continuaria aberto. Quando fui embora, vi os filhos do dono empilhando placas de madeira compensada do lado de fora, se preparando para fechar tudo.

No entanto, os inúmeros bares de Little Bridge não davam nem sinal de que iam fechar. Minha amiga e colega de trabalho no Sereia, Angela, acenou para mim de um deles enquanto eu passava, sentada a uma mesa em frente à praia.

— Amiga! A gente se vê na casa dos Hartwell mais tarde! — gritou ela em um tom animado, segurando um drinque.

— É, até lá! — berrei em resposta.

Enquanto pedalava de volta para casa, pensei que essa história de furacão talvez pudesse até acabar sendo divertida.

Chega a ser quase engraçado o quanto eu estava enganada.

CAPÍTULO 6

Escute as estações de rádio da região, leia os jornais locais e acesse as redes sociais de fontes oficiais antes, durante e após a tempestade para se informar.

Naquela noite, quase todas as notícias na televisão foram dedicadas à tempestade que se aproximava. O Marilyn tinha se tornado tão grande que o tamanho de seu cone de incerteza englobava o estado inteiro da Flórida, o que significava que as pessoas que quisessem sair do seu caminho precisavam ir para outro estado. Sonny e a mãe provavelmente estariam tão seguros em Orlando quanto em Little Bridge.

Porém, com a escassez cada vez maior de combustível e as rodovias já engarrafadas, seria quase impossível escapar agora. Imagens de filas enormes de carros nos poucos postos de gasolina que permaneciam abertos e de prateleiras vazias de mercado, sem comida e garrafas de água, eram exibidas.

Elas eram alternadas com as cenas onipresentes de casas e estabelecimentos fechados com tábuas (algumas estavam pichadas com a frase *Vaza, Marilyn*) e, obviamente, das praias agora vazias de Key West a Miami. Jornalistas entrevistavam moradores da Flórida (não de Little Bridge) que confessavam estar um pouco nervosos por não terem como "escapar da fúria dessa tempestade brutal" (palavras do jornalista, não deles).

Admito que era difícil levar tudo aquilo a sério quando bastava eu abrir a porta para dar de cara com uma noite linda, quente, com o céu salpicado de manchas cor-de-rosa, azul e violeta conforme o sol deslizava até o mar. Uma cotovia tinha se instalado recentemente nos galhos mais altos do jasmim-manga do condomínio e, de vez em quando, começava a cantar de um jeito animado, tentando atrair um parceiro, enquanto alguém fazia churrasco nas redondezas. Dava para sentir o cheiro delicioso de carne sempre que eu saía.

Porém os avisos constantes da chegada de mensagens no meu celular me mantinham com os pés no chão, me lembrando da ameaça que se aproximava.

De Caleb:

> *Vão fechar o aeroporto de Little Bridge para voos comerciais amanhã às oito. Se mudar de ideia, ainda consigo uma passagem antes desse horário. Sei que você acha que não me importo, Sabrina, mas isso não é verdade. Ainda podemos ser amigos, pelo menos. Me liga.*

Da minha melhor amiga e colega de quarto na faculdade, Mira, que estava passando um ano em Paris:

> *É verdade que você não quer sair da ilha com o furacão Marilyn aí e vai ficar sozinha??? Você ficou doida? Eu te amo, mas isso é loucura. Se precisar de um lugar pra se abrigar durante uma emergência, você sabe que a minha tia mora em Tampa. E ela adora gatos. Me liga. Amo vc.*

De Dani:

> *Você precisa vir pra cá. Meu quarto é enorme, o frigobar está cheio E quase todos os bombeiros de Islamorada estão AQUI NO HOTEL. Um deles está pagando shots pra mim no*

bar neste exato momento. Na verdade, acho que tem um incêndio acontecendo. Dentro da minha calcinha. Pega o meu carro e vem LOGO pra cá!!!

Da minha mãe:

Estão removendo os golfinhos do delfinário de Cayo Guillermo, em Cuba. Por causa do mesmo furacão que está indo na sua direção, mas você não quer sair daí. Acha que está mais segura do que os golfinhos? Por favor, por favor, eu te imploro, deixa o Caleb ir te buscar.

Admito que essa última mensagem me abalou. Eu não tinha muita noção do que era um delfinário, mas estava feliz por saber que a vida marinha estaria segura. Que precauções o governo cubano estava tomando para garantir também a segurança das pessoas que viviam perto do delfinário?

Eu estava pesquisando sobre o assunto — depois de ter trocado de roupa três vezes, pensando no que eu poderia usar para a festa — quando bateram à porta. Pela grade de ferro que cobria o visor, vi que eram meus vizinhos, Patrick e Bill. Quando abri, encontrei os dois segurando uma bandeja de shots de gelatina com vodca.

— Equipe de Intervenção dos Preparativos para o Furacão — anunciou Bill. — Mirtilo ou cereja?

— Vocês são doidos. — Ri e peguei um dos copinhos de plástico com uma dose de gelatina azul com vodca. — Querem entrar?

— Ah, bom, a gente até queria — respondeu Patrick. — Mas parece que alguém vai pra algum lugar chique.

Dono da Loja de Aviamentos e Tecidos de Little Bridge, Patrick observou o vestido de alcinha preto estampado com minúsculas flores amarelas que eu tinha acabado de colocar.

Como nos fins de semana Patrick se apresentava em um dos bares locais como a drag queen mais popular da ilha, Lady Patricia, eu valorizava muito suas dicas de moda, então olhei para baixo enquanto enroscava em um dedo a borda da minha saia muito curta.

— Você acha? — perguntei, insegura. — É só uma festa do furacão. Nunca fui a uma antes, então não sei como as pessoas se vestem. Não tá muito exagerado?

— Não se o seu plano for fazer todos os héteros da festa se apaixonarem por você. — Bill, marido de Patrick há mais de vinte anos e gerente de crédito no banco de Little Bridge, tinha se abaixado e tentava tirar Gary de seu pé. — Por que o seu gato é tão obcecado por mim?

— Ele é assim com todo mundo. Então, você acha que é melhor eu trocar de roupa? — perguntei a Patrick, nervosa. — Talvez fosse melhor ir de short e camiseta.

— Não ouse mudar nada. — Patrick se inclinou para alisar um dos cachos cor-de-rosa caídos sobre a minha testa. — As flores amarelas destacam o castanho dos seus olhos. E as pessoas desta ilha só se arrumam quando vão a um julgamento no tribunal. Sempre achei isso uma vergonha. É maravilhoso ver alguém vestido como uma dama. Agora, me diz por que você ainda está aqui. Não acreditei quando vi a luz acesa no seu apartamento por trás das placas. Achei que tivesse saído da ilha há horas.

— Essa pergunta também vale pra vocês. — Por que eu não tinha ido embora? Qual era o meu problema?

Porém a ideia de fugir da tempestade me parecia bem errada. O que era ridículo, porque fazia poucos meses que eu tinha fugido dos meus problemas em Nova York sem nem pensar duas vezes, fazendo pouquíssimos planos sobre aonde eu iria, quanto tempo ficaria ou o que faria da vida nesse meio-tempo.

Mas então cheguei a Little Bridge, e, de repente, a vontade de sair correndo passou. Eu não sabia ao certo qual era o meu lugar no mundo, mas tinha parado de tentar fugir... por enquanto.

E, apesar do que minha mãe dizia, não era por teimosia — ou talvez fosse por teimosia, *sim*, pelo que parecia ser a primeira vez na minha vida. Eu estava me impondo, e isso significava seguir rumo a alguma coisa. Eu não sabia rumo ao que, exatamente... mas talvez fosse por isso que eu continuava ali.

E talvez fosse por isso que eu não conseguia ir embora... por enquanto.

— Pra onde nós iríamos? — Bill se serviu de um dos próprios shots, passando um dedo mindinho ao redor da borda da gelatina para soltá-la, como um especialista, antes de tomar tudo em um só gole. — Nós teríamos que ir até a Georgia pra sair do caminho desse troço. E mesmo assim, quem sabe? Talvez a gente não fosse longe o suficiente.

— Da última vez, fomos pra um hotel em Tampa. Levamos os bebês — explicou Patrick, se referindo aos três pugs que ele e Bill tinham e que chamavam de seus "bebês" — e todo o meu figurino, ficamos no La Quinta, gastamos três mil dólares com a viagem toda e, no fim, a porcaria da tempestade passou por lá também.

— Nossa — falei em um tom compadecido, tentando imaginar Patrick, Bill, todas as roupas de drag de Pat e três pugs apertados em um quarto do La Quinta de Tampa. — Mas vocês também não podem ficar aqui, porque me contaram que tudo inunda...

— Ah, querida — disse Patrick. — Não precisa se preocupar. A gente reservou uma suíte no Cascabel.

— No Cascabel? — Ergui as sobrancelhas.

O Cascabel era um dos hotéis mais caros de Little Bridge... e também um dos poucos edifícios com permissão para ignorar a restrição de dois andares, porque foi construído na década de mil novecentos e vinte, antes de a regra ser criada. O elegante hotel de cinco andares em estilo espanhol havia sido reformado para resistir a ventos de categoria cinco ao mesmo tempo em que oferecia amenidades de luxo, como um spa no último andar e uma adega.

— Reservamos uma suíte no quarto andar — continuou Patrick. — Nosso check-in é amanhã cedo. E a reserva é pro fim de semana inteiro. Vamos enfrentar esse furacão feito duas rainhas.

— Levaremos nosso grill George Foreman — contou Bill, que adorava cozinhar. — Porque meu tio Rick acabou de mandar uns bifes maravilhosos, e me recuso a deixar a carne aqui pra estragar quando faltar luz.

— Mas... — Eu estava confusa. — Não vai dar pra usar o grill na varanda durante o furacão.

— Não, vamos grelhar a carne dentro do quarto mesmo. O Cascabel tem gerador. Então, mesmo que a ilha inteira fique sem luz por causa da tempestade, nós vamos comer como seres humanos civilizados.

— Ah. — Tentei imaginar os dois grelhando bifes em uma suíte de um hotel de luxo durante um furacão. — Os funcionários do Cascabel vão adorar.

— Ah, vai ser cafonérrimo — garantiu Patrick —, mas fabuloso. E você vai ser fabulosa também, porque vem com a gente, é claro.

— O quê? — Comecei a rir. — Não vou, não.

— Amiga, você vem, sim. Como é que a gente vai aproveitar nossos bifes sabendo que você está aqui, talvez se afogando nessa água nojenta do porto? É claro que você vem com a gente. Vamos pedir pra colocarem uma cama extra na suíte. E você pode trazer esse garotinho. — Patrick se abaixou e fez carinho no queixo de Gary. Ele soltou um miado baixinho em protesto, porque não tinha terminado de marcar os pés dos dois, mas então aceitou o afago, principalmente porque aquela região era a parte mais sensível de seu corpinho, e qualquer carinho ali o fazia ter espasmos de êxtase, como Patrick sabia muito bem. — Você sabe que ele se dá bem com os bebês.

Gary se dava mesmo bem com os três pugs de Patrick e Bill.

— É muito legal da parte de vocês me convidar. — Observei Gary se deitar de costas, exibindo a barriga branca e redonda, as quatro patas no ar em um gesto de total entrega. — Talvez eu aceite.

— Ah, perfeito! — Patrick se empertigou, e Gary imediatamente girou para se levantar, voltando para os pés deles. — Bom, precisamos terminar de entregar isso aqui. — Ele indicou os copos de gelatina. — É importante manter o pessoal animado durante esses tempos difíceis.

— É verdade — concordei. — Obrigada de novo.

Quando os dois foram embora, me certifiquei de que Gary tinha comida e água suficientes, dei uma última olhada no meu reflexo para ver se Patrick tinha razão sobre o vestido, tomei meu shot de gelatina e peguei a bicicleta. Resolvi que era melhor ir com ela para a festa da Sra. Hartwell, e não com a scooter, para economizar gasolina. Além do mais, eu pretendia beber.

Felizmente, meu apartamento ficava exatamente abaixo da casa dos Hartwell na colina. Enquanto eu passava pedalando pelas casas com as janelas cobertas, nenhum carro ou pedestre cruzou meu caminho. Era como se eu estivesse em uma cidade-fantasma. Acima da minha cabeça, nuvens roxas se acumulavam rapidamente, iluminadas por um tom de fúcsia brilhante com os raios de calor que ocorriam de vez em quando atrás das árvores. A tempestade continuava distante demais no mar para aquilo ser uma das "faixas de chuva" sobre as quais os meteorologistas alertavam o tempo todo, apesar de o vento estar bem mais forte.

Depois de prender a bicicleta a um poste ornamentado próximo à casa da Sra. Hartwell, tirei da cesta a garrafa de champanhe que levei de presente e subi a longa escadaria de degraus brancos de madeira até a larga varanda dos Hartwell. Ventiladores giravam preguiçosamente no teto enquanto eu apertava a campainha de latão antiquada ao lado da porta vitoriana e escutava o toque correspondente ecoar pela casa — junto com o som ritmado de salsa e conversas altas.

Nada aconteceu. Ninguém tinha me escutado. Às minhas costas, ao longe, um trovão ribombou. Talvez o que eu tinha visto antes não fossem raios de calor, no fim das contas. Talvez os meteorologistas tivessem se enganado, e as primeiras faixas de chuva do Marilyn estivessem chegando mais cedo do que o esperado.

A porta da frente tinha um visor grande, mas era coberto por uma cortina de renda, então eu não conseguia enxergar lá dentro. Mas dava para ouvir as risadas. As pessoas estavam se divertindo, apesar da ameaça iminente.

Encorajada, levei a mão à maçaneta e entrei.

Eu me vi em um hall de entrada comprido, com piso de madeira escura e um candelabro de cristal elaborado. Um cheiro forte de pinho me atingiu. Provavelmente era a madeira extinta com que construíram a casa, como a Sra. Hartwell havia mencionado.

Era nítido que o lugar não tinha passado por muitas reformas desde a época da construção pelo capitão Hartwell original, mas só porque não precisava — a menos na opinião de alguém que não se interessava por decoração moderna, que era o meu caso, de certa forma.

As paredes eram cobertas por lambris e papéis de parede com estampas e cores tradicionalmente náuticas, azul-claro com listras ou conchas bem brancas, os móveis eram pesados, mas de aparência confortável, e o piso de madeira original era coberto aqui e ali por tapetes persas. Pinturas com molduras douradas de ancestrais antigos dos Hartwell adornavam as paredes, os capitães de navio e suas esposas me encarando com seriedade em sobrecasacas e vestidos escuros, que deviam ser muito desconfortáveis no calor subtropical.

A casa dos Hartwell não seguia muito o estilo da Flórida, com exceção de uma gaiola grande de papagaio na sala de estar, que atravessei enquanto seguia para os fundos, de onde vinha a música. Quando passei por ela, o papagaio me cumprimentou com um alegre:

— Olá, Joe!

— Oi pra você também — respondi.

A casa estava escura, graças ao fato de que todas as janelas tinham sido cobertas para a chegada da tempestade...

... pelo menos até eu seguir o ritmo alegre da música e das vozes, passando pela sala de jantar antiquada e adornada e chegando a uma varanda larga, que dava a volta pelas laterais e se abria para um quintal amplo e uma piscina, tudo iluminado por tochas.

— Bree? — chamou uma voz grave e muito familiar.

CAPÍTULO 7

Hora: 20h10
Temperatura: 26°C
Velocidade do vento: 14km/h
Rajadas: 32km/h
Chuva: 0mm

Ele havia trocado a camisa surrada que estava usando mais cedo por uma camisa de botões de cambraia azul-clara e uma calça cáqui tão desbotada que quase parecia branca.

— O que você tá fazendo aqui? — questionou Drew Hartwell.

Essa não parecia a forma mais receptiva de cumprimentar uma convidada, mesmo uma que ele não esperava encontrar, então minha resposta atravessada parecia justificada.

— Humm — falei, erguendo a garrafa de champanhe que levei. — É uma festa? Sua tia me convidou? Sei lá. Águas doces não são bem-vindas ou coisa assim? Eu devia ir embora?

Ele piscou aqueles olhos impossivelmente azuis como alguém que tinha acabado de acordar de um sonho péssimo e balançou a cabeça.

— Mas... — começou ele. Era difícil ouvir sua voz por cima das risadas e das conversas no quintal, e do som alegre da salsa que saía das caixas de som externas acima de nós. — Achei que você fosse sair da ilha.

— Não. Eu disse que não ia. Lembra, a gente teve toda uma conversa sobre como famílias são um saco?

Ele balançou a cabeça de novo. Suas pupilas não estavam tão dilatadas assim, então ele não devia estar chapado.

Mas as sobrancelhas estavam franzidas, e o rosto dele com certeza não exibia um sorriso. Ele parecia preocupado de verdade.

— Você sequer escutou as previsões do tempo? — perguntou ele. — Tem noção de como essa tempestade é forte?

— Humm, tenho — respondi. — E você?

— Eu moro aqui.

— Bom, eu também moro aqui.

— Eu moro aqui *desde que nasci*. Sei como furacões funcionam. E todo mundo devia levar esse muito a sério.

— Tipo as pessoas que moram na praia? — Pisquei para ele, me fingindo de inocente. — A praia que todo mundo está dizendo que deve ser evacuada?

Foi nesse exato momento que fui atingida por um foguete magro e de cheiro doce, que saiu da escuridão do quintal e veio correndo na minha direção, passando um braço suado em volta do meu pescoço.

— Você veio! — Nevaeh me deu um beijo na bochecha. — Eu sabia! Eu sabia que você vinha!

— Ai — falei enquanto ela me apertava. — É claro que eu vim. O que mais eu ia fazer hoje à noite? Mas achei que não fosse te encontrar. Você não tinha um encontro com um cara gato?

A falta de encontros de Nevaeh com caras gatos (sua tia dizia que ela era nova demais para namorar e a proibia de sair com qualquer um dos muitos rapazes que viviam aparecendo na cafeteria, de olho nela) era uma fonte constante de piada entre nós.

— Não — respondeu Nevaeh, fazendo um beicinho fingido. — Mas e você? — Ela se afastou, olhando para o meu vestido. — Que bonita! Se você usasse isso aí com mais frequência, podia ter um encontro hoje. Por que nunca vi esse vestido antes?

— Bom, pensei em usá-lo para limpar o piso da cafeteria, mas cheguei à conclusão de que eu ia ficar muito desarrumada. Onde deixo isso? — Balancei a garrafa de champanhe.

Notei que Drew havia se afastado, provavelmente seguindo para a parte da festa reservada a homens gostosos, solteiros e emburrados que construíam a própria casa na praia.

— Eu disse que não era pra trazer nada. — A Sra. Hartwell parou atrás da sobrinha, parecendo séria.

— Que bom que ela não prestou atenção! — Animada, Nevaeh tirou a garrafa das minhas mãos.

— Só quando você for maior de idade, mocinha. — A Sra. Hartwell pegou a garrafa da sobrinha. — Muito bom — disse ela, me fitando com as sobrancelhas levantadas depois de analisar o rótulo. — Não tenho certeza se vale a pena desperdiçar isso com esse pessoal. Talvez eu esconda a garrafa só pra mim.

— Pode esconder — falei. — Ela é sua.

A Sra. Hartwell riu, parecendo envergonhada, e chamou o marido, que estava em uma parte mais baixa do quintal, perto da churrasqueira — ou melhor, das churrasqueiras, com vários homens, todos empenhados em assar carnes sob o calor de várias tochas.

— Ed — berrou a Sra. Hartwell. — Ed, Bree Beckham trouxe champanhe pra gente!

Como era de se esperar, já que Ed Hartwell raramente se dava ao trabalho de falar a menos que precisasse gritar com alguém, ela recebeu apenas um resmungo como resposta. Mas parecia ser um som de satisfação.

— Bom, vamos colocar isso aqui pra gelar — disse a Sra. Hartwell, e começou a se mover na velocidade da luz. — E pegar uma bebida pra você, óbvio.

Ela desceu a escada até um dos maiores quintais que já vi na ilha — que, medindo apenas três por seis quilômetros, vivia em uma constante e desesperada batalha para manter espaços verdes.

Os Hartwell haviam feito um bom trabalho na conservação do terreno. O quintal era cheio de plantas nativas, em geral variedades de palmeiras, algumas chegando a medir seis metros de altura, proporcionando uma cobertura refrescante sob o imprevisível céu noturno. O ar estava tomado pelo aroma da dama-da-noite, do ilangue-ilangue e de carnes e legumes assados. Orquídeas exóticas em múltiplas cores, brancas, roxas, amarelas e laranja, cresciam dos troncos de algumas palmeiras, as flores balançando levemente com a brisa quente.

A Sra. Hartwell deixou meu champanhe em um balde prateado com gelo e várias outras garrafas de vinho, a maioria aberta, sobre um banco em estilo marroquino todo entalhado perto da piscina. Com formato de feijão e cercada por plantas para dar a impressão de ser uma lagoa natural (mas azul-turquesa), a piscina emitia um brilho iridescente em meio à escuridão do quintal, uma safira cintilante entre os tons de rubi e topázio das tochas.

Sob os incentivos da Sra. Hartwell, me servi do vinho branco de uma das garrafas abertas em um copo de plástico, enquanto Nevaeh, que tinha vindo atrás da gente, permanecia ao meu lado, tagarelando sem parar.

— E ali é onde deixamos os coelhos — explicava ela, me guiando para uma área do quintal próxima ao que parecia ser uma das estufas mais fofas que já vi, pintada de branco, com detalhes em azul, para combinar com a casa. — Nós nos oferecemos pra cuidar de alguns animais do abrigo durante a tempestade. Eles sempre dão um jeito de encontrar lares temporários pra todos os bichinhos durante furacões. Pegamos dois coelhos. O que você acha? Eles não são as coisas mais fofas do mundo?

Depois que minha visão se ajustou, vi que os coelhos estavam aconchegados em suas novas tocas de madeira, os focinhos cor-de-rosa e marrom se contraindo enquanto eles mordiscavam uma cabeça de alface que alguém havia deixado dentro do cercadinho. Concordei que eles eram mesmo, como Nevaeh tinha dito, as coisas mais fofas do mundo.

— Quando começar a chover, vamos levá-los pra dentro — continuou Nevaeh. — Montei um cercadinho na lavanderia pra eles, daqueles de bebê. Quero ficar com eles pra sempre, e com o papagaio e a tartaruga também, mas o tio Ed disse que já temos animais demais. Não sei por quê. Só temos dois gatos de rua que aparecem porque dou comida pra eles. Na verdade, eles moram embaixo daquela igreja no fim da rua. Sei que ele vai mudar de ideia. Ai, meu Deus, Katie!

Esta última parte foi direcionada a uma garota que tinha acabado de chegar à festa, a melhor amiga de Nevaeh, Katie, que, como Nevaeh, usava um top, short curto e uma espécie de robe de seda. Como Nevaeh, ela também havia feito chapinha no cabelo, que brilhava. As duas soltaram um grito animado ao se verem.

Como já fazia tempo que a Sra. Hartwell tinha sido distraída por outro convidado, me afastei enquanto Katie e Nevaeh se esganiçavam sobre a coincidência das suas escolhas de roupas, notando Angela parada ao lado de uma mesa cheia de batatas, molhos e outros petiscos de festa.

— Oi, amiga — disse ela ao me ver, me dando um abraço de boas-vindas. — Opção é o que não falta por aqui.

Quando me virei para olhar a impressionante variedade de comida — boa parte do que estava no carrinho de compras da Sra. Hartwell naquela tarde, porém agora transformado em bandejas convidativas de nachos cobertos de queijo, carne assada fumegante, peixe com molho frio e picante, pipoca gourmet, pavê de morango e salada de melancia —, Angela se inclinou para sussurrar no meu ouvido:

— Não falta opção atrás da gente também.

Eu me virei para olhar. Os Hartwell tinham uma mesa de sinuca externa, ao redor da qual parecia estar reunida a maioria — se não todos — dos solteiros (e solteiras) mais cobiçados da Ilha de Little Bridge. Seria difícil ignorar que Drew fazia parte do grupo, já que ele mirava uma tacada bem naquele momento. Sob o brilho amarelo enevoado dos globos de festa que alguém havia pendurado acima da mesa, dava para ver que ele tinha afastado as mangas da camisa de cambraia até os cotovelos, revelando os antebraços queimados de sol, que se flexionaram enquanto ele se inclinava sobre o feltro verde, assim como o lado esquerdo de sua bunda, nitidamente delineada pelo tecido fino daquela calça cáqui desbotadíssima.

Bom, olhar não tira pedaço, né? Mesmo quando a pessoa que olha não está nem um pouco interessada e, na verdade, se considera fora do mercado.

Tirando que Drew, com uma mecha de cabelo castanho caída sobre os olhos, escolheu aquele exato momento para erguer o olhar, quase como se sentisse que estava sendo observado por mim. Seus olhos azul-claros encontraram os meus.

Bosta.

Afastei meu olhar depressa, sentindo que corava.

— A comida está boa? — perguntei para Angela, tomando um gole rápido de vinho. Desejei ter pensado em colocar gelo no meu copo de plástico, para esfriar minhas bochechas subitamente quentes... e outros lugares onde eu também sentia calor.

— A comida? — Graças a Deus, Angela não tinha notado o olhar que troquei com Drew, fosse lá o que tivesse sido aquilo. — Está ótima. Prova o molho de espinafre. Ah, e a carne assada está gostosa também.

— Ótimo. — Eu estava ficando mais corada ainda. Droga! Um dia, eu iria atrás da minha mãe biológica para perguntar se rubores eram um problema de família. Meu pai e minha mãe nunca tinham ficado corados na vida e sempre me provocavam (de brincadeira) por causa disso. — Ele está olhando pra cá?

Confusa, Angela olhou na direção de Drew Hartwell, de onde eu só ouvia o murmúrio de conversas despreocupadas e, por algum motivo, o choro de um cachorro.

— Quem está olhando pra cá? Do que você...?

— Nada. Que bom. Esquece.

Angela começou a rir.

— Ai, meu Deus. Você só pode estar de brincadeira. Drew Hartwell?

— Não. De jeito nenhum. É só que ele me pegou olhando, e não quero que ele pense que...

— Ah, é. Porque seria uma ideia ridícula?

— Pois é.

— Então por que você está toda arrumada?

Eu sabia que não devia ter escutado Patrick.

— É só um vestido — falei. — Estamos numa festa, então coloquei um vestido.

— Uma festa do furacão. — Angela balançou a cabeça, achando graça. — Ninguém se arruma pra festas do furacão. Todo mundo passa o dia todo suando, pregando placas sobre janelas por aí pra fechar tudo, então as pessoas só vestem uma coisa qualquer e saem pra beber. Nossa, eu devia ter imaginado que isso ia acontecer depois de vocês terem passado tanto tempo lá fora hoje de manhã, conversando.

— Eu não estava conversando com ele. Eu estava conversando com outras pessoas — expliquei, rápido. — No telefone. Eu e Drew Hartwell não temos nada, juro. Você me avisou pra ficar longe dele, lembra?

— Aham, como se você me escutasse. — Angela pegou um prato de papel e começou a enchê-lo de pipoca gourmet. — Eu te avisei pra não comer o sanduíche de lagosta da Barraca de Frutos do Mar do Duffy, e você foi direto pra lá.

— Ele apareceu na televisão!

— Isso não quer dizer nada. Sabe de uma coisa, agora que a gente se conhece melhor, acho que não seria a pior coisa do mundo se você e o Hartwell ficassem juntos. Na verdade, vocês têm várias coisas em comum.

— Ah, claro. — Provei o molho de espinafre. Estava delicioso, como tudo que Lucy e Ed Hartwell faziam. — Que coisas seriam essas?

— Bom, os dois são brancos.

Abri um sorriso.

— Ah, sim, todo mundo sabe que esse é o segredo da felicidade nos relacionamentos.

Ela riu.

— E os dois são bem sarcásticos quando querem.

— Isso também pode ser verdade, mas, de novo, não é garantia de um bom relacionamento.

Ela ficou mais séria.

— Os dois gostam de animais. Você tem aquele gato maluco, e o Drew tem, sei lá, uns cinco cachorros na praia.

— Ouvi falar que eram três.

Ela sorriu para mim.

— Nossa, você está a fim dele *mesmo*. Andou perguntando sobre ele por aí?

— A tia dele falou dos cachorros, só isso. E aquela história da picape? Foi você que me disse que...

— Ah, esquece essa parte. Isso aconteceu faz séculos. Antes de ele ir pra Nova York. Faz uma eternidade que a picape dele só para nos mesmos lugares.

— E que lugares seriam esses?

— A garagem dele. E o estacionamento do Sereia. E a loja de material de construção, é claro, pra comprar...

— Dá licença. — Uma voz masculina grave interrompeu nossa conversa. Eu me virei e dei de cara com Drew Hartwell parado ao meu lado, segurando um prato de papel.

Senti meu rosto esquentar de novo, e não era por causa do ar abafado da noite.

— Sim? — perguntei em um tom propositalmente afetado. — Posso ajudar em alguma coisa?

— A carne assada da minha tia. — Ele apontou para algo atrás de mim. — Você está bem na frente.

— Ah. — Pulei para fora do caminho enquanto Angela abafava uma risada. — Desculpa.

O quanto ele tinha escutado? Uma parte? Tudo? Ele não parecia nada sem graça, se fosse o caso, se servindo da carne assada da tia como se estivesse passando fome, empilhando as fatias sobre os pães dispostos para montar um sanduíche.

Eu devia ter fugido para outra parte da festa quando vi Angela abrir um sorriso travesso ao meu lado. Mas é claro que não fiz isso.

— Então, Drew — disse ela em tom de quem puxa papo, quase sem conseguir segurar o riso. — É verdade que você vai pra sua casa em Sandy Point agora na tempestade?

— É verdade. — Drew hesitava diante da vasta seleção de molhos barbecue caseiros e industrializados para seu sanduíche de carne.

— Isso que é coragem, Drew — disse Angela, ainda sorrindo. — Estão alertando as pessoas que moram na costa pra encontrarem abrigo mais pro centro da ilha.

— Construí minha casa pra resistir a ventos de quatrocentos quilômetros por hora. — Depois de tomada a decisão, Drew agora enchia seu sanduíche do barbecue selecionado. — Ela tem alicerces com doze metros de profundidade, preenchidos com concreto e vigas de aço, pra resistir à ressaca. Não deve acontecer nada. Mas, se acontecer, vai ser bom eu estar lá pra fazer os consertos na hora.

Eu o encarei.

— Você é doido? É exatamente isso que estão dizendo pras pessoas *não* fazerem.

Ele deu uma mordida grande no sanduíche.

— Você já deve ter percebido — disse ele enquanto mastigava — que essa ilha inteira fica numa costa.

— Percebi — concordei. — Mas você pode ir pra mais perto do centro. Não precisa ficar na praia...

— Que diferença faz pra você? — Aqueles olhos claros brilharam para mim de um jeito meio intenso demais. — Por que você se interessa pelo que eu vou fazer durante o furacão?

Tomei um gole do meu vinho para fugir do sorriso irônico dele.

— Eu não me interesso. Pode acreditar, se você morrer, vou estar pouco me lixando.

Drew sorriu.

— Agora você está começando a falar mais como uma local, água doce. Então onde você vai se abrigar, já que quer tanto ficar aqui?

Não me orgulho em dizer que joguei meu cabelo para trás. Qual era o meu problema? Eu nem estava bêbada, só tinha tomado um shot de gelatina e uns goles de vinho.

— Ah, eu tenho várias opções.

— Sério? — Ele continuava sorrindo. — Tipo onde?

— Eu disse que ela podia ficar comigo — respondeu Angela em um tom despreocupado, se inclinando entre nós para passar um biscoito de milho no molho de espinafre. — Mas parece que ela recebeu uma oferta melhor, já que me dispensou.

Quase engasguei com meu gole de vinho. Aquilo era uma mentira deslavada, e Angela sabia muito bem disso. Mais cedo, na cafeteria, o que ela me disse foi que ficaria na casa da mãe durante o furacão. A casa da Sra. Fairweather era um bangalô histórico, no estilo espanhol, feito de concreto e fora da zona de alagamento, ideal para se abrigar durante tempestades.

Eu poderia ir para lá se quisesse, tinha dito Angela, mas os rottweilers do irmão dela também estariam na casa e talvez não gostassem muito de Gary.

Eu não tinha levado o convite a sério.

— Humm — falei. Nem em sonho eu diria que a própria tia de Drew tinha me convidado para ficar com ela. Aquilo provavelmente me faria cair na armadilha perversa que Angela parecia estar armando para mim. — Sim, bem, Lady Patricia me convidou pra ficar com ela numa suíte do quarto andar no Cascabel...

O sorriso dele desapareceu.

— No Cascabel? Você não vai ficar lá, né?

— Bom — respondi, notando que o problema dele parecia ser com o hotel, não com minha anfitriã. Lady Patricia era a drag queen mais querida de Little Bridge, e todo mundo comprava os tecidos para suas cortinas e estofados na loja de Patrick. — Bom, sim, estou cogitando a ideia. E Pat diz que o hotel é resistente à categoria cinco...

— O prédio em si, sim. Mas a recepção e as escadas alagam sempre que chove um pouco. Por que as pessoas nunca se lembram disso?

— Nunca se lembram do quê? — Ed Hartwell se aproximava com um prato ainda fumegante da churrasqueira. Ele parecia ter quase todas as opções possíveis, entre hambúrgueres, linguiças, espetinhos e cogumelos portobello.

— Do Cascabel — respondeu Drew. — De que adianta estar seguro da ventania lá no alto quando você não conseguiria sair do hotel no caso de uma emergência, porque tem dois metros de água no térreo?

— Eles têm gerador — comentou Angela.

— É, pros quartos — disse Drew. — Não é o suficiente pra iluminar os corredores e a recepção. E eu não confiaria na rede elétrica nessas condições. A água salgada vai inundar o poço dos elevadores, corroer os cabos. Então você ainda precisa subir e descer uma escada úmida, escura e fedida sempre que precisar sair pra qualquer coisa...

Quem sabe quanto tempo eu seria obrigada a continuar ali, educadamente ouvindo os moradores locais debaterem os prós e contras de passar o furacão no hotel Cascabel, se o cachorro que estava choramingando não tivesse, do nada, soltado um ganido de dor? Nós quatro viramos a cabeça na direção do som.

— Ah, não — resmungou Angela.

Foi então que notei que havia um penetra na festa do furacão.

CAPÍTULO 8

Evite o consumo de bebidas alcoólicas antes, durante e depois da tempestade. Embora pareçam refrescantes, elas podem desidratar você e prejudicar seu raciocínio.

Rick era cliente assíduo do Sereia, apesar de muitos de nós, funcionários, desejarmos que suas visitas fossem menos frequentes. Ele nunca perdia o almoço executivo e sempre pedia a mesma coisa — meio sanduíche cubano e uma sopa por seis dólares e noventa e cinco centavos —, e aumentava a conta com vários Bloody Sereias (Bloody Marys, só que enfeitados com um camarão espetado em um palito).

Mas Rick sempre pedia doses duplas.

Eu sentiria pena dele se não fosse por um detalhe. Segundo os boatos, antes de o alcoolismo levar tudo embora, ele tinha uma esposa, filhos e uma imobiliária bem-sucedida. Ainda havia placas desbotadas da Aluguéis de Temporada Rick Chance nas laterais de vários pontos de ônibus pela cidade, e o próprio Rick costumava se vestir elegantemente com camisas brancas de botão e calças cáqui impecáveis, frequentemente me informando que estava esperando o término das negociações de uma propriedade de um milhão de dólares (que, por algum motivo, nunca acontecia).

Mas então havia Socks.

Socks era um cachorro imundo, porém fofo, preto e branco (bom, ele seria preto e branco se tomasse banho. Sua cor atual era mais preto e cinza), com uma orelha levantada e outra que parecia permanentemente caída. Por algum motivo, de todas as pessoas em Little Bridge, Socks havia se apegado justo a Rick.

Ele seguia Rick Chance por todo canto, incluindo o Sereia, apesar de, na teoria, só permitirmos a entrada de animais de serviço.

Mas imagino que, de certa forma, Socks ajudava Rick, já que não gostava do estilo de vida do dono e frequentemente ficava impaciente, sentando-se embaixo de qualquer que fosse o banco que Rick assombrava.

Quando isso acontecia, Socks choramingava, pedindo para passear, e Rick era obrigado a pagar e ir embora. Eu o via cambaleando pela rua até o próximo bar, com Socks trotando ao seu lado em uma postura orgulhosa, animado por finalmente ter um dono.

No entanto, às vezes, quando Socks chorava para sair, Rick ainda não tinha terminado sua bebida e não queria ir embora.

Então, ele cutucava Socks nas costelas com o pé — só que nem sempre com delicadeza suficiente para chamar o gesto de cutucada.

Todos nós já tínhamos alertado Rick várias vezes sobre a maneira como ele tratava Socks, principalmente Ed Hartwell. Rick tinha sido expulso do Sereia em inúmeras ocasiões, sendo alertado a só voltar quando parasse de beber. A Ilha de Little Bridge oferecia vários serviços para pessoas que desejassem ajuda nesse sentido, quase todos gratuitos. Havia muitos grupos grandes e entusiasmados de Alcoólicos Anônimos, um dos quais se reunia com frequência na mesa comprida dos fundos do Sereia, chamado Âncoras Içadas.

Mas Rick se recusava a admitir que tinha um vício ou que não tratava o cachorro da forma correta.

Como Rick era tão patético, e Socks, tão fofo, era comum que a Sra. Hartwell passasse por cima das ordens do marido e aceitasse a entrada de Rick na cafeteria, mesmo quando era nítido que ele estava bêbado, só para dar a Socks e a seu dono as refeições e a água de que precisavam para permanecerem vivos.

Eu não havia notado o homem de camisa de botão sentado em um banco alto perto da mesa de sinuca até o cachorro no piso de ladrilho embaixo dele começar a chorar.

Porém, assim que isso aconteceu, todo mundo focou nele, inclusive Drew Hartwell.

Drew tinha acabado de levantar a cerveja para tomar um gole. Então ele a afastou da boca e, em um tom tão gélido que esfriaria até aquela noite quente de verão, perguntou:

— Com licença, mas você acabou de chutar esse cachorro? Foi isso mesmo?

Pela forma como suas pálpebras estavam caídas e pelo jeito instável como se empoleirava no banco, parecia que Rick não havia bebido só cerveja.

— Eu? — Seu rosto castigado pelo tempo foi tomado por uma expressão muito exagerada de choque. — Jamais! Nunquinha. Nada disso, não fui eu. Eu não chutaria um cachorro.

Pelo comportamento do cachorro e pelas expressões repreensivas de todos por perto, era nítido que Rick realmente tinha acabado de chutar o cachorro.

Mas Drew não tinha visto a cena com os próprios olhos, então não podia provar nada. E todo mundo estava quieto. Pelo visto, as pessoas sentiam pena de Rick, talvez pensando na esposa e nos filhos que ele tinha abandonado (ou que o expulsaram de casa, a teoria mais plausível).

A música que saía das caixas de som da varanda dos fundos parecia alta demais no silêncio que se seguiu, durante o qual Drew ficou encarando o dono de Socks.

Foi Ed Hartwell quem quebrou o silêncio.

— Rick — disse ele em sua voz grave, geralmente rouca pelo pouco uso —, eu já avisei pra você não mexer com esse cachorro.

A voz de Rick saiu num tom defensivo.

— Ed, você me conhece. Eu amo os cachorro tudo. — Na bebedeira, que era quase o tempo todo, o domínio gramatical de Rick se tornava falho. Ele também adotava um sotaque sulista, o que era muito estranho, porque ele dizia ter nascido em Rhode Island. — Eu nunca chutaria um cachorro!

Drew apontou bem para a cara de Rick Chance.

— Eu acho que você chutou esse cachorro — disse ele no mesmo tom gélido. — E se eu te pegar fazendo isso de novo, vou te meter a porrada.

Apesar de ser uma noite tropical quente, com uma brisa leve balançando as folhas das palmeiras, senti um calafrio subir pelas minhas costas. Drew Hartwell não estava de brincadeira. Eu nunca tinha visto aquelas rugas leves que surgiram ao redor de seus olhos azuis, nem mesmo quando Leighanne jogou as chaves e o saleiro nele.

Ele estava com raiva. No lugar de Rick, eu iria embora da festa naquele segundo.

Mas Rick apenas riu, como um tolo, e tomou outro gole de sua cerveja.

— Relaxa, irmão. Tu nem precisa se preocupar, porque eu num sou de ficar chutando cachorro.

Drew baixou o braço e disse em uma voz cheia de desdém:

— Eu não sou seu irmão.

Então ele se virou e voltou para a mesa de sinuca, já que era sua vez de novo.

Só depois que ele saiu do meu lado que fui me dar conta de que assisti à conversa inteira prendendo a respiração. Só soltei o ar, deixando o oxigênio voltar a circular pelo meu corpo, depois que Drew se virou.

— Nossa — falei baixinho.

Angela, ao meu lado, tomou um gole demorado de sua bebida.

— É. Que tenso.

— Pois é. O Drew não conhecia o Rick?

Angela deu de ombros.

— Você quer dizer antes de ele virar o que é agora? Devia conhecer. Todo mundo conhecia o Rick quando ele estava no auge. A imobiliária dele era a maior da cidade. Mas agora? O Drew aparece mais no Sereia pro café da manhã, lembra? Quando o Rick chega pra almoçar, ele já foi embora.

Fazia sentido. Os clientes do café da manhã e do almoço raramente se encontravam.

— Depois desse dramalhão todo, preciso reabastecer — disse Angela, erguendo o copo vazio. — E você?

Meu copo também estava vazio. Concordei com a cabeça, e nós duas seguimos para a pequena alcova perto da piscina, onde a Sra. Hartwell havia deixado os vinhos gelando...

Pelo menos, era para lá que estávamos indo quando escutamos o barulho: outro ganido de dor de Socks.

— Ah, não. — Angela ficou paralisada ao meu lado. — Me diz que ele não acabou de...

Antes de qualquer uma de nós conseguir se virar para ver o que estava acontecendo, ouvimos: o som terrível — e inconfundível — de osso acertando osso. Girei bem a tempo de ver Rick desmoronado sobre os ladrilhos dos Hartwell, segurando o rosto em aparente agonia.

— Aiiii — gemeu Rick em suas mãos fechadas em concha. — Vocês viram isso? Vocês viram? Drew Hartwell me bateu! Ele me deu um soco na cara. Por que você fez isso, Drew?

Drew Hartwell estava parado a alguns metros do homem caído, balançando a mão no ar. As juntas de seus dedos pareciam arder.

— Você sabe por que, Rick — respondeu ele, calmo.

— Não dá pra dizer que ele não te avisou, Rick. — Um dos colegas de sinuca de Drew se preparava para dar sua tacada como se nada tivesse acontecido. — Você mereceu.

— Levanta, Rick — disse outro cara. — Você está bloqueando a mesa.

No entanto, Rick não parecia estar com vontade de levantar. Em vez disso, ele rolou pelos ladrilhos dos Hartwell, apertando os dedos contra o rosto, enquanto Socks, preocupado, tentava lambê-lo.

— Você deve ter quebrado o meu nariz — gritou Rick. — Todo mundo viu! Drew Hartwell quebrou meu nariz! Vou te processar. Eu vou te processar, Drew Hartwell!

— Pode ficar à vontade — disse Drew, educadamente, antes de ir até a mesa de comida, onde havia um cooler grande cheio de cerveja e refrigerante. Ele enfiou a mão dolorida lá dentro.

Ed lançou um olhar ressentido para o sobrinho e se inclinou para ajudar Rick a se levantar.

— Anda, Rick — disse ele. — Seu nariz não está quebrado. Mas vamos pegar um gelo. E um café também, acho.

— Não quero gelo. — Rick desvencilhou o braço que Ed segurava com um puxão. — Nem quero seu café. Quero o seu garoto preso. Você viu o que ele fez comigo?

— Ele só fez o que você merecia há muito tempo, Rick, e você sabe disso. — Ed falava com Rick, mas olhava com raiva para Drew. — Agora, vem comigo...

Mas era tarde demais. Rick escapou de Ed, e então desapareceu da área da mesa da sinuca, entrando na parte mais escura do quintal e seguindo rumo às tocas dos coelhos, ainda apertando o nariz.

Socks, sempre leal ao dono, teria ido atrás se eu não tivesse esticado o braço e segurado sua coleira para mantê-lo ali. Nós dois éramos amigos, já que eu sempre lhe dava água e biscoitos no Sereia quando a Sra. Hartwell não estava lá para fazer isso.

O cachorro só tentou se libertar por um instante, lançando olhares preocupados na direção que o dono havia seguido, chorando baixinho, sem entender por que eu o estava segurando.

Eu não era contra Rick ter um animal de estimação. Só achava que ele deveria aprender a cuidar de um cachorro antes de ter um.

— Shhh — falei para o cão, acariciando sua orelha caída para acalmá-lo. Ele era um vira-lata, uma mistura de border collie com alguma outra raça. Seria mais fácil entender qual depois que ele tomasse um banho. — Está tudo bem. Tudo vai ficar bem agora. Senta, Socks. Fica.

— Alguém devia dar água pro cachorro — disse Drew, irritado, com a mão direita ainda imersa no cooler de cerveja.

— Você acha? — Lucy, a tia de Drew, parecia furiosa. Eu não sabia se era por sua linda festa ter sido interrompida por uma briga ou por seu amado sobrinho ter sido o primeiro, e único, a dar um soco. — Será que não tinha um jeito melhor de lidar com a situação do que dando um murro no dono dele?

Drew teve o bom senso de parecer um pouco envergonhado.

— Tinha. — Ele tirou a mão do cooler e examinou as juntas doloridas. — Bom, eu fico meio nervoso quando vejo um animal sendo maltratado.

— Ah, e o restante de nós adora ver essas coisas. Mas, de alguma forma, a gente consegue se conter.

Ele encarou a tia por um instante, como se não conseguisse acreditar no que ela tinha dito. Eu também não conseguia. Para falar a verdade, bem que eu queria ter tido a oportunidade de dar um soco em Rick Chance. Ainda bem que alguém finalmente tinha tomado uma atitude... e me peguei sentindo uma admiração crescente por Drew Hartwell.

Admiração? Por Drew Hartwell? Não. Isso não fazia parte do plano. Não que *houvesse* um plano, exatamente, mas o que existia não incluía me permitir sentir nadica de nada por Drew Hartwell. Eu estava dando um tempo dos homens, estava livre dos homens, estava de férias dos homens... pelo menos até conseguir entender como cometi o absurdo de me envolver com um cara como Caleb.

Ainda bem que Nevaeh surgiu do nada, se ajoelhando com uma tigela grande de água fresca diante do cachorro e me distraindo de meus pensamentos sombrios.

— Aqui, Socks — chamou ela em um tom carinhoso. — Deixa esses dois pra lá, eles estão só pentelhando, como sempre.

Por sorte, Socks, dividido entre a água gelada e seu amado dono, baixou a cabeça para sorver o líquido, fazendo barulho e dando a todos nós uma distração providencial.

— Coitadinho. — A Sra. Hartwell desviou seu foco do cachorro e o passou para o sobrinho. — Ele estava com sede mesmo. Eu devia ter trazido água antes. Talvez a gente não tivesse se metido nessa confusão toda.

— A confusão é minha, não sua, Lu — disse Drew com o maxilar rígido e um olhar duro. — Vou resolver tudo.

— Como? — Quis saber a Sra. Hartwell. — Como você vai resolver alguma coisa? Onde aquele pobre coitado vai cuidar do nariz? O hospital está fechado. A clínica também, porque todos os médicos saíram da cidade, menos o Dr. Schmidt, mas ele é veterinário e, pelo que ouvi falar, ia à festa do furacão da Martina Hernandez, lá em Stork Key. Para encontrar um médico, o Rick precisaria ir a Miami, mas com certeza ele não está em condições de dirigir, mesmo que tivesse um carro, o que não é o caso, porque a esposa ficou com o dele no divórcio. A menos que você dê uma carona pra ele…

— Humm… não, obrigado.

— Você precisa pensar antes de fazer as coisas. Você nunca pensa. Você só…

— Com licença.

O som das bolas de sinuca batendo, que havia voltado ao ritmo anterior depois que Rick foi embora, sumiu conforme uma sombra alta caía sobre o pátio. Eu mal consegui acreditar quando levantei o olhar e dei de cara com o delegado — fardado, ainda por cima — e Rick Chance ao seu lado.

Com os olhos arregalados, olhei de Rick para Drew, mas o último parecia tranquilo, esticando o braço para segurar a coleira de Socks, já que o cachorro deu um latido alegre ao ver o dono e fez menção de correr para o seu lado.

— Lucy — O delegado baixou a ponta do chapéu, todo educado, para a mulher mais velha. — Ed. Desculpa incomodar.

— Ah, você sabe que nunca incomoda, John. — O rosto da Sra. Hartwell estava radiante com uma felicidade genuína. Ela não parecia ter se dado conta do significado da presença do delegado. — A gente estava mesmo querendo saber quando você ia aparecer. Guardei um prato da minha carne assada pra você. Sei que você adora.

— Que bondade a sua — disse John Hartwell. — Na verdade, eu estava vindo pra cá.

Ele era alto, com o cabelo castanho e os olhos azuis iguais aos de Drew, já que, como quase todo mundo na ilha, também era parente de Ed Hartwell — mas o grau de parentesco entre os dois era um mistério para mim. Eu já o tinha atendido várias vezes na cafeteria. Ele gostava de café puro e ovos com gema mole. Como a maioria dos Hartwell, ele era de poucas palavras, mas dava gorjetas generosas.

— Mas acho que minha visita deixou de ser pessoal — prosseguiu ele —, já que dei de cara com o Rick aqui quando cheguei, e ele me disse que levou um soco de alguém.

— Não de alguém — insistiu Rick. — Dele! — Rick apontou para Drew. — Drew Hartwell me bateu, e todo mundo aqui viu!

CAPÍTULO 9

Não espere receber ajuda de socorristas durante ou imediatamente após a tempestade; é provável que eles tenham saído da região com a família para a própria segurança.

O delegado Hartwell olhou ao redor do quintal, estreitando os olhos azul-claros.

— Isso é verdade? — perguntou para a festa como um todo.

Prendi a respiração. Figuras de autoridade — qualquer pessoa fardada — sempre me deixavam intimidada.

Mas alguém precisava defender Drew. Era óbvio que Rick tinha merecido. Que tipo de pessoa saía por aí chutando pobres animais inocentes?

Tirando o fato de que a pessoa que mentisse por Drew estaria obstruindo a justiça (ou cometendo perjúrio). Para mim, estudar Direito tinha sido uma decisão infeliz — em mais de um sentido —, mas até eu sabia que, em certas circunstâncias, se você não denunciasse um crime — que dirá mentisse para a polícia —, também poderia ser indiciado.

Quando olhei para os rostos ao meu redor, reconheci em cada um deles a mesma determinação resoluta que eu sentia — de não permitir que Drew se encrencasse pelo que tinha feito, porque, no fim das contas, ele estava certo.

Mas também detectei um toque de indecisão... pelo visto, ninguém queria se meter em encrenca.

Se havia alguém na festa dos Hartwell que poderia enfrentar uma acusação de perjúrio (ou bancar a fiança) com facilidade, seria eu. Afinal de contas, eu era filha da juíza Justine.

Acho que foi esse o meu raciocínio quando, indo na contramão do bom senso, levantei a mão meio hesitante e falei baixinho:

— Humm... delegado?

O homem alto se virou para mim.

Ele não foi o único. Todos os olhares no quintal estavam focados em mim. Minhas bochechas coraram. O que eu estava fazendo?

— Senhorita? — Era nítido que o delegado não me reconhecia fora da cafeteria, sem o uniforme e o crachá do Sereia.

— Humm — falei, baixando a mão. — Eu não vi ninguém bater no Sr. Chance — menti no meu tom mais educado. — Mas eu vi o Sr. Chance chutar aquele cachorro.

Enquanto eu apontava de Rick para Socks, várias cabeças ao redor começaram a concordar, e vi suas expressões passarem de chocadas para astutas.

— Eu também. — Angela, ao meu lado, deu um passo à frente. — Eu vi quando ele chutou o cachorro.

— Ele chutou algumas vezes — disse um dos amigos de Drew.

— *Forte* — acrescentou outro.

— Ele vive chutando aquele cachorro — alegou um terceiro.
— Isso é um absurdo.

O delegado olhou para Rick, estreitando os olhos azul-claros.

— É verdade isso?

— Eu mal encosto nele. — Rick começava a se afastar do brilho das luzes da festa, entrando na escuridão das sombras do quintal, para longe dos olhares acusatórios que recebia. — Você sabe como é esses cachorro. E aquele lá nem é meu...

— Sério, Rick? — Drew precisava segurar a coleira esfarrapada de Socks com força, com o cachorro se impulsionando na direção do dono, já que até animais maltratados continuam amando seus tutores. — Você está mesmo dizendo que ele não é seu?

Rick balançou a cabeça com veemência.

— Nunca vi esse bicho antes.

Todo mundo no quintal soltou um grunhido de protesto.

Eu tinha atendido o delegado Hartwell vezes o suficiente para saber duas coisas sobre ele. A primeira era que ele era pai solo, mas nunca saía com ninguém — as mesmas mulheres que tinham se oferecido para encher o saleiro de Drew Hartwell faziam ofertas parecidas para o delegado, sem sucesso —, e a segunda era que ele adorava cachorros. Ele sempre fazia carinho na cabeça de todos que encontrava.

Não demorou muito para que ele tomasse uma decisão sobre Rick.

— Vamos — chamou o delegado, pegando o braço de Rick.

— A-aonde a gente vai? — Os olhos de Rick estavam arregalados.

— Você sabe aonde a gente vai. — A voz do delegado era surpreendentemente gentil enquanto ele puxava o homem menor para fora das sombras e de volta ao brilho das luzes da festa. — É um lugar que você conhece bem.

— Mas você não pode me prender! — A voz de Rick ficou tão aguda que parecia histérica. — Eu num fiz nada! Foi *ele* que fez! — Rick apontou para Drew, que observava a cena com ar interessado. — Ele me bateu!

— Pode até ser que isso seja verdade, Rick — disse o delegado, meio arrastando e meio empurrando o homem pela multidão de convidados, rumo ao portão dos fundos dos Hartwell. — Mas ninguém aqui parece disposto a te defender. E o que *estão* dizendo é que você chutou o cachorro. E isso é crueldade contra animais, sujeito a uma fiança de sete mil dólares neste condado. É melhor você colocar a cabeça no lugar.

— Na *cadeia*? — Rick estava furioso. — Está vindo uma tempestade aí!

— Lá é o lugar mais seguro na cidade pra você. O presídio fica no alto e aguenta ventos de categoria cinco. — O delegado lançou um último olhar para Drew antes de desaparecer com o prisioneiro. — Você vai cuidar do cachorro? — Era uma pergunta que o dono do animal nem tinha pensado em fazer.

Drew concordou com a cabeça, segurando com mais força a coleira esfarrapada de Socks. O cachorro gania, ansioso para seguir o único dono que teve nos últimos meses, apesar de não ter sido um bom dono.

— Pode deixar — disse Drew.

Por que eu senti tanto tesão pelo tom autoritário e frio em sua voz? Ou pela maneira como o delegado concordou rápido com a cabeça e foi embora, confiando completamente que "podia deixar" que Drew Hartwell resolvesse o problema e lidasse com o cachorro?

Havia algo muito estranho comigo naquela noite. Talvez fosse o álcool (apesar de eu ter bebido pouco).

Talvez fosse porque Drew Hartwell parecia muito bonito com aquela camisa.

Talvez fosse a tempestade que se aproximava.

Talvez fosse porque fazia uma eternidade que eu não sentia admiração por um homem.

Não importava o motivo, eu precisava ir embora dali antes que fizesse algo de que me arrependesse depois.

— Pronto — falei, me virando para Angela. — Já deu pra mim. A gente se vê amanhã.

Angela parecia chocada.

— O quê? Você acabou de chegar. Ainda nem provou a carne assada!

— Parece deliciosa mesmo. — Coloquei meu copo de vinho vazio em cima de uma mesa de ferro fundido. — Mas vou trabalhar no turno do café amanhã...

— Ah, mas e daí? Eu também.

— Que ótimo. — Tentei não olhar na direção de Drew, apesar de eu ter percebido que ele tinha virado o centro das atenções da maioria dos convidados. As pessoas lhe davam os parabéns por ter saído impune do soco que deu em Rick e faziam carinho em Socks. Socks parecia estar adorando os holofotes. Drew, nem tanto.

— É só que estou muito cansada — falei para uma Angela meio desconfiada, que tinha seguido a direção do meu olhar. — A gente se vê amanhã.

— Tudo bem. — Agora, Angela parecia suspeitar de alguma coisa. — Bom, então você pode escrever os especiais do café da manhã nos quadros.

— Combinado.

Troquei dois beijinhos com ela para me despedir, depois segui na direção da Sra. Hartwell, que eu tinha visto na alcova do vinho, se servindo da garrafa de champanhe que eu trouxe.

— Ah, Bree — disse ela, sorrindo ao me ver. — Tome um pouco desse. Foi você quem trouxe. E a gente também tem muito o que te agradecer.

Senti que estava corando pela milionésima vez naquela noite.

— Não, obrigada. E eu não fiz nada de mais...

— Você salvou nosso menino de dormir na cadeia hoje. — A Sra. Hartwell olhou na direção de Drew, que ainda recebia tapinhas nas costas dos convidados ao mesmo tempo que, disfarçadamente, dava pedaços da carne assada para Socks, que parecia estar se acostumando com o novo dono, que era muito mais bondoso.

Desviei meu olhar rápido, incomodada com a maneira como meu coração pulava ao vê-lo. Assim que eu entrasse em casa, pesquisaria na internet se quedas na pressão atmosférica afetavam a libido das pessoas. Muita gente acredita que a lua cheia tem esse efeito. Talvez a aproximação de furacões também causasse um fenômeno parecido.

Eu não conseguia pensar em outro motivo para, do nada, me sentir tão atraída por Drew Hartwell.

— Não que eu esteja comemorando — continuou a Sra. Hartwell, enfiando a garrafa de volta no grande balde com gelo. — Tudo o que aconteceu foi muito triste. Me sinto péssima pelo Rick, e mais ainda pela esposa e pelos filhos dele, coitadinhos.

— Pois é — falei. — Eu entendo. Mas...

— Sim. Sei o que você vai dizer. Ele já devia imaginar que algo assim acabaria acontecendo.

Eu não pretendia dizer nada daquilo. A única coisa que queria era ir para casa, e não bater papo sobre Rick Chance.

— E, pelo menos desse jeito, tanto ele quanto aquele cachorro fofo vão estar protegidos da tempestade — continuou a Sra. Hartwell. — O delegado vai cuidar bem do Rick, e o Drew vai cuidar bem do cachorro.

— Pois é. — Aquela era a cidade mais esquisita onde eu já tinha vivido, e isso era dizer muito, porque morei em Nova York. Sim, era verdade que a estranheza de Little Bridge era um dos fatores que haviam me atraído. Mas as coisas pareciam estar saindo um pouco do controle. Talvez tivesse chegado a hora de seguir em frente. Pena que eu só tinha chegado a essa conclusão agora, quando não havia gasolina na cidade por causa do enorme furacão que se aproximava. — Bom, eu só queria dar boa-noite e agradecer pelo convite...

A Sra. Hartwell quase engasgou com o gole de champanhe que tinha acabado de tomar.

— Você já vai embora?

Nevaeh, que estava sentada ali perto com a amiga Katie, sensualizando para selfies enquanto comiam morangos, levantou com um pulo, fazendo coro com a preocupação da tia.

— Bree, você não pode ir embora!

— Ah, posso, sim — falei. — É uma pena, mas preciso ir. Eu me diverti muito, mas vou trabalhar cedo no turno do café amanhã, então preciso estar no Sereia antes das seis...

A Sra. Hartwell me interrompeu.

— Ah, é verdade. Mas como você veio pra cá?

Apontei para a rua.

— De bicicleta — respondi, me perguntando que diferença aquilo fazia. — Obrigada de novo por uma noite...

— *Sozinha?* — Nevaeh trocou um olhar horrorizado com a tia-avó. — Ela veio *sozinha* de bicicleta?

— Bem, é óbvio — respondi.

Nada naquela conversa estava indo de acordo com os meus planos, que eram me despedir da anfitriã, ir para casa e me aconchegar com Gary na segurança do meu lar, onde não havia homens lindos e antipáticos salvando cachorros fofos de maus-tratos, fazendo meu coração — e outras partes do meu corpo — formigar de um jeito desconfortável. Meu propósito ao vir para a ilha era ficar sozinha e pensar no que eu faria da vida. Isso não incluía me sentir atraída por homens lindos e antipáticos que gostavam de cachorros.

— Eu moro muito perto — tentei argumentar. — Ali na Washington. Quase não bebi. É bem seguro...

— Claro que é, querida — disse a Sra. Hartwell, dando um tapinha no meu braço desnudo enquanto olhava ao redor, distraída. — Em circunstâncias *normais*. Mas as circunstâncias não estão normais. A cidade foi evacuada. Não resta quase ninguém aqui, e as pessoas que ficaram... bom, vamos apenas dizer que, tirando os convidados da festa, a maioria das pessoas não tem um bom motivo para estar na ilha.

Do que ela estava falando?

— *Ladrões* — chiou Nevaeh para mim, baixinho, parecendo notar que eu não estava entendendo. — Eles vêm de Miami, sabendo que a ilha vai ser evacuada, esperam todo mundo ir embora e roubam todas as casas vazias. E atacam todas as garotas que encontram.

Eu a encarei, me lembrando tarde demais da história que a Sra. Hartwell contou no mercado, relembrando que, durante o Wilhelmina, alguém roubou a caixa registradora e o fatiador de frios do Sereia.

— Ah — falei. — Entendi. Mas não vai ter problema. Só vou pegar a bicicleta...

— Vou pedir pro Drew levar você — disse a Sra. Hartwell.

— O quê? — Meus olhos se arregalaram. — Não...

— Ah, não tem problema — disse a Sra. Hartwell em um tom bondoso. — *Drew!*

CAPÍTULO 10

Hora: 22h18
Temperatura: 26°C
Velocidade do vento: 21km/h
Rajadas: 34km/h
Chuva: 0mm

O sangue congelou nas minhas veias.

— O quê? — repeti. — Não. Não, não, não, não precis...

Mas era tarde demais. Ela já gritava para o sobrinho do outro lado do quintal festivamente iluminado.

— Drew? Ei, Drew!

— Não, é sério, Sra. Hartwell. — Eu estava morrendo por dentro. — Não tem problema nenhum...

Mesmo enquanto eu dizia as palavras, vi Drew vindo obedientemente na direção da tia, com Socks, o cachorro — que tinha sido conquistado pelo novo dono apenas com alguns pedaços de carne assada —, trotando ao seu lado.

— Me chamou? — Ao parar diante da tia, a expressão de Drew era curiosa e mordaz ao mesmo tempo, notando, sem dúvida, minhas bochechas coradas.

— Bree vai trabalhar no primeiro turno amanhã cedo e precisa ir embora — explicou a Sra. Hartwell. — Ela veio de bicicleta, sozinha, e você sabe que não é seguro pras mocinhas andarem sozinhas por aí nessa época do ano. — Mocinha? Desde quando vinte e cinco anos significava ser uma mocinha? — Você pode ir com ela?

A última coisa que eu queria era olhar nos olhos de Drew Hartwell mais uma vez.

Mas, assim que levantei o olhar para encará-lo, lá estavam elas: aquelas íris tão azuis, da mesma cor da água da piscina da Sra. Hartwell... e que brilhavam com a mesma intensidade.

— Tudo bem. — Drew abriu um dos seus meio-sorrisos irônicos. — Acho que te devo uma, né, água doce?

Aquele sorriso. Ai, meu Deus, aquele sorriso.

— É sério — repeti. — Não preciso de...

— Então está resolvido. — Lucy Hartwell bateu as mãos, satisfeita. — Até amanhã, Bree. Nevaeh, Katie, querem me ajudar a levar a comida lá pra dentro? Já faz muito tempo que está tudo aqui fora, no calor, e acho melhor deixar as coisas no ar condicionado da sala de jantar.

— Sim, senhora.

As meninas se apressaram para ajudar a mulher mais velha.

— É sério — falei, andando rápido atrás de Drew enquanto ele seguia para o portão dos fundos. — Não preciso que ninguém me leve pra casa. Não vai acontecer nada comigo, ainda mais em Little Bridge.

— Olha. — Drew levantou as duas mãos como se dissesse "Não posso fazer nada" enquanto eu e Socks o seguíamos. — Se a Lu manda, eu obedeço. Aprendi que é melhor fazer o que ela quer.

— E acho isso ótimo. — Nós tínhamos chegado ao jardim da frente, que estava bem mais tranquilo e escuro que os fundos, iluminado apenas pela luz da varanda e pelo brilho dos postes de rua decorativos, que atravessava os galhos das árvores gumbo-limbo que ocupavam boa parte do gramado dos tios dele. O aroma da dama-da-noite pesava no ar. — Mas ela não está aqui agora, e estou dizendo que posso ir sozinha.

— Essa é a sua bicicleta?

Outros convidados haviam prendido as bicicletas nos postes também, mas Drew foi direto na minha.

— Por que você acha que é essa? — perguntei. — Porque ela é roxa?

— É — respondeu ele, cutucando o cesto de vime —, e pelas flores de plástico. São um belo toque.

— Sim, essa é a minha — rosnei, nada graciosa, me abaixando para abrir a corrente. — E daí que eu gosto de flores?

— Não tenho nada contra flores. — Ele observou Socks farejar a cerca de sua tia. Ela era branca, o único tipo de cerca que a comissão histórica de Little Bridge permitia na ilha. — Essa bicicleta parece sua, só isso.

— O que você está insinuando? — rebati com raiva, certa de que aquilo não era um elogio.

— Nada. Foi só uma observação. Por que você está tão nervosa?

— Não gosto que as pessoas me julguem com base nas minhas preferências de cor de bicicleta. — Existe um segmento da população que acredita que qualquer coisa feminina, como bicicletas roxas com cestas e flores, e talvez até sal cor-de-rosa, são menos valiosas do que coisas mais masculinas. Eu tinha certeza de que Drew fazia parte desse grupo. E essa certeza estava me ajudando a me lembrar de não gostar dele, e, assim, me afastar, apesar de sua boa aparência, porque homens bonitos eram os menos confiáveis. — E não preciso que você me leve em casa. Foi muito legal sua tia se preocupar comigo, mas sou cem por cento capaz de...

— Escuta. — Drew se inclinou para segurar os dois lados do meu guidão. — Eu não estava julgando você...

— Não? — Enfiei a corrente da bicicleta dentro do cesto. Nós éramos as únicas pessoas na rua silenciosa, iluminada pela lua, então minha voz parecia especialmente alta. — A minha bicicleta é a única roxa com flores na cesta, e você achou que eu fosse a dona dela. Isso não é um julgamento?

— Imaginei que fosse sua porque é meio de menina. — Ele soltou o guidão e jogou as mãos para cima, se afastando alguns passos, frustrado. Socks, cansado de farejar a cerca branca, foi trotando atrás dele, pensando que iam a algum lugar. Mas Drew acabou se virando de novo na minha direção, então Socks o seguiu. — E você era a única pessoa na festa que estava usando um vestido meio de menina. Pareceu uma conclusão lógica. Então você me pegou. Qual é o seu problema?

Parte de mim não queria responder. Parte de mim avisou: *Sobe logo na bicicleta e vai embora, Bree.*

Porém outra parte, mais determinada, simplesmente continuou falando. Esse é outro problema que eu tenho. Às vezes, sou Sabrina, toda tímida. Às vezes, sou Bree, e não calo a boca.

— A probabilidade de eu ser atacada no caminho até a minha casa é tão pequena que é estatisticamente insignificante — informei a ele. — Você sabia que, na maioria dos ataques sexuais contra mulheres, a vítima conhece o agressor?

Drew me encarou, pasmo.

— Você está dizendo que acha que eu vou...

— Não — rebati na mesma hora, morrendo de vergonha. Por que eu não conseguia escutar a parte de mim que era toda tímida, subir na bicicleta e ir embora? Eu simplesmente não conseguia. Estava plantada no lugar, imóvel como o poste ao meu lado. — É óbvio que não. Só estou dizendo que é muito improvável que eu seja atacada por um estranho no caminho até a minha casa, apesar da sua tia achar o contrário. Não é culpa dela. Ela, como tantas pessoas, é vítima da síndrome do mundo cruel, coisa que eu conheço muito bem, porque a minha mãe ganha a vida falando disso.

As sobrancelhas castanhas dele se franziram.

— Síndrome do mundo cruel? O que...? — Ele se interrompeu, como se só então estivesse registrando o que eu dissera. — Sua mãe?

— É, a minha mãe. Ela é juíza. A juíza Justine.

— Sua mãe é a juíza Justine... Do *Justiça com a juíza Justine*, no rádio? — As mãos dele foram ao cabelo castanho, deixando-o mais rebelde e em pé do que o normal. — Mas ela é... famosa.

— É. — Empinei o queixo. Eu tinha cavado minha própria cova. Não havia mais nada a ser feito. — É, sim. E não só por causa do rádio. Ela participou do...

Ele falou junto comigo:

— *Dancing with the Stars.*

Ele ficou me encarando como se estivesse me reavaliando — e repensando sua opinião sobre mim.

Eu não podia culpá-lo. No lugar dele, eu faria a mesma coisa. Esse tempo todo, ele tinha pensado que eu era uma pessoa — Bree, a intrépida garçonete de cabelo cor-de-rosa que vivia por conta própria.

E, agora, diante de seus olhos, eu tinha me transformado em alguém completamente diferente, Sabrina Beckham, cuja mãe milionária famosa era uma celebridade do rádio e sem dúvida sempre estava por perto para abrir a carteira... tirando, é claro, que ele não sabia que nós mal nos falávamos nem que eu tinha ido para aquela ilha para fugir dela, porque minha mãe, assim como meu ex, havia partido meu coração.

Eu não devia ter falado nada.

Mas me parecia que, de todas as pessoas, Drew Hartwell merecia saber a verdade. Pelo menos assim ele pararia de pensar que eu era uma água doce idiota.

— Então o que a filha da juíza Justine veio fazer justamente aqui? — perguntou Drew por fim, abrindo os braços para abranger a ilha toda. — Trabalhando como garçonete na lanchonete da minha tia?

— É uma cafeteria — lembrei a ele, séria.

— Tanto faz.

— Eu... estou dando um tempo pra pensar nas coisas.

Vi o olhar dele se estreitar.

— Drogas — disse ele, finalmente.

— Como é?

— Minha teoria seriam drogas se eu não tivesse passado os últimos meses vendo você todas as manhãs, às oito, cheia de pique e toda empolgada.

— Viu? — rebati, batendo com o salto da minha sandália no descanso da bicicleta, depois subindo nela. Saber que ele pensava no meu pique, mesmo de forma inocente, me deixava nervosa. Não dava para saber se era um nervosismo bom ou ruim. — É exatamente disso que estou falando. Desse tipo de negatividade, que minha mãe aperfeiçoou só pra prender a atenção dos ouvintes. Pra convencer as pessoas de que o mundo é um lugar pavoroso e impiedoso, ela usa o medo, o medo de que vivemos num lugar muito mais perigoso do que ele realmente é, de que uma garota que tira um tempo pra pensar na vida só pode estar se drogando, ou de que, se ela voltar sozinha pra casa à noite, vai ser vítima de abuso sexual. Mas não é assim. Ou pelo menos não na maior parte do tempo. Quer dizer, sim, coisas ruins acontecem. Meu pai morreu no ano passado. Mas de câncer, não por ter sido assassinado nem nada. E... e, bom, coisas ruins aconteceram comigo também, mas por causa de uma pessoa que eu conhecia e em quem achava que podia confiar. Coisas ruins acontecem com todo mundo às vezes. A vida é assim. Não acredito que a única coisa segura que eu possa fazer seja ficar em casa, instalar grades nas minhas janelas e investir meu dinheiro em moedas de ouro do Tesouro Nacional...

— Ei — disse Drew, calmo. Ele tinha dado um passo para a frente e segurado o guidão para me impedir de ir embora. — Bree. Desculpa. A parte sobre você usar drogas era brincadeira. É óbvio que você é a última pessoa do mundo que faria uma coisa dessas. Você é tensa demais.

Revirei os olhos para ele.

— Muito obrigada.

— E um viciado de verdade teria ido pra Miami. Ou pra Key West. Little Bridge não tem drogas. Pelo menos nada muito pesado.

Franzindo a testa, encarei os dedos dele. Na luz enevoada do poste, dava para ver que as juntas ainda estavam machucadas pelo impacto com a cara de Rick Chance.

O dorso da mão dele também tinha uma leve penugem castanha, os mesmos fios finos que vi quando ele levantara a camisa naquela manhã, formando um V que descia por seu abdome definido antes de desaparecer sob a cintura do short.

Esse lembrete bastou para eu sentir um formigamento no lugar que tinha jurado manter longe dos homens pelo futuro próximo.

Mesmo assim, eu só conseguia pensar em como seria sentir aquelas mãos em minha pele.

— Solta a bicicleta — pedi com uma voz engasgada, encontrando o olhar dele.

— Não. Escuta. Sinto muito pelo seu pai. Eu não sabia. Eu só... Bree... — A voz dele também parecia engasgada.

De repente, uma daquelas mãos quentes, cheias de calos, se fechou sobre a minha. No instante em que nossa pele encostou uma na outra, senti uma espécie de choque elétrico percorrer meu corpo.

Só que não era eletricidade. Era desejo.

Ah, não. Aquilo não podia estar acontecendo. Eu não podia querer nada com Drew Hartwell. Não podia.

Quem sabe o que teria acontecido se a rua não tivesse sido subitamente iluminada por um raio tão brilhante que lançou uma luz branca sobre tudo, deixando o mundo claro como o dia. Por um milésimo de segundo, vi todas as rugas de risadas no rosto queimado de sol dele, cada pedaço puído de sua camisa azul desbotada, cada cílio castanho cercando aqueles olhos azul-oceano.

Então fomos novamente jogados na semiescuridão, e o trovão estourou tão alto que dei um pulo, puxando minha mão da dele e quase deixando a bicicleta cair no susto.

— Nossa — disse Drew, olhando para cima. As nuvens corriam em um ritmo nitidamente mais rápido, enquanto as folhas das árvores haviam começado a balançar junto com as das palmeiras ao vento. — Tem alguma coisa vindo por aí. Deve ser uma das faixas...

Ele provavelmente diria "externas". Elas eram as primeiras bandas do furacão a surgir, e os meteorologistas tinham passado o dia inteiro alertando sobre sua chegada iminente.

Porém outro estrondo de trovão, tão alto e demorado que pareceu reverberar no meu peito, o interrompeu.

Quando o barulho cessou, Drew olhou para o pulso. Assim como muitos dos habitantes da ilha, ele usava um relógio de mergulho pesado, à prova d'água, com uma pulseira de couro que parecia bem velha.

— Bem na hora — comentou ele.

Olhei para o céu, para as nuvens carregadas que deslizavam lá em cima, e me senti aliviada. E não apenas porque agora eu tinha uma desculpa muito aceitável para fugir — dele e daquela onda quente de desejo que tinha percorrido meu corpo ao seu toque. Eu não podia. Eu não estava pronta. Não para aquilo. Ainda.

— Se você está falando da chuva, vou embora — falei. — Só posso lavar esse vestido na lavanderia. Tchau.

Puxei a bicicleta para soltá-la, mas ele apenas a segurou com mais força.

— Para com isso — disse ele. — Não vai. Você me fez um favor, então me deixa retribuir. Vim de picape. Posso te dar uma carona antes da chuva desabar.

Soltei uma gargalhada.

— Você realmente acha que eu sou uma água doce, né? — perguntei, pensando em todos os alertas de Angela sobre ele.

Sobre a tal picape, que nunca passava mais de uma noite estacionada na frente da mesma casa. Esse era exatamente o tipo de oferta que um mulherengo como Drew Hartwell faria. — Não vou a lugar nenhum com você. Vou pra casa, como eu disse. Sozinha.

Estiquei o braço para tirar os dedos dele do guidão, e, desta vez, ele soltou.

— Até logo, Drew. — Girei a bicicleta e comecei a pedalar.

Ele me deixou ir embora. Mas não antes de tentar dar a última palavra.

— Liga pra minha tia quando chegar em casa, só pra ela saber que está tudo bem — gritou ele.

Acenei — sem olhar para trás — para mostrar que ouvi.

Mas ainda bem que eu estava de costas para ele, porque o tecido fino do meu vestido com certeza deixaria nítido como meu coração batia rápido.

CAPÍTULO 11

Kit básico de sobrevivência para emergências durante desastres naturais — Casa

Kit de primeiros socorros
Medicamentos sujeitos a receita médica
Analgésicos
Repelente contra mosquitos
Bolsa impermeável e fácil de carregar para armazenar documentos essenciais, como registros de família (certidões de nascimento, comprovante de residência, números de telefones importantes para o caso de seu celular não funcionar, apólices de seguro, passaportes, números de conta bancária e cartão de crédito etc.) e dinheiro

Estava em casa pouco antes de o céu cair. Pensei na festa da pobre Sra. Hartwell e torci para que tivessem conseguido salvar a carne assada.

Mandei uma mensagem para Angela avisando que tinha chegado bem (não vi mais ninguém na rua) e pedi a ela que avisasse a Sra. Hartwell também.

Angela respondeu que faria isso e disse que tinha sido uma pena eu ter ido embora cedo: depois que a chuva começou, todos foram para a sala de jantar, afastaram os móveis para os lados e começaram a dançar "Rock You Like a Hurricane" e outros sucessos musicais com tema meteorológico.

Cheguei à conclusão de que eu sobreviveria a essa decepção.

Gary esperava por mim ao lado da porta, como sempre. Não entendo como ele sempre sabe exatamente quando sou eu quem passo pelo portão do pátio... mas, de algum jeito, ele sabe e sai correndo de seu posto habitual no pé da minha cama até a porta da frente antes mesmo de eu virar a chave.

— Oi, garotão — falei para ele, que começou um ataque ronronante contra meus pés. — Como você ficou? O que aconteceu enquanto eu estava na rua?

A resposta era: ele devorou a comida que estava na tigela, tirou todos os brinquedos da cesta e os colocou no meio da sala e, no geral, agiu como um gato bem-comportado e amado.

Depois de mandar a mensagem para Angela, abri outra lata de comida para ele (de frango, sua favorita, apesar de eu ter de amassar tudo antes de servir porque ele não tinha mais dentes) enquanto escutava previsões atualizadas de especialistas sobre a tempestade no jornal das onze.

O furacão Marilyn não diminuiu de força nem mudou de direção, e o tom de nervosismo na voz dos meteorologistas também não havia amenizado. Qualquer um no caminho do furacão podia se preparar para o pior.

Eu devia ter imaginado que minha mãe assistiria à mesma previsão do tempo. Meu celular tocou, e as palavras *juíza Justine* surgiram na tela. Eu nunca tinha conseguido colocá-la como *Mãe* nos meus contatos. Ela sempre fora juíza Justine.

Fiquei me sentindo culpada, porque fazia muito tempo desde a última vez que nos falamos, e as previsões do tempo eram bastante assustadoras. Ela devia estar enlouquecida.

— As coisas não podem piorar, né, garotão? — perguntei a Gary, cuja única resposta foi um grunhido satisfeito. Ele engolia sua pastinha de frango como se não comesse havia dias, quando, na verdade, fazia só algumas horas.

Apertei *Aceitar*.

— Oi, mãe — falei.

— Então você finalmente resolveu atender — respondeu a voz rouca que entretinha milhões de ouvintes todos os dias. — É melhor você estar saindo daí!

— Não estou, mãe. — Tirei as sandálias e peguei uma lata de água com gás na geladeira. Aquela seria uma longa conversa. — Imagino que Caleb tenha contado que vou ficar aqui.

— Sabrina. — Como ela conseguia transmitir tanta decepção em tão poucas sílabas? — Por quê? Por que raios você faria uma coisa tão burra? Não foi pra isso que eu e o seu pai criamos você. Você não está acompanhando as notícias?

— Estou, sim, mãe. — Abri meu sutiã, tirando-o por baixo do vestido e deixando-o cair no chão antes de me acomodar no sofá. — E eu vou ficar bem. Tem um monte de gente que resolveu ficar na ilha.

— Ah — disse ela no tom mais arrogante da juíza Justine. — E essas pessoas já enfrentaram furacões de categoria cinco antes?

— Mãe. — Abri minha latinha de água. — Chega.

— Só estou tentando entender — disse ela. — Me explica, Sabrina. Um homem muito legal, um homem que queria casar com você, inclusive. Isso mesmo, Caleb me contou. Ele se oferece pra resgatar você de um furacão de categoria cinco no jatinho particular dele e você diz que não?

— Ele não é um homem tão legal assim.

Levanto o controle remoto e mudo o canal da televisão. Mas não faz diferença. Eu e Daniella não temos televisão a cabo, e todos os canais da rede aberta só falavam da tempestade, com exceção da PBS e dos que só noticiavam esportes ou vendiam coisas. E na PBS passava uma corrida para angariar fundos para caridade.

— Por que você ainda culpa o Caleb pelo comportamento do Kyle? — quis saber minha mãe.

— Eu não culpo o Caleb pelo comportamento do Kyle. Eu culpo o Caleb por continuar sendo amigo do Kyle depois de eu contar o que o Kyle fez.

— Na minha época — disse minha mãe, me ignorando —, a gente chamaria o que o Kyle fez de um encontro ruim.

Revirei os olhos. Ela já tinha feito esse comentário.

— Eu sei, mãe. Só existem dois problemas com isso que você disse. O primeiro é que eu não estava saindo com o Kyle. Eu namorava o Caleb. E o segundo é que, se era isso que chamavam de encontro ruim na sua época, não quero nem saber o que vocês consideravam abuso sexual.

— Ah, Sabrina — disse minha mãe, bufando com força no telefone. — O que aconteceu com você não foi abuso. Se você conversasse com algumas das mulheres que ligam pro meu programa, elas te explicariam o que é abuso.

— Imagino que sim. — Ao longo dos anos, eu tive de aprender a ter paciência para lidar com algumas das coisas que saíam da boca da minha mãe. — Eu me sinto muito mal por elas. Você se lembra de avisá-las de que a melhor coisa que podem fazer agora é investir em ouro, como dizem todos os anúncios do seu programa?

A paciência da minha mãe comigo, por outro lado, estava por um triz. Dava para perceber pelo tom irritado de sua voz.

— Uma coisa não tem nada a ver com a outra — disse ela. — E você sabe que a maioria dos meus ouvintes não tem nem poupança, que dirá previdência privada. Investir em algumas moedas de ouro não seria a pior ideia do mundo.

— Está certo — falei, enquanto Gary, tendo acabado o jantar, pulava no sofá e subia ronronando no meu colo, pronto para receber seu carinho de todas as noites na orelha. — Bom, foi divertido conversar com você, mas preciso dormir. Vou pegar o primeiro turno amanhã cedo.

— Não é tão tarde assim, sabe — disse minha mãe em desespero, pouco antes de eu tentar desligar. — Se você não quer aceitar uma carona do Caleb, eu posso mandar um avião.

— Mãe, o aeroporto daqui está fechado.

— Pra voos comerciais. Mas conversei com o seu tio Steen — comentou ela, se referindo ao seu advogado, que não era meu tio de verdade; meus pais não tinham irmãos —, e ele disse que conhece um dos diretores da NetJets e que pode mandar um jatinho pra buscar você amanhã de manhã, como um favor.

— Mãe. — A chuva havia parado. Eu não conseguia mais escutar a água caindo sobre as placas de metal. O único som que eu ouvia era o ronronado alto e ritmado de Gary deitado em cima de mim, suas patas suavemente amaciando minha barriga. Ele nem imaginava a tensão que eu sentia. A única coisa que ele queria era que meus dedos continuassem fazendo carinho em suas orelhas peludas cinza. — Que legal que o tio Steen ofereceu. Mas eu já disse, não vou embora.

Minha mãe suspirou de novo.

— Bom, você pode me ligar quando mudar de ideia. Deus permita que não seja tarde demais.

Eu sorri. Esse era um comentário típico da juíza Justine.

— Deus permita — repeti. — Boa noite, mãe.

— Boa noite, Sabrina. Não esquece, eu te amo.

Isso era novidade. Nós nunca tínhamos sido o tipo de família que diz "eu te amo". Não que a gente não se amasse, mas nunca dizíamos isso em voz alta... não até meu pai morrer e eu descobrir que minha mãe não fazia parte da minha família de verdade — pelo menos não por sangue.

— Nunca encontrei o momento certo — tinha dito ela quando lhe perguntei por que nunca me contou sobre como fui concebida. — Você sempre foi uma criança tão séria, ansiosa. Não queria causar mais estresse do que o necessário.

Então tinha sido melhor eu descobrir a verdade com vinte e poucos anos, por um teste de DNA comercial, comprado por uma das minhas melhores amigas como uma brincadeira para me animar?

— Também te amo, mãe — falei, sendo sincera, e desliguei.

Olhei para Gary, acomodado em cima de mim, ainda amassando minha barriga furiosamente com as patas.

— Eu amo você também, rapazinho — falei, segurando o rostinho dele com as duas mãos. — Eu te amo mais do que tudo no mundo inteiro. E prometo que vou cuidar muito, muito bem de você, e te proteger, já que você não consegue proteger a si mesmo.

Gary respondeu com um ronronado mais alto, e então flexionou as garras da frente, afundando-as no pano do vestido.

— Ai, nossa! — gritei, e o girei para o chão, onde ele soltou um miado triste, sem entender por que sua sessão de carinho havia acabado tão de repente.

Mas era assim que os homens funcionavam. Alguns demoravam mais do que os outros para aprender a não machucar as pessoas.

CAPÍTULO 12

Hora: 5h17
Temperatura: 26°C
Velocidade do vento: 30km/h
Rajadas: 56km/h
Chuva: 1,5mm

Kit básico de sobrevivência para emergências durante desastres naturais — Casa

Gasolina
Gás propano
Coolers
Luvas
Sacos de lixo
Rádio de pilha
Pilhas
Lanternas
Ferramentas como canivetes, machados, furadeira elétrica, motosserra

Na manhã do dia seguinte, o vento estava bem mais forte. Ainda continuava quente — era sempre quente na Ilha de Little Bridge —, mas o bambu que Lydia havia plantado na frente das janelas dos nossos quartos para nos dar mais privacidade batia contra as placas de metal no ritmo de tambores.

Quando saí para buscar o jornal — Daniella insistia em assinar *A Gazeta*, o jornal local de Little Bridge, e eu nunca reclamei, porque era legal ler sobre quais dos meus clientes tinham sido presos por dirigirem bêbados enquanto eu tomava meu café da manhã —, notei que algumas das flores cor-de-rosa e brancas do jasmim-manga se espalhavam pelo pátio, formando um montinho na frente da nossa porta, onde estavam caídas feito bailarinas desmaiadas, com as saias murchas.

Mas a cotovia continuava empoleirada em seu galho de sempre, cantando sem parar, chamando um parceiro. Então a situação não devia ser tão ruim assim.

A equipe do jornal tinha optado por seguir uma abordagem nada sutil com a manchete daquela edição: "FUJAM!", exclamava a primeira página, com uma foto de motoristas fazendo fila na estrada que saía de Little Bridge.

O noticiário da manhã seguia a mesma linha. Resumindo: todo mundo que permanecesse no caminho do Marilyn estava fadado à morte. Não havia muitas notícias de Cuba, que tinha acabado de enfrentar a lenta tempestade. A ilha tinha ficado sem energia elétrica e sem todas as formas de comunicação. O olho da tempestade logo chegaria ao estreito da Flórida, em uma trajetória direta para os Estados Unidos.

Nós todos iríamos morrer, como havia garantido minha mãe.

Deixei Gary sair para cumprir sua rotina matinal (que incluía comer a pouca grama que crescia embaixo do jasmim--manga e então rolar na terra), e voltamos para dentro do apartamento, onde eu lhe dei comida e o antibiótico para suas gengivas desdentadas antes de ir para a cafeteria. Peguei a bicicleta em vez da scooter, porque queria economizar gasolina, e também porque a previsão era de pancadas de chuva para o dia todo.

Pedalando pela cidade tranquila e ainda sonolenta, mais uma vez fiquei admirada com a quantidade de casas que haviam sido fechadas com tábuas de um dia para o outro. Não consegui encontrar nem uma com vidros expostos.

Até eu chegar à cafeteria. Lá, o processo de pregar tábuas tinha acabado de começar. E a pessoa encarregada da tarefa era alguém que eu reconhecia muito bem. Alguém sem camisa.

— Oi — disse Drew Hartwell em uma voz seca enquanto eu saltava da bicicleta.

— Que bom te ver também.

Empurrei o descanso da bicicleta com o calcanhar e a prendi com uma corrente na grade, ficando de costas para ele. Notei que sua picape era o único veículo no estacionamento naquela hora da manhã. Nem Ed havia chegado ainda.

Drew não respondeu, só ergueu a parafusadeira para fazer outro furo nas canaletas de metal que sustentavam as placas com as quais ele cobria as largas janelas da cafeteria.

— Como está o Socks? — perguntei, tomando o cuidado de não olhar para seu peito sem camisa.

— Você quer dizer o Bob?

Agora precisei olhar para ele, porque não havia entendido.

— Não. Estou falando do cachorro do Rick, o Socks.

— Ele é meu cachorro agora — disse Drew —, e mudei o nome dele pra Bob. Ele passou por uma fase bem ruim, mas está vivendo uma vida nova agora, então achei que devia ter um nome novo também.

Fiquei um pouco chocada com essa resposta, principalmente pelo quanto ela me lembrava de minha própria vida. Eu pintei meu cabelo de cor-de-rosa e comecei a me apresentar como Bree, e não Sabrina, para marcar minha nova vida em Little Bridge... ou, pelo menos, minha nova vida em Little Bridge por enquanto.

Fazia sentido que um cachorro também recebesse um nome novo depois de passar por um período ruim, contanto que não fosse muito apegado ao antigo. Gary tinha sido encontrado abandonado nas ruas por voluntários do abrigo de animais.

Foram eles que escolheram esse nome, que parecia combinar com sua personalidade. Eu nem tinha pensado na hipótese de mudar para outra coisa, já que ele sempre vinha todo alegre quando era chamado.

Mas por que não trocar o nome de um cachorro que sofreu abuso para marcar o início de uma vida nova e melhor?

— Que bom — falei. Aquele homem realmente era um espetáculo sem camisa. Não havia como negar isso. — Que ótimo. Contanto que ele esteja feliz.

— Ele parecia bem feliz quando saí hoje cedo. Tomou conta da minha cama com os outros cachorros. Não sei se vou dar a sorte de conseguir ela de volta. — Ele prendeu mais um parafuso.

Humm. Eu tinha acabado de descobrir outra informação sobre Drew Hartwell. Ele deixava os cachorros dormirem em sua cama.

Não que isso fosse ruim. Eu deixava meu gato dormir na minha cama.

Mas Gary era um só. Drew agora tinha quatro cachorros. Parecia que a cama de Drew Hartwell andava bem cheia.

Espere. Por que eu estava pensando na cama de Drew Hartwell? Eu estava tirando férias dos homens. Nem devia me interessar por esse tipo de assunto. Meu foco devia ser trabalhar, pintar e aproveitar o estilo de vida saudável de Little Bridge. Preste atenção, Bree!

Com minha conversa com Drew Hartwell aparentemente encerrada pelo barulho de sua parafusadeira, abri a cafeteria e fui escrever os especiais do café da manhã nos quadros de avisos, como prometi a Angela, cuidando da minha vida e ignorando o homem sem camisa extremamente bonito que prendia placas do lado de fora.

Pelo menos foi isso que eu disse a mim mesma. A verdade é que dei uma olhadinha ou outra. Não posso negar que deixei algumas xícaras de café transbordarem quando o vi se inclinar para pegar mais parafusos, e acabei entregando ao prefeito a porção errada de ovos.

Quando o noticiário das oito com atualizações sobre o furacão começou — com a cafeteria mais lotada do que nunca —, Drew já tinha terminado de fechar tudo, menos a porta da frente. Tivemos de pendurar um bilhete escrito à mão (*Entrem! Estamos abertos!*) para as pessoas saberem que havia gente lá dentro (apesar de as luzes estarem acesas, e o ar-condicionado, ligado). Foi um alívio, não só porque ele colocou a camisa, mas também porque eu podia voltar a me concentrar no trabalho.

Mesmo assim, as notícias das oito eram desanimadoras. Relatos começavam a chegar de Cuba. Até agora, nove pessoas tinham perdido a vida para a ressaca com ondas de até três metros. A tempestade estava a apenas trezentos quilômetros, e, apesar de os ventos terem caído para "apenas" uma categoria dois (seguindo a previsão de Lucy Hartwell, as montanhas de Cuba haviam tirado bastante força do furacão), os meteorologistas previam que o Marilyn se recuperaria sobre as águas quentes que separavam Cuba das Keys e chegaria à costa da Flórida com "uma força talvez nunca vista antes, levando a mortes iminentes".

Muitos dos veteranos da ilha, ao ouvirem isso, ergueram suas cervejas (nunca era cedo demais para beber no Sereia) em um brinde.

— Às nossas mortes iminentes!

No fim das contas, ninguém viu muita graça nessa brincadeira quando chegou a notícia de que já havia acontecido uma morte em Little Bridge atribuída ao Marilyn, mesmo antes da chegada do furacão.

— Pessoal, eu já fui chamado em um acidente na rodovia hoje — anunciou Ryan Martinez ao chegar para tomar o café da manhã. — Um homem que estava fugindo da ilha, desesperado para ir embora antes da chuva, teve um ataque cardíaco por estresse ao volante, e o carro caiu no mangue. Ele se afogou antes do socorro chegar.

— Mais gente morre fugindo dos furacões do que por causa dos furacões em si — informou-nos Ed, sério.

— É verdade. — Tendo concluído sua tarefa, Drew tinha entrado para tomar o café de sempre (tortilha espanhola, mas hoje acompanhada por bacon de verdade, provavelmente por ele ter gastado muitas calorias levantando as pesadas placas de metal). — Mas a maioria das mortes não acontece depois da tempestade, por causa das inundações?

— Sim — respondeu Ryan. — Mas isso não vai acontecer aqui. Eu e os outros caras estamos ajudando o delegado a levar camas dobráveis pra escola, pra montar um abrigo improvisado pras pessoas que não conseguiram sair da ilha e acham que podem estar em perigo. A escola fica no alto e é resistente a ventos de categoria cinco. Acho que um monte de gente vai pra lá.

Eu estava prestando atenção na conversa.

— E os animais de estimação? — perguntei. — Vocês vão aceitar pessoas com animais?

— É claro. Eu e minha namorada vamos pra lá com essa moça bonita.

Ao falar as palavras "moça bonita", Ryan bateu de leve no apoio mais próximo do chão da banqueta na qual estava sentado, e sua cadela policial — uma pastora-alemã bonita e calma que dormia tranquilamente aos seus pés — levantou a cabeça, alerta, e balançou o rabo comprido e peludo.

Porém o comportamento calmo da cadela não passava de fachada. Uma vez, eu a vi pegar o pulso de um cliente que tentou fugir da cafeteria sem pagar e só soltar depois que Ryan mandou.

— A gente ia passar o fim de semana em Orlando, pro casamento do meu primo — continuou Ryan —, mas o dever chama. Ficar aqui vai ser mais divertido, de qualquer forma.

— Só mesmo um policial pra achar que um furacão é mais divertido do que um casamento — sussurrou Angela para mim enquanto passava, revirando os olhos, e nós duas rimos.

Conforme o dia passava, o pessoal do café da manhã foi se dispersando. Até os capitães de barcos fretados mais durões da ilha se preocupavam com a evacuação obrigatória. Todos começaram a ir para casa, para verificar se seus lares e barcos estavam seguros contra os ventos que poderiam chegar a duzentos e dez quilômetros por hora.

À uma da tarde, o lugar estava vazio — só uns poucos beberrões assíduos da tarde — e escuro, graças às placas de metal e ao fato de que o céu havia ficado cinza e nublado. Trovões retumbavam ao longe — apesar de os raios não serem visíveis —, e o vento tinha se tornado mais forte do que nunca, chegando a cinquenta quilômetros por hora, com rajadas de até oitenta, segundo a previsão do tempo.

— Qualquer um que tenha permanecido nas Keys — dizia alegremente um repórter em Key West no microfone enquanto era acertado pelo vento e por respingos do mar — com certeza quer morrer.

— Vão pra casa — disse Ed para mim e Angela em um tom emburrado, desligando as duas televisões. — Vamos fechar mais cedo hoje. Mas vou pagar as duas pelo dia inteiro.

Eu e Angela trocamos um olhar hesitante. Apesar de Ed e sua esposa não verem problema nenhum em pagar o plano de saúde dos funcionários, nunca tínhamos sido liberadas mais cedo sem um desconto no salário desde que comecei a trabalhar ali.

— Você... tem certeza, Ed? — perguntou Angela.

Ele resmungou, limpando o balcão com seu pano de prato listrado favorito.

— Não adianta ficarmos abertos pro almoço e pro jantar com o lugar vazio desse jeito. — Ele já tinha expulsado os beberrões, que seguiram animados para o Bar do Ron, um boteco do outro lado da rua que ninguém nunca tinha visto fechar por causa do tempo. — Quando a chuva começar, aí é que ninguém vai aparecer mesmo.

Como Angela foi correndo para a casa da mãe e não havia mais festas do furacão para ir, eu não tinha nada para fazer, então aceitei a oferta de Ed e voltei para casa de bicicleta para dar comida a Gary, almoçar e me certificar de que todos os meus pertences estavam a trinta centímetros do chão para o caso de uma inundação.

Pelo menos esse era o plano até eu estar em casa, lutando contra o vento — que poderia estar muito pior, mas, naquele momento, me dava a impressão de andar contra o jato de um secador de cabelo configurado no vento frio —, e abrir o portão pesado de madeira do pátio para levar a bicicleta para dentro... e ficar paralisada.

A árvore de jasmim-manga que oferecia sombra e, pelo menos durante uma parte do ano, a beleza e o perfume de suas flores desde que eu tinha me mudado para lá se fora.

Bem, a árvore não se foi no sentido literal, mas havia sido completamente arrancada e estava caída de lado, como se alguém a tivesse derrubado, deixando as flores cor-de-rosa espalhadas por todo canto.

Mas ninguém a derrubou. Seu emaranhado de raízes estava virado de frente para o portão, deixando um buraco enorme e fundo no chão do pátio, enquanto seus galhos quebrados e tristes pressionavam as portas e janelas (felizmente cobertas com placas de metal) do meu apartamento, assim como do de Lydia e Sonny e do de Patrick e Bill, como se gritassem: "Me deixa entrar! Me deixa entrar!"

Ainda bem que nenhum de nós estava em casa quando ela caiu. Pelo menos eu achava que não. Tirando o vento, que continuava a espalhar as flores do jasmim-manga preguiçosamente pelo piso, nada mais se movia no pátio. A cotovia que tinha passado tanto tempo empoleirada em cima da árvore, cantado a plenos pulmões, havia desaparecido.

Na verdade, a maioria dos pássaros da ilha parecia ter ido embora. Eu não ouvia nenhum deles cantando. Era nítido que o instinto deles havia detectado algo que eu não conseguia sentir.

— Droga — falei alto.

Eu não conseguia pensar em uma maneira de abrir caminho por aquelas raízes emaranhadas e aqueles galhos quebrados — alguns vazando um líquido branco grudento — para entrar no meu apartamento. Não sem uma serra. Ou talvez uma escavadeira. Eu não conseguiria entrar em casa sem ajuda.

O que era ruim — muito, muito ruim —, porque Gary estava lá dentro. Meu doce e indefeso Gary.

Peguei meu celular, tirei uma foto da árvore caída e a mandei, junto com algumas mensagens nervosas, para minha senhoria e para Patrick e Bill, então fiquei parada ali e... esperei.

O que mais eu podia fazer? Eu não tinha ferramentas nem acesso a elas, e não fazia sentido ligar para a emergência por causa daquilo, quando os poucos socorristas que restavam na ilha já estavam bem estressados com emergências reais. A televisão não parava de mostrar imagens do governador avisando às pessoas que tomaram a decisão de não sair do caminho do furacão que elas estavam por conta própria e que não deviam esperar resgates dos socorristas, que deviam ter evacuado também ou que estavam ocupados com emergências de verdade (que não era o meu caso... por enquanto).

Mas, é claro, se eu não conseguisse entrar para salvar Gary em um futuro próximo, aquilo acabaria se tornando uma emergência de verdade — para mim, pelo menos.

E Patrick e Bill? Eles não pareciam estar em casa — se estivessem, com certeza teriam escutado a árvore caindo e estariam tentando abrir a porta.

Mas e os porquinhos-da-índia de Sonny?

Dez minutos depois, eu ainda não tinha recebido nenhuma resposta, então tomei uma decisão, mesmo completamente contra a minha vontade.

Não me dei ao trabalho de mandar mensagem, porque Ed detestava celular. Em vez disso, liguei para a casa dele, para o telefone fixo. Os Hartwell eram das poucas pessoas que eu conhecia que ainda tinham uma linha convencional.

Ele atendeu ao segundo toque.

— Aqui é o Ed.

— Oi, Ed — falei, tentando não soar tão desesperada quanto me sentia. — Sou eu, Bree. Desculpa incomodar, mas uma árvore... uma árvore enorme caiu no pátio do meu condomínio e está bloqueando a minha porta e as portas de alguns vizinhos. Acho que o vento deve ter derrubado ela. Enfim, não consigo entrar em casa, e meu gato está lá dentro, e acho que...

A voz de Ed soava muito interessada. Eu tinha me esquecido do quanto ele adorava esse tipo de crise, especialmente se pudesse usar ferramentas grandes.

— Uma árvore grande, é? De que tamanho?

Olhei para a árvore. Como eu ia saber qual era o tamanho dela? Eu não entendia nada de árvores.

— Enorme. Acho que tem uns seis metros, talvez?

Ele pareceu decepcionado.

— Não é tão grande assim.

— Bom, ela parece ter simplesmente caído, com as raízes e tudo...

Ed ficou mais interessado agora.

— As raízes apodreceram. Deve ter sido por causa da chuva de ontem. Tudo bem, fica aí, nós já estamos indo. Onde é mesmo que você mora?

Agradeci a Ed e passei o endereço para ele. Mas foi só depois de desligar que me dei conta do que ele falou... *nós* já estamos indo.

Nós quem?

E, é claro, em menos de cinco minutos, Ed Hartwell chegou em uma picape vermelha surrada que reconheci imediatamente. Era do sobrinho dele... e esse mesmo sobrinho estava ao volante.

Não. Ah, não.

Tentei não reparar que Drew parecia deliciosamente másculo enquanto pulava da picape, sua camisa de linho branco desabotoada até a metade por causa do tempo abafado, revelando vislumbres ilícitos daquele peito e da barriga bronzeados e firmes.

Em especial, tentei não reparar quando ele tirou uma das maiores motosserras que já vi na vida da caçamba da picape. Ordenei a mim mesma que não prestasse atenção em como ele a segurava com naturalidade nem em como ficava maravilhoso fazendo isso. Tipo, uma motosserra? Desde quando eu curtia homens que carregavam motosserras?

— Não sei como isso aconteceu — tagarelei conforme os dois se aproximavam. — Quando saí hoje cedo, estava tudo bem aqui fora. Aí cheguei do trabalho agora há pouco e encontrei ela assim...

Apontei para a árvore. Drew assobiou, admirando o tamanho dela.

— A raiz com certeza apodreceu. — Ed, inspecionando a situação, parecia mais animado do que nunca. — Ela deve ter ficado encharcada com a chuva de ontem, e as rajadas de vento derrubaram tudo. Algumas rajadas chegaram a oitenta quilômetros por hora, o que nem é tão ruim assim, mas pra uma árvore com raízes como essas... — Ele tocou um dos galhos, que quebrou em sua mão, soltando um líquido gorduroso. Ele balançou a cabeça. — Essa árvore está doente. Ela ficou grande demais pro espaço onde estava plantada. Não havia terra suficiente pras raízes absorverem água e crescerem. Mesmo que a gente replantasse, ela cairia de novo na próxima ventania forte. A Comissão das Árvores não devia nem ter dado permissão pra ela ser plantada aqui.

Pois é. A Ilha de Little Bridge tinha uma Comissão das Árvores. Ninguém podia cortar, plantar ou podar uma árvore sem sua permissão. A seção "Graças e desgraças" de *A Gazeta* frequentemente era dedicada a ataques pessoais indignados contra cidadãos que tinham dado cabo de suas árvores.

— Sorte que você não estava lá dentro — comentou Drew comigo em um tom lacônico.

— É — concordei, tomando o cuidado de não olhar para sua camisa aberta. — Mas o meu gato está. Bem ali, apartamento B, o que tem aquele monte de galhos na frente da porta. Ah, e os porquinhos-da-índia do filho da minha senhoria estão no A. Alguém vinha cuidar deles, mas não sei como a pessoa vai...

— Moleza.

Então Drew puxou a corrente da motosserra e a ligou — o barulho era tão alto que cobri meus ouvidos com as mãos.

— Você precisa...?

Sorrindo, ele começou a cortar os galhos que bloqueavam o acesso à minha porta.

— Você não quer ver seu gato de novo? — berrou ele por cima do barulho. — Então a resposta é sim, eu preciso.

Eu o encarei, irritada. Naquele momento de crise, eu teria preferido me comportar de um jeito mais tranquilo, despreocupado, contido, mas não estava acostumada com pessoas usando uma motosserra do meu lado. Principalmente pessoas com uma aparência igual à dele, com os músculos brilhando de suor e a barba por fazer cobrindo sua mandíbula.

A situação piorou alguns segundos depois, quando ele tirou a camisa. Pelo visto, o calor e a umidade ficaram simplesmente insuportáveis.

— Aqui — disse ele em um tom distraído, me passando a peça de roupa murcha e úmida. — Pode guardar pra mim?

Reclamar não faria diferença, pensei, enquanto segurava a camisa entre o dedão e o indicador. Eu precisava ser legal, já que a motosserra era dele. E não só por mim. Apesar de Patrick e Bill terem avisado que eles e os cachorros estavam bem — já tinham feito o check-in no hotel —, a mãe de Sonny havia respondido ao meu áudio com uma mensagem preocupada:

Não conseguimos gasolina. Estamos com amigos em Vero Beach. O primo Sean disse que vai cuidar dos porquinhos se você conseguir tirar a árvore. Mil perdões, deixa que eu acerto a conta depois! Bjs, Lydia

Então agora, além de Gary, eu precisava salvar R2-D2 e C-3PO também.

Bem, eu e o cara musculoso seminu no pátio do meu condomínio.

— Pronto — disse Drew em um tom satisfeito, desligando a motosserra. Ele tinha acabado rápido com o jasmim-manga, levando poucos segundos para serrar os galhos que bloqueavam todas as portas. — Isso deve bastar por enquanto. Posso te ajudar com mais alguma coisa, água doce?

Se ele podia me ajudar com mais alguma coisa? Sério?

Pisquei para Drew parado ali, segurando a motosserra pesada, seus braços e seu peito queimados de sol e musculosos brilhando com ainda mais suor do que antes, o que era esquisito, porque o céu estava todo nublado.

Bom, sim. Sim, na verdade, ele podia me ajudar de várias maneiras. Ele podia passar aquela boca com a barba por fazer por todo o meu...

Meu Deus, qual era o meu problema?

— Não — respondi rápido, balançando a cabeça. — Não, não, obrigada. Muito obrigada a vocês dois pela ajuda. — Eu estava tão focada no Drew sem camisa que tinha praticamente esquecido que Ed estava ali também. — Estou muito agradecida. Imagino que vocês queiram ir... — Por favor, por favor, podem ir embora. — A menos que...

Será que eu estava sendo grosseira? Qual era o protocolo correto quando um homem sem camisa e seu tio vêm à sua casa e cortam um monte de galhos de árvore com uma motosserra para que você consiga entrar?

— Vocês querem, humm... beber alguma coisa antes? Acho que tenho cerveja na...

Antes de as palavras terminarem de sair da minha boca, Drew já baixava a motosserra. Então ele pegou a camisa da minha mão, a jogou por cima do ombro e seguiu para a minha porta.

— Claro. Uma cerveja cairia bem.

Aquela não era a resposta que eu esperava.

— Eu preciso ir — dizia Ed enquanto olhava para o celular. No fim das contas, ele sabia enviar e receber mensagens. — A Lu quer que eu compre mais daquele barbecue defumado enquanto o Frank ainda está aberto. Parece até que ela gosta que eu fique desperdiçando gasolina com os postos fechados.

Drew olhou para ele.

— Você vai desperdiçar a minha gasolina, porque está usando a minha picape, Ed.

Ed acenou para ele ao ouvir o comentário.

— Já volto. Vou comprar mais cerveja também, se ainda tiver.

Um pouco horrorizada, observei Ed se afastar. *Não*, eu queria gritar. *Por favor, não me deixa sozinha com o seu sobrinho gostoso sem camisa.*

Ainda mais com o céu ficando cada vez mais nublado, os trovões soando em intervalos menores e o vento acelerando... acelerando o suficiente para carregar todas as flores caídas dos galhos do jasmim-manga e espalhá-las em redemoinho pelo pátio, em um triste espetáculo de balé.

Mas era óbvio que eu não podia mandá-lo embora. Então, em vez disso, com os dedos tremendo sem motivo, apenas destranquei a porta e deixei Drew Hartwell entrar no ar condicionado frio da minha casa.

— Desculpa a bagunça. Minha colega de apartamento está fora, então não tenho arrumado as coisas...

Gary veio correndo feito uma bala peluda cinza até nós, soltando um miado indignado para mim por ter passado tanto tempo fora, e então enterrando a cabeça nas botas de Drew.

— Opa — disse Drew, olhando para baixo.

— Ah, esse é o Gary. — Notei meu sutiã da noite anterior largado no chão e rapidamente o peguei e o enfiei entre as almofadas do sofá antes que Drew visse. — Ele faz isso com todo mundo. Eu o peguei em um abrigo, ele passou anos lá. Ninguém sabe o que aconteceu com ele antes disso, mas acham que foi abandonado e ficou um tempo na rua. Todos os dentes dele apodreceram, então tive que tirá-los. — Eu estava falando demais, mas não conseguia me controlar. Drew Hartwell estava no meu apartamento. — Ele é carente de atenção.

— Dá pra perceber. — Drew se inclinou para fazer carinho na cabeça de Gary com o dedo indicador. — E aí, Gary? — disse ele, e Gary ronronou. — Você é um cara legal.

— Vou... Vou pegar uma cerveja pra você.

Fui correndo para a cozinha, tentando não ter uma crise histérica pelo fato de que Drew Hartwell — *Drew Hartwell* — estava no meu apartamento, sem camisa, sendo legal com o meu gato.

— Valeu — escutei Drew dizer na sala. — E é melhor você começar a pegar suas coisas. As suas e as do Gary.

Saí da cozinha com duas cervejas geladas, achando que tinha escutado errado.

— Desculpa, o quê?

— Suas coisas — disse Drew em um tom amigável, esticando a mão para pegar uma das garrafas. — Você devia começar a fazer as malas. Porque vou te levar pra casa comigo.

CAPÍTULO 13

Hora: 13h36
Temperatura: 29°C
Velocidade do vento: 38km/h
Rajadas: 70km/h
Chuva: 7,5mm

Ele tentou pegar a cerveja da minha mão, já que eu ainda não tinha soltado a garrafa.

— Por causa do furacão? — Ele levantou as sobrancelhas castanhas. — Minha tia Lucy disse que te avisou. É óbvio que você não pode ficar aqui.

— O quê? — Soltei a garrafa, mas continuei encarando-o, chocada. — Posso, sim. É óbvio que eu posso ficar aqui. Você tirou a árvore do caminho. Por que eu não poderia ficar aqui?

— A árvore é só o começo dos seus problemas. — Drew girou a tampa da garrafa. — A tempestade ainda nem começou, e você já quase ficou presa aqui. Imagina o que vai acontecer quando a chuva e a ressaca chegarem. Esse condomínio fica na zona de alagamento. Por que você acha que todos os seus vizinhos foram embora?

Olhei para trás dele, para a porta parcialmente aberta, por onde Gary escapuliu para o pátio e, hesitante, cheirava os galhos caídos de sua árvore favorita.

— Tudo bem — falei. — Tem razão. Mas não preciso ficar na sua tia. Eu disse que tenho um lugar pra ficar, lá no Cascabel, com…

— Achei que a gente já tivesse conversado sobre isso. — Drew balançou a cabeça sem acreditar. — Você não vai ficar naquele hotel. Apesar do que as pessoas dizem, não é seguro. Você quer levar seu gato pra um lugar que não é seguro?

Essa doeu.

— Não. É óbvio que não.

— Então vai fazer a sua mala. Vou te levar pra casa da minha tia. — Ele tomou um gole da cerveja. — E anda logo. Quero voltar pra casa e soltar os cachorros pra uma corrida antes que a próxima faixa de chuva caia.

Meu Deus. Ele devia ser a pessoa mais mandona do mundo — tirando minha mãe, óbvio.

O pior é que ele tinha razão. A oferta da Sra. Hartwell parecia uma opção muito mais sensata do que dividir um quarto com Patrick, Bill, seus três cachorros e o grill George Foreman no hotel, ou até do que me abrigar na escola, uma ideia que eu também cogitava. A possibilidade de ficar com Daniella em Coral Gables havia sido descartada fazia um bom tempo, levando em conta a situação da gasolina.

Então fui para o meu quarto e comecei a jogar algumas coisas em uma mala... até escutar Drew gritando da sala, em um tom curioso:

— Ei, quem fez todas essas pinturas?

Meu coração se apertou. De repente, me lembrei de outra coisa que fiz na noite anterior, além de largar meu sutiã no meio da sala.

— Humm... ninguém. — Minhas bochechas queimavam de vergonha enquanto eu saía correndo do quarto, torcendo para amenizar qualquer que fosse o estrago já feito.

Mas era tarde demais. Tinha esquecido que ontem à noite, depois de falar com minha mãe, peguei todas as pinturas que fiz desde minha chegada a Little Bridge e as arrumei em uma exibição meio sentimental, meio orgulhosa, sobre a mesa de centro, como se quisesse me lembrar de que minha estada na ilha não tinha sido uma perda total de tempo.

Agora, Drew Hartwell estava parado diante da mesa de centro, olhando para elas — para todas as vinte e quatro, ou vinte e cinco, se você contasse a que não terminei — com a cerveja esquecida em uma das mãos e uma expressão professoral... como se professores andassem por aí usando camisas de linho abertas, bermudas cargo e botas Timberland.

Notando que eu hesitava na porta, ele me fitou com aqueles olhos azuis brilhantes demais.

— *Ninguém?* — perguntou ele. — *Ninguém* pintou essas paisagens todas de nuvens e deixou tudo aqui na sua sala?

— Tá, tudo bem. — Eu ainda estava corada. — Fui eu que pintei. É... é um hobby.

Ele assobiou, voltando a olhar para as aquarelas.

— Que hobby impressionante. Você é bem boa.

Meu orgulho ficou ferido. *Bem boa?*

Porque eu sabia que elas eram melhores do que bem boas. Ou pelo menos melhores do que a média. Eu sempre adorei pintar, e, por isso, eu praticava. O tempo todo. A prática torna a maioria das pessoas boa em tudo, tenham elas um talento natural ou não.

E eu tinha um talento natural. Era isso que todos os professores de arte que já tive me falavam.

— Obrigada — falei, engolindo meu orgulho. — Eu gosto de pintar. Tenho minhas dúvidas sobre o tema... nuvens. É um pouco clichê. Mas pintar nuvens me acalma.

— Você pintou essa aqui no cais. — Ele apontou para uma das pinturas que mostrava mais cenário do que as outras. Nenhuma delas era maior do que dez por quinze centímetros, mas, em algumas, eu tinha trabalhado em um trecho do mar, além do céu. — O cais na frente da cafeteria?

— Pintei.

Eu ainda me sentia envergonhada. Na faculdade, queria estudar Artes, mas minha mãe, principalmente, foi contra a ideia.

— Como você vai se sustentar com um diploma de Artes? — havia perguntado ela. — Que tipo de emprego vai arrumar depois da faculdade?

Ela estava certa, óbvio. Então estudei História, já que todo mundo dizia que isso me ajudaria quando eu entrasse no Direito.

Não me ajudou.

— Os turistas adoram qualquer coisa que tenha vista do céu e do oceano — disse Drew, ainda encarando minhas aquarelas. — Você venderia fácil esses quadros. Por uma grana.

— Obrigada — repeti, e, desta vez, eu não estava sendo educada. — Mas meio que quero ficar com eles. Eu gostei de... pintá-los.

— Faz sentido.

E, pela primeira vez, achei que ele tivesse me entendido de verdade. Afinal de contas, ele era carpinteiro. Ele reformava casas históricas e estava construindo uma para si mesmo. Drew adorava trabalhos artesanais, assim como eu.

— Você não herdou esse tipo de talento da juíza Justine — comentou ele, indicando as pinturas com a cabeça. — A menos que exista algo sobre ela que eu não saiba. Seu pai era artista?

Ao me lembrar do meu pai, e de como ele sempre se certificava de que a gente estivesse no cais — no mesmo cais onde pintei a maioria daquelas aquarelas — para assistir ao pôr do sol toda noite durante nossas férias em Little Bridge, senti que estava ficando ligeiramente emotiva.

— Não. — Baixei a cabeça, para ele não ver que meus olhos tinham se enchido de lágrimas. — Nenhum deles é artista.

Mas minha mãe biológica era. Ela havia incluído alguns desenhos em sua ficha de inscrição para doação de óvulos — junto com várias fotos, o que deixava bem evidente que tinha sido dela que eu havia herdado minha baixa estatura, meu cabelo louro e meus olhos castanhos —, sem dúvida como uma forma de se destacar perante um casal exigente feito meus pais.

Tinha dado certo.

Porém eu não pretendia contar nada disso para Drew Hartwell. Em vez disso falei:

— É melhor terminar de arrumar minhas coisas antes que o Ed volte.

— Ah. — Drew olhou para seu relógio de mergulho enorme. — É. Sim.

Eu precisaria de que para enfrentar um furacão?, me perguntei. Eu ainda tinha a lista de Daniella, mas ela parecia ter perdido sua utilidade, já que eu ficaria na casa de outra pessoa. Era bem provável que os Hartwell tivessem mais velas e pilhas do que precisavam.

Mesmo assim, seria bom levar as minhas. Em um momento de crise, todo mundo deve fazer a sua parte.

Então, além das velas e das pilhas, juntei as batatas e os frios que comprei no mercado e coloquei tudo dentro de uma sacola de pano.

Drew parou na porta da cozinha, me observando com um olhar curioso, segurando a cerveja pela metade.

— Pra que você vai levar isso tudo?

— Não preciso de caridade — falei, enquanto acrescentava a garrafa de vodca à sacola. — Sua família não tem obrigação de me alimentar.

Ele ficou quieto até eu pegar mais alguma coisa na geladeira.

— Isso é uma bolota de cream cheese temperada?

— É. E daí?

Ele tomou um último gole da cerveja.

— Nada. É só que faz tempo que eu não via uma.

— Quando fui ao mercado, já não tinha muita coisa — expliquei, torcendo para que meu cabelo escondesse minhas bochechas vermelhas enquanto eu colocava o queijo na bolsa.

— Mas e daí? As pessoas adoram uma boa bolota de cream cheese temperada.

— Bom, algumas pessoas.

— O que isso quer dizer? — rebati, irritada. — Você acabou de fazer um comentário elitista sobre queijo?

— Nossa — disse ele, lentamente se afastando da cozinha. — Qual é o seu problema?

Balancei a cabeça e me afastei batendo os pés, entrando no quarto. Eu não tinha tempo para ele e suas opiniões preconceituosas sobre queijo. Precisava voltar para a minha lista. Não podia me esquecer do antibiótico e das latas de comida de Gary. Eu não sabia quanto tempo durava um furacão, então levei estoque para dez dias, só para garantir.

E roupas? Uma mala para se proteger de um furacão era diferente de uma para passar um fim de semana nos Hamptons. Apesar de eu estar indo para a casa de uma excelente anfitriã (que também era minha chefe), era bem provável que não houvesse muitos jantares formais, então não havia necessidade de vestidos. Sem prestar muita atenção ao que estava selecionando, joguei alguns shorts, camisetas, calças largas, roupas íntimas, produtos de higiene, uma capa de chuva e um par de tênis na mala.

Então, pegando a caixa de transporte de Gary, segui para a sala e anunciei que estava pronta.

Drew viu a lanterna escapando da mala.

— Você não precisa disso.

— Quero fazer a minha parte — falei, teimosa.

Mas ele já havia tirado a mala da minha mão e analisava seu conteúdo, observando a vela aromatizada com essência de lavanda que comprei meio desacreditada.

— Meus tios têm um gerador que fornece luz pra casa toda, com um tanque de gás propano de quatro mil litros enterrado no jardim da frente. Isso é suficiente pra eles usarem todos os aparelhos eletrônicos da casa por uma semana, se precisarem. — Ele levantou a vela. — Então isso vai servir pra quê?

Arranquei a vela da mão dele e a enfiei de volta na bolsa.

— Pouca gente sabe, mas lavanda afasta insetos — falei. — Todo mundo vai querer a minha vela quando os mosquitos começarem a atacar.

— Não vão acontecer muitos ataques de mosquitos em uma casa com ar condicionado, graças ao gerador, água doce. Que tal, em vez disso aí — sugeriu ele, apontando para a vela —, você levar aquilo? — Ele apontou para as minhas pinturas. — Se o apartamento alagar, você vai perder todas elas.

Olhei para minhas aquarelas de nuvens, ainda em cima da mesa de centro. Era péssimo ter de admitir que ele estava certo sobre alguma coisa.

— Tudo bem — concordei com relutância. — Vou levar as duas coisas.

— Não foi isso que...

Mas era tarde demais. Eu já estava enfiando as pinturas em outra bolsa, que peguei na cozinha, junto com meu material de pintura (que eu guardava em uma caixa de ferramentas que comprei na loja de material para barcos).

Foi só então que me senti pronta para encarar a tarefa desanimadora de colocar Gary dentro da caixa de transporte.

Gary era, de verdade, o gato mais fofo e carinhoso do mundo, e era por isso que eu me sentia tão sortuda, e não angustiada, por ter conseguido adotá-lo, apesar dos gastos exorbitantes com o veterinário.

Mas, se havia algo em que ele podia melhorar, era seu comportamento quando via a caixa de transporte. Ele a odiava.

No instante em que a viu, Gary deu meia-volta e tentou fugir pela porta da frente aberta para a relativa segurança do pátio, apesar do vento forte e dos trovões cada vez mais altos.

Drew, no entanto, o pegou e o girou no ar.

— Olá — disse ele, aconchegando Gary nos braços como se fosse um grande bebê peludo. — Aonde você pensa que vai, cara? Você vem com a gente. Não tem outro lugar pra ir.

Gary não ronronou, mas também não tentou arranhar Drew com suas garras (nas últimas duas semanas, Gary tinha aprendido que morder não fazia mais diferença, já que ele não tinha dentes). Ele pareceu aceitar seu destino, se deitando nos braços de Drew sem tentar escapar, me lançando um olhar reprovador que parecia perguntar: *Sério? Você vai deixar isso acontecer? Tudo bem.*

Levei alguns segundos para abrir a porta da caixa de transporte. Porque, diante da visão de Drew Hartwell parado ali, segurando meu gato, meu coração perdeu o compasso.

Mas que coração não reagiria a um homem grande e bonito segurando um gato fofo e peludo — mesmo o gato não tendo dentes?

Gary tinha começado a ficar manhoso, mas de um jeito irritante — ainda sem mostrar as garras —, para expressar que não estava contente com a situação, quando Drew ergueu o olhar e notou que eu o encarava.

— O que foi? — perguntou ele, ainda aninhando o gato. — Estou fazendo errado? É melhor colocar ele no chão? Lido melhor com cachorros, mas também gosto de gatos.

— Não — respondi, feliz pela desculpa para afastar o olhar. Eu não precisava que ele despertasse sentimentos mais profundos em mim agora. Eu me aproximei e peguei Gary, me esforçando para não prestar atenção no cheiro delicioso de Drew, de um suor limpo, masculino, e de jasmim-manga, nem de seu calor corporal, que era quente e convidativo. — Está tudo bem.

Gary resmungou um pouco enquanto eu o enfiava dentro da caixa. Era como se ele, assim como os pássaros, sentisse que algo ruim se aproximava, e era melhor não atrapalhar. Ou que eu não estava no clima para suas bobagens, o que era mais provável.

— Pronto — anunciei depois de fechar a porta. — Tudo resolvido.

Como se tivesse sido combinado, uma buzina soou do lado de fora. Ed havia voltado com a picape de Drew.

Drew deu uma última olhada na sala de estar.

— Tem certeza de que pegou tudo?

Olhei ao redor, e então lembrei.

— O fermento!

Fui correndo pegá-lo na geladeira. Ainda bem que lembrei, ou Daniella ficaria arrasada. Aquele levain estava na família dela havia anos. Todo feriado, ela assava um monte de fornadas e mandava para vários parentes, que a idolatravam por fazer um pão igual ao da vovó.

Drew olhou para o pote transparente nas minhas mãos com um ar desconfiado.

— Preciso perguntar?

— Talvez seja melhor deixar pra lá.

Ele suspirou.

— Tudo bem. Vamos.

CAPÍTULO 14

Kit básico de sobrevivência para emergências durante desastres naturais — Animais de estimação

Caixa de transporte e coleira
Remédios/documentos de viagem do animal
Ração (para 7-10 dias)
Areia e caixa para gato
Fotos atuais do animal para o caso de se perderem
Cama e brinquedos

O cômodo onde a Sra. Hartwell me acomodou era uma graça.

— Desculpa por não ser um quarto — disse ela em um tom pesaroso. — É que os quartos de hóspedes ficam lá em cima, e um cômodo central no primeiro andar é o lugar mais seguro durante uma tempestade, ainda mais com a possibilidade de tornados.

— Ah, não, aqui está... ótimo. — Eu mal conseguia acreditar no que estava vendo. — Muito obrigada mesmo, Sra. Hartwell.

A biblioteca do primeiro andar — com portas francesas duplas que eu podia fechar para ter mais privacidade e evitar que Gary saísse vagando por aí — tinha sido o salão matinal da casa em sua concepção original, onde a primeira Sra. Hartwell (cujo marido, o capitão Hartwell, havia construído a casa em 1855) provavelmente passava seu tempo e respondia as correspondências todos os dias após o café da manhã.

E por que ela iria para outro lugar? As paredes, quando não estavam cobertas por estantes brancas adornadas com arabescos, cheias de livros, eram estampadas com estêncil — não cobertas com papel de parede, porque isso seria impossível no sul da Flórida em 1855 —, exibindo flores-de-lis douradas sobre um fundo azul-centáurea. O cômodo tinha um cheiro delicioso de pinho e livros antigos.

Só de estar ali eu me sentia como uma dama elegante. Gary também parecia entender que estava se dando bem na vida, porque rapidamente se acomodou no colchão inflável que Ed havia enchido para mim no chão, ao mesmo tempo em que observava uma poltrona antiga com um forro tentador de seda cor-de-rosa.

Todas as informações que descobri sobre a primeira Sra. Hartwell tinham sido fornecidas por Nevaeh enquanto eu arrumava as coisas de Gary e colocava sua caixa de areia em um cantinho da biblioteca. Havia um retrato da primeira Sra. Hartwell pendurado sobre a escrivaninha antiga, e ela parecia ter sido uma mulher bonita, porém infeliz, usando roupas pretas de luto.

— Todos os quatro filhos dela — informou Nevaeh — morreram de febre amarela antes de completarem dez anos. Dizem que ela morreu de tristeza logo depois.

— Ah — falei. — Nossa.

— Mas ficou tudo bem. O marido dela foi no colégio de freiras e encontrou uma moça nova pra casar. Eles tiveram onze filhos, e todos eles tiveram filhos também, depois esses filhos tiveram filhos, e então esses filhos tiveram filhos, e um deles foi meu tio Ed!

Aquela era uma das lições de história local mais estranhas que eu tinha escutado na vida, mas tentei não demonstrar isso.

— Uau — comentei. — Que maneiro.

— A gente vai se divertir tanto enquanto você estiver aqui — garantiu Nevaeh, como se um trovão não estivesse ressoando de forma ameaçadora por trás das cortinas de renda da única janela do meu quarto (coberta com uma placa, então não dava para ver nada lá fora). — Nós podemos fazer as unhas uma da outra!

Essa ideia não me parecia nada divertida, já que eu mantinha minhas unhas tão curtas quanto possível para não as roer de nervoso.

Mas fui educada e fiquei quieta, já que Nevaeh era minha anfitriã por tabela.

— Com certeza — concordei. — Talvez mais tarde. Tenho que esperar o Gary se acostumar com o lugar novo.

— Ah, sim — disse Nevaeh, apesar de olhar para mim de um jeito estranho, pois era nítido que Gary estava todo contente, dando um banho em si mesmo naquele momento, tão à vontade que parecia morar ali desde sempre.

Aquele lugar era muito superior ao meu apartamento, que dirá ao abrigo de animais em que Gary havia passado tantos anos. Era visível que ele achava que tinha ganhado na loteria dos felinos.

— Preciso guardar isso na geladeira — falei, mostrando a Nevaeh o pote com o fermento de Daniella. — É da minha colega de apartamento, e ela diz que é superimportante que ele fique gelado o tempo todo.

— Humm, tudo bem.

Nevaeh lançou um olhar nervoso para a cozinha. Logo entendi por quê. Dava para ouvir vozes nervosas vindo de lá — uma delas pertencia a Drew. Pelo visto, os tios gritavam com ele.

Será que os dois ainda estavam chateados pelo que tinha ocorrido com Rick Chance na festa de ontem à noite? E era errado eu sentir a necessidade de assistir à briga? Não para defendê-lo, é óbvio — eu tinha quase certeza de que Drew Hartwell não precisava da minha ajuda. Mas eu sentia uma curiosidade natural para saber o que estava acontecendo.

— Bom. — Eu me levantei do chão e peguei as alças da sacola de pano com toda a comida que havia trazido. — Vamos? — Nevaeh não pareceu gostar muito da ideia, então acrescentei:

— Eu também trouxe uma bolota de cream cheese temperada, sabia? Talvez você queira experimentar.

Nevaeh finalmente se levantou, mas parecia confusa.

— O que é uma bolota de cream cheese temperada?

— Você não sabe? Vou te mostrar.

Depois de fechar as portas da biblioteca para que Gary não saísse — eu sabia que ele não resistiria à tentação do papagaio e dos coelhos —, segui Nevaeh até a cozinha.

A televisão de tela plana de cinquenta e seis polegadas dos Hartwell — tão maravilhosa, porém tão destoante da casa histórica — estava ligada na sala de estar. Tínhamos de passar por lá para chegar à cozinha. Obviamente, estava no canal da previsão do tempo.

— A situação está feia aqui em Key West, Cynthia — dizia um repórter para a câmera, todo paramentado com roupas impermeáveis em um cais sob o céu cinza-escuro. — E as primeiras bandas da tempestade estão a apenas algumas horas de distância, talvez minutos. Não sabemos o que vai acontecer quando elas chegarem.

Atrás dele, turistas de short e camiseta, que tinham se recusado a ir embora, empunhavam latas de cerveja e faziam gestos grosseiros para a câmera.

— Que idiotas — disse Nevaeh, balançando a cabeça. — E esses jornalistas ridículos não têm nem coragem de vir pra Little Bridge, onde a tempestade vai passar de verdade.

Levantei as sobrancelhas. Ela estava certa. As imagens alternavam entre repórteres em vários locais do sul da Flórida — Key West, Miami, Naples —, mas nenhum tinha aparecido em Little Bridge.

— Talvez seja porque eles acham que a ilha é pequena demais pra ser interessante — arrisquei.

— O problema não é esse. — O tom de Nevaeh era amargurado. — É porque eles sabem que, se vierem pra cá, vão ficar presos. Ou morrer.

Surpresa, olhei para ela, prestes a perguntar se ela também achava que isso era uma possibilidade, mas então alguém bateu à porta.

— Ah, a Katie! — gritou ela em uma voz completamente diferente. — A Katie chegou. Eba!

Ela se virou e saiu correndo para a porta sem dizer mais nada, deixando que eu, ainda um pouco atordoada, seguisse sozinha para a cozinha.

A Sra. Hartwell estava parada diante do fogão — um fogão de aparência muito antiga, de seis bocas, sobre o qual várias panelas fumegavam. Dava para sentir o cheiro delicioso de cebola e alho refogados.

Mas ela não olhava para a comida. Todo o seu foco estava no sobrinho, cujas costas fortes e musculosas estavam encostadas na geladeira, os braços, cruzados sobre o peito, e a cabeça, tão baixa que o cabelo castanho caía sobre o rosto, ocultando-o.

Ele havia encontrado uma camisa limpa em algum canto e tinha até se dado ao trabalho de abotoá-la corretamente e lavar as mãos. Mas continuava usando as botas Timberland com a bermuda cargo, um visual que eu só conseguia imaginar Caleb usando no Halloween, fantasiado de algum empreiteiro famoso participante de um reality show de reformas.

— Você não está acompanhando o que sai nos jornais, Drew? — questionava a Sra. Hartwell. — A gente não está falando de uma chuvinha tropical normal! É um furacão de verdade, e faz anos que um tão forte não passa pela ilha. E você ainda quer pagar pra ver o que acontece com a sua casa nova na praia?

— Lu. — Drew parecia cansado. — Eu já disse. Construí aquela casa pra aguentar uma tempestade forte assim.

— Tudo bem. — Ela acenou com uma colher de pau. — Que ótimo. Mas por que você precisa estar *lá* durante o furacão?

— Porque preciso. — Tive um vislumbre de um daqueles olhos azuis sobrenaturalmente claros quando ele levantou a cabeça. — Preciso estar lá pra consertar as coisas caso dê algum problema.

— Ah, você vai ter problemas de sobra. — A Sra. Hartwell se virou de novo para as cebolas e o alho, mexendo a panela com raiva. — Você lembra como Sandy Point ficou depois do Wilhelmina? Vai ser igual desta vez, só que umas dez vezes pior.

— Calma, Lu. — Ed estava parado diante da porta da despensa, guardando o molho barbecue e a cerveja que havia comprado no mercado. — O garoto tem razão. Muita gente gosta de ficar na própria casa pra fazer consertos quando tempestades assim acontecem...

— Ou pra serem levados pelo mar — disse a Sra. Hartwell, baixando o fogo das cebolas com raiva —, nas ondas de três metros previstas pra ressaca. Acho que é uma ideia idiota. Você não acha que é uma ideia idiota?

Tomei um susto quando notei que ela apontava a colher de pau para mim.

— Eu? — Quase deixei minha bolsa cair. — Ah... eu acho que a minha opinião não faz muita diferença nesse caso.

— Faz, sim. Diz pra ele. — A Sra. Hartwell apagou o fogo das cebolas e cruzou os braços sobre o peito, imitando com perfeição a posição do sobrinho. — Diz pra ele que é melhor ficar aqui com a gente, onde é seguro.

Pisquei, surpresa. Por que ela estava me colocando no meio da conversa? Eu era praticamente uma desconhecida.

— Humm — falei. — Acho que não tenho...

— Ah, para de besteira. Ele vai ficar aqui se você pedir — continuou a Sra. Hartwell. — Você é uma moça bonita, e ele gosta de você.

— Lu. — A voz de Drew era tão grave que quase parecia um rosnado.

— Bom, é verdade. — Tia Lu descruzou os braços para baixar a colher de pau e limpar as mãos em um pano de prato, apesar de parecerem limpas para mim. — Não vejo você assim com uma mulher desde que a Leighanne apareceu. Deus é testemunha de que você não gostava muito dela, e foi ela quem veio atrás de...

— Tem espaço na geladeira pra guardar isso? — eu a interrompi rápido, erguendo o pote de fermento de Daniella.

Tentei mudar de assunto, mais por mim do que por Drew, já que eu sabia que nada do que a Sra. Hartwell dizia era verdade, e não podia deixar que ela continuasse me envergonhando — ou envergonhando o sobrinho — por nem mais um segundo. Se Drew Hartwell estivesse interessado em mim, era só porque eu era a única garota na ilha com quem ele não tinha transado. E sexo era a última coisa na minha lista de interesses, pelo menos por ora. Ou foi isso o que eu disse a mim mesma.

Pela expressão no rosto de Drew, ele sentia a mesma coisa.

— Humm — disse a Sra. Hartwell, olhando do pote de plástico nas minhas mãos para o meu rosto. — Ah, deve ter. Ed, arruma a sua cerveja pra ela conseguir guardar isso na geladeira.

Ed parecia preocupado.

— Mas, Lu...

— Já tem muita cerveja aí dentro. Tira as garrafas da geladeira e leva elas lá pro barracão.

— Mas vai chover! Você quer que eu saia pra pegar cerveja na...

— Ed!

Ed tirou algumas cervejas da geladeira, e encontrei um ótimo lugar escuro no fundo da geladeira dos Hartwell para o fermento. Também consegui apertar minha bolota de cream cheese temperada lá dentro.

— Agora — falei, me empertigando —, se vocês me dão licença, preciso dar um pulo na minha casa rapidinho pra buscar minha scooter. Se o condomínio alagar mesmo, não posso deixar ela estacionada lá.

— Eu te levo. — Drew tirou a chave da picape de um dos seus muitos bolsos.

A Sra. Hartwell parecia chocada.

— Mas você não pode sair agora! Estou fazendo seu prato favorito, *ropa vieja*.

Drew ergueu o olhar antes de pegar meu braço e me puxar para fora da cozinha.

— Vamos.

— Mas você vai voltar? — Ouvi a tia dele perguntar enquanto Drew me guiava pelo corredor. — Você não vai voltar pra praia, vai, Drew? Vai só buscar seus cachorros?

Ele respondeu em espanhol — um idioma que nunca soube falar porque estudei francês na escola, apesar de ter aprendido algumas expressões com os clientes do meu pai e na cafeteria — e, quando dei por mim, nós passávamos por Nevaeh e sua amiga Katie, que faziam as unhas no sofá da sala de estar, e saíamos pela porta da frente.

— Meu Deus do céu! — disse ele assim que começamos a seguir para sua picape vermelha, estacionada na frente da casa dos tios. — Valeu pela ajuda.

Eu não tinha a menor ideia do que ele estava falando.

— Que ajuda?

— Por me dar uma desculpa pra sair de lá. Você me salvou. De novo.

— Como eu fiz isso?

— Dando a desculpa de que precisava buscar a scooter?

— Não foi uma desculpa. — Eu o observei enquanto ele abria a porta do motorista da picape. — Gastei uma grana naquela scooter. — Ela era usada, mas, mesmo assim, tinha significado uma boa parte das minhas economias. — Não quero que ela estrague.

— Bom, de qualquer forma, foi na hora certa. — Ele se sentou atrás do volante e se inclinou para abrir a porta do carona. — Você tirou o meu da reta.

— Posso te garantir — falei, entrando na picape, que tinha um cheiro forte de cachorro molhado — que eu não estava pensando em você. — Isso era mentira. Eu pensava nele, nele todo, com uma frequência cada vez maior, o que era inquietante. — E por que você é tão maldoso com a sua tia?

— Maldoso? — Ele parecia chocado. — Como assim eu sou maldoso com ela?

— Ela só quer ter certeza de que os amigos e a família estão seguros, ao lado dela, durante a tempestade, e você não pode nem fazer esse simples favor?

Puxei o cinto de segurança. Tive dificuldade em fazer isso na primeira vez que andei na picape, e o problema se repetia agora.

Ele levantou as mãos em um gesto de "não posso fazer nada".

— Desde quando um cara não pode ficar na própria casa durante uma tempestade? Uma casa que ele construiu, inclusive.

— Por causa da tempestade do século. É esse o nome que estão usando.

— Esse é o nome que os jornalistas usam pra toda tempestade. A mídia é paga pra isso, pra aumentar as coisas. Isso se chama audiência. Achei que você saberia muito bem disso, sendo filha de quem é.

— Sim, mas no caso de um furacão é provável que os jornalistas tenham razão. — Olhei com raiva para ele. — Puxa, deve ser tão bom ser o Drew Hartwell, rei da Ilha de Little Bridge, que pode fazer o que quiser, sem pensar em nada nem ninguém.

— Nossa. — Ele tinha ligado o motor, mas agora o desligou, e nós ficamos sentados na picape com trovões soando lá em cima e a chuva se aproximando cada vez mais, o que significava que eu ficaria encharcada no meu caminho de volta com a scooter. — Espera aí. De que diabos você está falando?

— Bom, você foi criado pelos seus tios, não foi? E, mesmo assim, acha que não deve a eles nem um pouquinho de...

— Para, para, para, *para*. Eu não fui criado pelos meus tios. Eles são pessoas ótimas, estão criando a minha sobrinha, e sou muito grato por isso, já que a minha irmã anda com uns problemas e o pai da Nevaeh foi embora praticamente assim que ela nasceu. Mas eu tive um pai e uma mãe muito bons e dedicados até alguns anos antes, quando um carro que vinha na rodovia na contramão acertou os dois.

Pisquei para ele, surpresa. Eu nunca soube dessa história.

— E, sim, a Lucy e o Ed têm sido ótimos desde então — continuou ele. — Mas eu tinha vinte e cinco anos na época. Não precisava de pais adotivos, e continuo sem precisar.

Fiquei sentada em silêncio por um instante, olhando para a frente enquanto uma única gota gorda de chuva acertava o capô da picape. Então falei:

— Bem. Sinto muito pelos seus pais. E pela sua irmã. É tudo muito triste. De formas diferentes, é claro, mas, mesmo assim... muito triste.

— Obrigado. Mas quem você pensa que é, de toda forma — questionou ele de repente —, pra me dizer como devo tratar os meus parentes? Não foi a sua família que se ofereceu pra buscar você de jatinho particular antes da tempestade e recebeu um não como resposta?

Virei a cabeça para olhar para ele, irritada.

— Então você estava ouvindo a minha conversa particular?

— Eu tinha opção? Você estava praticamente gritando. Foi difícil não escutar.

— Quer saber? — Segurei a maçaneta. — Não preciso de carona até a minha casa. Vou andando.

— Ah, não. — Ele apertou um botão e trancou a porta. Eu estava presa. — Você não vai escapar tão fácil assim. Não vou ser julgado por fazer a mesma coisa que você está fazendo.

— Na verdade, nós dois não estamos fazendo a mesma coisa. Eu vou passar o furacão em segurança, na casa da sua tia, no ponto mais alto da ilha. Você quer ser imprudente e ficar numa casa que ainda nem está pronta, na praia.

— Querida, vou te contar uma coisa — disse ele, voltando a ligar o motor e dando partida. — Se você acha que algum lugar dessa ilha é seguro pra se proteger contra o que está vindo aí, você é maluca. — Enquanto eu o encarava boquiaberta, ele acrescentou com um sorriso maldoso: — Você devia ter escutado a sua mãe.

CAPÍTULO 15

Hora: 14h53
Temperatura: 26°C
Velocidade do vento: 59km/h
Rajadas: 88km/h
Chuva: 30mm

Ele tinha razão. Eu devia ter escutado a minha mãe.

Mas não sobre fugir do furacão que se aproximava. Certa vez, ela me disse que tomasse cuidado com caras como Drew Hartwell… bem, não como *ele*, exatamente, mas homens "tipo artísticos".

E de que outra maneira eu descreveria um carpinteiro que não apenas restaurava casas e móveis antigos, mas construía os próprios, em uma das praias que mais atraía furacões no mundo?

Médicos, advogados, investidores, qualquer tipo de empresário… minha mãe via com bons olhos. Mas, para ela, se envolver com um cara artístico era quase tão ruim quanto eu mesma tentar viver da minha arte.

Não que eu estivesse envolvida com Drew Hartwell. Eu só estava presa em uma picape com ele.

O pior era que a chuva havia começado de verdade. Gotas grandes e pesadas caíam como mísseis sobre a picape.

— Que ótimo — falei em um tom emburrado, observando as janelas fechadas das casas pelas quais passávamos. Não havia vivalma na rua. A cidade inteira parecia deserta.

— O quê?
— Nada. Só que agora tenho que voltar com a scooter na chuva.
Ele olhou para mim.
— Você não trouxe sua capa?
— Não, eu não trouxe a minha capa. Você me arrastou pra fora de lá tão rápido que não tive tempo.
— Estamos enfrentando um furacão, água doce — disse ele, parecendo achar graça da situação. — Você sempre devia andar com a...
— Bom, eu não trouxe!
Ele pisou no freio. Estávamos na frente do meu condomínio. Como não consegui colocar o cinto quando saímos da casa dos Hartwell, eu teria batido de cara no painel se ele não tivesse esticado um braço forte para me proteger.
— Valeu — falei, muito desconfortável com a percepção da rigidez dos músculos e ossos do braço dele contra a maciez dos meus seios. Desconfortável, é claro, porque eu estava gostando.
Drew, por outro lado, não pareceu perceber. Ele afastou o braço de mim.
— Fica aqui — disse ele, enquanto vasculhava o porta-luvas.
— Por quê? — Eu estava confusa. Ele tirou um poncho de plástico lá de dentro, que vestiu. — Aonde você vai?
— Pegar a sua scooter — respondeu ele, focando aqueles olhos muito azuis em mim enquanto a chuva de repente desabava ao nosso redor. — Vou colocá-la na caçamba.
Então, antes que eu conseguisse responder, ele saiu para a chuva torrencial e prateada, e bateu a porta.
— O quê? — Fiquei observando enquanto ele corria para minha scooter, o único veículo desse tipo desamparadamente parado no estacionamento de motos do condomínio. — Espera. Você não pode... O que você está...?
Abri a porta do passageiro e fui recebida pelo brilho de um raio, seguido de perto pelo estouro de um trovão.

Eu não me importava.

E também não me importava com a chuva pesada, cortante, que rapidamente ensopou minha camiseta e meu short, nem com as folhas que eram carregadas pelo vento e batiam contra minhas pernas, meus braços e meu rosto. Meu único objetivo era não deixar Drew Hartwell me fazer um favor, porque eu ficaria lhe devendo.

— Espera — gritei, correndo em sua direção enquanto ele levantava o descanso da scooter como um especialista. — Você não precisa fazer isso. Eu só estava brincando. Posso ir com...

O sofisticado poncho de plástico dele tinha um capuz, mas o vento estava tão forte que o jogou para trás, e seu cabelo castanho já estava grudado na cabeça.

— Volta pra picape.

— Mas eu...

Outro brilho de raio foi seguido por outra trovoada, bem mais alta do que a última. Senti o som reverberar pelo meu corpo. Provavelmente não era uma boa ideia ficar na rua naquele tempo.

Andar de scooter provavelmente era uma ideia ainda pior.

— Volta pra picape — rugiu ele.

Mas eu não faria isso. Corri para a caçamba e rearrumei as tralhas no interior dela para dar espaço para a scooter — coolers para pescaria, caixas de ferramentas, galochas brancas e mais parafernália aleatória da vida de Drew Hartwell, incluindo, por algum motivo, várias cadeiras de praia e, é óbvio, a motosserra.

Então eu o ajudei a levantar a moto e colocá-la na caçamba, apesar de ele ficar gritando para eu parar, que conseguia fazer aquilo sozinho.

Mas eu sabia o quanto aquele trambolho pesava. Apesar de ser uma scooter pequena — uma 50cc cuja circulação nas ruas era praticamente ilegal em alguns estados e, assim, não era preciso ter carteira de habilitação para dirigi-la —, nós dois tivemos de fazer força para colocá-la na picape.

Quando voltamos para nossos bancos, molhados, ele estava fumegando.

— Eu te disse pra ficar aqui — falou ele.

— Bom, e eu te disse que não precisava de ajuda.

— Você ia tentar voltar naquele negócio nessa chuva?

Ele gesticulou para a cachoeira que acertava o para-brisa. Mal dava para enxergar o que acontecia um metro na nossa frente. A ventania espalhava folhas e galhos inteiros pela rua. Pensei ter visto algumas flores do jasmim-manga, apesar de estarmos estacionados longe dos muros altos que cercavam o pátio do condomínio.

— Se você tivesse me deixado pegar minha capa de chuva, não teria problema nenhum — insisti. — Já andei de scooter com o tempo pior.

Isso era mentira. Eu nunca tinha visto uma chuva tão forte.

E era horrível andar de scooter na chuva. Eu não gostava de sentir as linhas amarelas escorregadias sob as rodas. Eu não era uma motorista acostumada a aventuras.

Drew balançou a cabeça. Era nítido que ele não tinha engolido minha mentira.

— Agora você entendeu por que eu disse pra sempre andar com a sua capa de chuva?

— Bom, você podia ter me emprestado a sua, e nada disso teria acontecido. Eu já estaria na casa da sua tia, e você estaria a caminho da sua casa de praia pra concretizar sua vontade de morrer.

Ele me lançou um olhar amargurado enquanto eu tentava prender o cinto de segurança.

— Escuta — disse ele. — Sabe como você se sente sobre as suas pinturas de nuvem? É como eu me sinto sobre a minha casa. Não posso abandonar ela. Bem que eu queria, mas não consigo. Eu me dediquei demais a ela, e amo tudo o que está lá.

Achei que poderia não ser uma boa ideia falar que eu quase tinha me esquecido de levar minhas aquarelas. Ele parecia ter uma visão levemente idealizada de mim como artista.

Seria legal se essa visão fosse real, mas eu sabia a verdade: fiquei mais preocupada com Gary do que com a minha arte.

Em vez de responder, puxei mais uma vez o cinto de segurança.

— Esse negócio está quebrado? — resmunguei.

Parecendo irritado, ele se inclinou para ajudar.

— Não está quebrado. Você só precisa...

No instante em que os dedos dele encostaram nos meus, senti o mesmo choque elétrico da noite anterior, quando sua mão fechou sobre a minha no guidão da bicicleta.

Só que, desta vez, não havia uma bicicleta nos separando, e nossas bocas estavam a centímetros de distância. Dava para sentir o calor emanando do corpo dele através das roupas molhadas, dava para ouvir a respiração dele acelerando no momento em que nossas mãos se tocaram, e, quando ergui a cabeça, nossos olhares se encontraram.

Não havia dúvida: fosse lá o que fosse aquela atração química estranha entre nós, eu não era a única que a sentia.

Aquilo não fazia sentido nenhum. Mas também pareceu fazer todo o sentido do mundo acabar com a distância entre nossos lábios, levantando minha cabeça e pressionando minha boca à dele.

No instante em que nossos lábios se encontraram, foi como se outro raio tivesse caído. Só que, agora, o raio vinha de dentro da picape — ou, para ser mais específica, de dentro do meu short. Eu não sabia como tinha vivido sem beijar Drew Hartwell. Sem dúvida, foi tempo jogado fora. Aquilo, *aquilo* era o que eu devia estar fazendo, porque todos os meus nervos, todas as fibras do meu ser pareciam ganhar vida. Meus dedos dos pés se encolhiam dentro dos tênis. Eu queria montar em cima dele bem ali, na frente do volante.

E ele também não se fazia de rogado. Sua língua havia começado a explorar minha boca de um jeito bem minucioso, enquanto suas mãos grandes e calejadas apertavam meus seios sob minha camiseta e meu sutiã encharcados. A chuva caía torrencialmente ao nosso redor, e as janelas da picape estavam ficando embaçadas. Mas eu não me importava, porque quem passaria por ali e nos pegaria no flagra?

Foi só quando ele começou a me pressionar contra o encosto do banco, habilmente subindo minha camiseta e murmurando "Vamos pra minha casa", que me dei conta de onde estávamos... na picape de Drew Hartwell.

Foi então que me empertiguei... tão de repente que quase bati com a cabeça na dele.

— O *quê?*

Ele se sentou também, depois de ajeitar a bermuda para acomodar sua ereção crescente — que eu tinha sentido, grande e rija contra minha coxa.

— Eu disse pra gente ir pra minha casa. Odeio fazer sexo dentro do carro. Sou muito alto. E o seu apartamento está prestes a inundar...

— Sua casa na *praia*? Você é doido?

— Eu já disse, ela foi construída pra resistir a furacões e...

O que eu estava fazendo? Aquela não era nem de longe a maneira como eu devia estar conduzindo minha vida agora. Não era para eu estar me atracando com caras — mesmo que eles fossem incrivelmente gostosos — dentro de picapes. Eu devia estar colocando meus pensamentos no lugar, não... bem, não fazendo aquilo, fosse lá o que fosse.

Puxei minha camiseta de volta para o lugar.

— Não vou passar o furacão na praia com você, Drew. Todas as minhas coisas estão na sua tia. Meu gato está...

— Eu gosto do seu gato. A gente pode buscar o seu gato.

— Pra ele morrer também? Não, obrigada.

— Ninguém vai morrer.

— Você não tem como saber disso!

— É claro que não. Mas você também pode morrer atravessando a rua e sendo atropelada por um ônibus em qualquer dia da semana...

— Acho que nós dois sabemos que, estatisticamente falando, as chances de alguém morrer durante um furacão são maiores se você estiver numa casa na praia do que numa casa mais no interior.

— Eu diria que depende da casa.

— Ai, meu Deus. — Eu me virei para tentar desembaçar a janela do passageiro e conseguir ver a chuva. Minha calcinha, a única parte que havia permanecido seca, agora estava tão molhada quanto o restante de mim. — Só me leva pra sua tia.

— Tudo bem, você que sabe. Mas eu não vou ficar lá. Você é uma mulher muito bonita, e estou doido pra ficar com você, mas não se isso significa passar o furacão na casa da minha titia, comendo o bolo pudim de limão dela.

Lancei um olhar desdenhoso para ele.

— Não fica se achando. Foi só um beijo.

— Só um beijo? — Ele se inclinou para a frente e ligou o motor. — Acho que nós dois sabemos que foi mais do que só um beijo, água doce.

— De onde eu venho, aquilo foi basicamente um cumprimento — falei, feliz pelo vento frio soprando do ar-condicionado do painel, pois eu poderia usá-lo como desculpa, caso ele notasse meus mamilos rijos feito pedra.

— Ah, então você enfia a língua na boca de todos os caras que te ajudam a colocar o cinto de segurança?

— Da maioria.

— Água doce, eu morei três anos em Nova York e nunca vi ninguém beijar um taxista por ele ajudar com o cinto.

— Bom, acho que você não interagia com as pessoas certas.

— Ah, sei. Se você diz.

Ficamos em silêncio pelo restante do caminho, o que foi uma dádiva, porque eu não queria conversar. No que eu estava pensando ao beijar Drew daquele jeito? Agora, eu tinha começado algo de que não precisava, que não queria e para o qual nem tinha tempo. Eu estava lidando com Drew Hartwell, o último cara na ilha com quem uma garota que estava fugindo de homens devia se meter.

E ele nem fazia o meu tipo... se eu tivesse um tipo, algo que provavelmente não tinha. Mas, se eu tivesse, não seria Drew. Ele era sarcástico demais, parecia ter dificuldade em usar camisas e dirigia uma picape — pior, uma picape que fedia a cachorro molhado e que ele parecia ter o costume de estacionar na frente da casa de várias mulheres.

Em todos os cantos do carro, havia sinal da amada matilha de Drew, desde coleiras abandonadas e brinquedos espalhados pelo chão até pelo de cachorro cobrindo todas as superfícies. Como eu estava toda molhada, boa parte dos pelos grudava em mim.

Mas imaginei que a maioria deles sairia na chuva, quando chegássemos à casa dos tios de Drew e eu o ajudasse a tirar minha scooter da caçamba.

Só que, ao nos aproximarmos da casa, vi uma figura nos esperando na varanda da frente. Mal dava para reconhecê-lo por causa da chuva e do fato de ele estar todo paramentado para o clima.

Porém não havia dúvida de que era Ed, o tio de Drew.

— Ah, não — falei. — Ele não vai...

— Fala sério. — O sorriso de Drew era meio maldoso. — Você sabia que ele ia ficar esperando. Ele adora essas coisas.

É claro que eu sabia.

Mas isso fazia com que fosse certo que Ed, um homem de sessenta e tantos anos, saísse no vento forte e na chuva e começasse a sinalizar para o sobrinho entrar com a picape no terreno?

Drew baixou o vidro e gritou, através da cascata de chuva:

— Pode deixar, vou dar ré.

— Não precisa dar ré — berrou Ed. — É só vir um pouco pra trás.

Drew se virou para mim com os olhos brilhantes, abrindo a boca para fazer algum comentário espertinho sobre a contradição do tio, mas levantei a mão para interrompê-lo.

— Para. Eu escutei.

— Agora você entendeu por que eu prefiro passar o furacão na minha própria casa do que com esses lunáticos da minha família?

Eu me recusava a morder a isca.

— Acho os seus parentes uns fofos, e você é muito sortudo.

— É claro que você acha isso. — Drew suspirou enquanto habilmente entrava de ré no terreno. — Você é uma água doce. Como todos os turistas, você acha que estamos nessa ilha só pra sermos encarados e aparecermos nas suas fotos pras redes sociais.

Com minha paciência prestes a se esgotar — por vários motivos —, explodi:

— Eu não sou turista. Faz três meses que moro na ilha, sem contar o tempo que passei aqui quando era criança. E apesar de saber que esse tempo é nada pra você, acho que é justo dizer que, nesse período, conheci esse lugar, você e a sua família muito bem. Então, na minha opinião, é uma sorte ter parentes legais que amam e apoiam tanto você, não importa quão idiota você seja.

Ele pisou com força no freio, suas sobrancelhas castanhas erguidas em surpresa enquanto me encarava de boca aberta.

— Idiota?

— Existe outro termo pro seu plano de passar um furacão na praia?

Em vez de responder, ele apenas estreitou os olhos para mim, colocou o carro em ponto morto, saiu da picape e, antes de bater a porta, falou irritado:

— Espera aqui.

É claro que não lhe obedeci. Não ia deixar dois homens quase se afogarem por minha causa.

E me arrependi na mesma hora. A ventania estava mais forte, espalhando folhas, galhos de palmeiras e, é claro, chuva para todo lado... mas principalmente na gente. Tanto Drew como seu tio me mandaram entrar na casa com um tom irritado, e, desta vez, levando em consideração o fato de que eu não estava com proteção nenhuma contra o clima, obedeci, apesar de ir apenas até a varanda, para observar enquanto os dois lutavam para levantar a scooter.

Era isso que eu estava fazendo quando a Sra. Hartwell surgiu com uma toalha de praia quentinha da secadora.

— Aqui, querida — disse ela, cobrindo meus ombros frios e gelados com a toalha. — É melhor você entrar e tomar um banho quente enquanto pode. Às vezes, a água é desligada por excesso de precaução, pro caso de haver uma inundação e a companhia que fornece água não conseguir controlar a qualidade ou a pressão do abastecimento.

Eu queria ter descoberto isso antes de tomar a decisão de não ir embora. Podia faltar *água*?

— Obrigada. — Apertei a toalha em meu corpo. O pano felpudo quente estava delicioso. — Mas estou bem. Só estou me sentindo mal por eles terem tanto trabalho por minha causa...

— Ah, eles adoram. — Através da chuva, a Sra. Hartwell observou com carinho os dois homens que mais amava na vida. — Qualquer coisa que envolva máquinas. E se tiver uma garota bonita em apuros que eles possam ajudar, essa é a cereja do bolo para eles.

Apertei ainda mais a toalha ao redor dos meus ombros, me sentindo desconfortável.

— Obrigada. Mas a questão é essa. Eu não estava em apuros de verdade. Eu podia ter voltado de scooter. — Não seria uma experiência divertida, mas eu conseguiria. Talvez.

Ela me deu um tapinha bondoso no ombro.

— Claro que podia. Mas algumas pessoas conseguem fazer certas coisas melhor que outras. A vida é assim. Falando nisso, depois que você tomar banho e trocar de roupa, e talvez descansar um pouco, preciso da sua ajuda na cozinha.

— Tudo bem. Claro. Eu adoraria.

Lancei um último olhar para Drew. No meio da chuva, ele empurrava minha scooter para um lugar seguro do temporal, ao lado da casa, seu poncho de plástico transparente sendo levantado pelo vento.

De repente, senti um frio na barriga. *Você está cometendo um erro terrível*, parecia gritar uma voz dentro de mim.

O quê? De onde veio isso?

E que erro seria esse? Passar o furacão em Little Bridge? Ou ficar com os Hartwell?

Ou me envolver com Drew Hartwell?

Se fosse a última opção, por que eu sentia uma necessidade tão forte de correr de volta para a chuva, jogar meus braços ao redor do pescoço dele e implorar para que ele não entre naquela picape?

Eu não sabia. Nada fazia sentido.

Então ignorei a sensação e segui a tia dele para dentro da casa.

Era impossível parar de pensar que não havia erro pior que aquele.

CAPÍTULO 16

Kit básico de sobrevivência para emergências durante desastres naturais — Pessoal

Gel ou lenços umedecidos para as mãos
Produtos de higiene pessoal em tamanho portátil
Papel higiênico, toalhas de papel, sacos de lixo
Produtos para higiene bucal e para os olhos
Cobertores, lençóis, travesseiro
Roupas, higienizante sem enxágue

Eu só soube o que tinha acontecido depois que saí do banho, após passar um bom tempo embaixo da água quente, tirando o cheiro de gasolina e dos cachorros de Drew Hartwell do meu corpo. Foi então que escutei o grito.

— Ele não vai voltar!

Entrei correndo na cozinha bem a tempo de ver a Sra. Hartwell pressionar a mão sobre a boca enquanto encarava a tela do celular.

Meu coração se apertou. Eu sabia exatamente a quem ela se referia, mas, por educação, fingi que não tinha entendido.

— Quem não vai voltar, Sra. Hartwell? — perguntei.

— O Drew. Ele acabou de mandar mensagem. — Ela exibiu o celular para eu ler o texto, mas seus dedos tremiam um pouco, então não consegui. Ela não era uma mulher muito emotiva, mas dava para ver que estava nervosa. — Ele disse que as ruas perto da praia já estão em péssimas condições, então acha que seria perigoso voltar e vai passar a tempestade com os cachorros naquela casa ridícula. Ele não vai voltar pra cá. Ele não vai voltar!

Dei tapinhas nas costas dela, tentando consolá-la. Então me dei conta de que o comentário que Drew fez em espanhol para a tia antes de sairmos para buscar minha scooter provavelmente foi uma garantia de que ele voltaria para passar a tempestade com ela.

É claro que ele tinha mentido. Ele nunca teve a intenção de passar a tempestade em qualquer outro lugar que não fosse a própria casa. Porém, como um homem típico, ele não teve coragem de dar a notícia para a tia pessoalmente.

— Calma, Lu. — Ed tinha vindo da sala de estar e comentava sobre a escolha perigosa do sobrinho com o mesmo tom prático que usava para tudo. — O garoto vai ficar bem.

— Não vai. — Eu nunca tinha visto a Sra. Hartwell com tanta voz de choro. — Ele vai morrer lá.

— Acho difícil. Ele tem um barco. Na pior das hipóteses, o Drew pode passar a tempestade dentro dele com os cachorros.

Compreensivelmente, aquele argumento pareceu não ter efeito sobre a mulher nervosa.

— Ele não tem nada! Não tem gerador, não tem telefone fixo nem via satélite...

— Ele tem cérebro. — Ed se aproximou da bancada para dar uma olhada no *ropa vieja* que a esposa preparava para o jantar, cujos ingredientes estavam em uma panela elétrica. O cheiro que saiu de dentro dela quando Ed levantou a tampa foi tão delicioso que me deu água na boca. — Humm, isso aí vai ficar delicioso, Lu.

A esposa ignorou o elogio.

— Ele vai morrer.

— Ele já passou por um monte de tempestades parecidas, tia Lu — disse Nevaeh. Ela também tinha vindo para a cozinha ver o que estava acontecendo, e agora passava um braço reconfortante ao redor da cintura da tia. — Ele sabe o que fazer. O tio Drew sempre sabe.

Bom, aquilo era um exagero. Talvez ele sempre soubesse o que fazer quando se tratava de construções ou de carregar motos.

Quando se tratava de assuntos do coração, por outro lado, nem tanto.

Apesar de que eu também não era a pessoa mais sábia do universo a respeito desse assunto.

Foi então que aconteceu: um raio muito forte — acompanhado de uma trovoada estrondosa, indicando que uma célula de tempestade estava bem acima de nós — fez as luzes piscarem, e então se apagarem.

Nevaeh e Katie gritaram como se alguém estivesse cortando suas gargantas. O papagaio, na sala de estar, imitou as duas.

— Calma, calma — disse Ed, que, sem hesitar, seguiu para a bancada na qual estava uma lanterna de aparência poderosa. Ainda era dia, mas as nuvens pesadas no céu e as placas que protegiam firmemente cada janela deixavam a casa tão mal-iluminada que parecia noite. — Abasteci o gerador hoje cedo, então devemos ficar...

Um grunhido soou — como o motor poderoso de um barco sendo ligado —, e, de repente, as luzes acenderam de novo. Pelo visto, o barulho — o grunhido — era o gerador dos Hartwell ganhando vida, como tinha sido programado para fazer no instante em que faltasse energia elétrica na cidade. Abastecida pelo tanque de gás propano com capacidade para quatro mil litros que Drew havia mencionado, a casa dos Hartwell agora era energizada pelo gerador.

— Ah, graças a Deus! — Ouvi Nevaeh choramingar. Ela havia corrido até a sala de estar, para verificar a televisão. — Mas os canais a cabo estão fora do ar!

— Pois é. — Ed não parecia muito surpreso. — Acho que duraram mais do que o esperado, até.

O serviço de televisão a cabo da ilha era a fonte da maioria das reclamações da seção "Graças e desgraças" do jornal. Parecia cair toda semana, mesmo quando o tempo estava bom, e quando chovia então... podia esquecer. O serviço por satélite era ainda pior, porque qualquer chuvisco, até mesmo em outras ilhas do arquipélago, o derrubava. Muitos dos meus clientes conseguiam prever a chegada de chuvas com base apenas na pixelização de suas telas de televisão.

Nevaeh, pálida, voltou para a cozinha, balançando seu celular no ar.

— A internet caiu!

A Sra. Hartwell conseguiu abrir um sorriso.

— Tenho certeza de que vocês, meninas, vão sobreviver sem internet por alguns dias.

— Alguns *dias*? — Katie parecia horrorizada. Era como se tivessem sugerido a ela que vivesse sem oxigênio.

— Vocês sabiam que alguns de nós passaram quase a vida inteira sem internet? — A Sra. Hartwell parecia achar graça da conversa. — Eu consegui terminar a escola e a faculdade sem usar a internet nem uma vez.

Os olhos de Nevaeh se arregalaram.

— Como você tinha vida social? Como fazia os deveres de casa?

— A gente ia num lugar chamado biblioteca. — A Sra. Hartwell não parecia mais estar se divertindo. — E nós usávamos um negócio chamado telefone pra nos comunicar. Sabe, se vocês estão entediadas, tem um bolo aqui pra fazer.

Nevaeh abriu um sorriso arrependido para a tia-avó.

— Desculpa, tia Lu. É claro que a gente vai ajudar. Anda, Katie, vamos lavar as mãos.

Katie seguiu a amiga, sem desviar os olhos da tela do celular um minuto.

— Olha, Nevaeh, o celular ainda tem sinal. Acabei de receber uma mensagem da Madison.

Quando as garotas saíram da cozinha, sorri para a Sra. Hartwell, que olhava na direção que a sobrinha-neta havia seguido com um ar meio preocupado, meio amoroso.

— Os pais da Katie não estão preocupados por ela estar fora de casa com esse tempo? — perguntei.

O vento sugava as placas de madeira que cobriam as janelas da sala de estar, fazendo-as estalarem. Até as paredes da casa pareciam balançar levemente — mas a Sra. Hartwell havia me avisado que isso aconteceria. A casa tinha sido projetada para aquilo.

— O delegado? Ah, não. — A Sra. Hartwell acenou com uma das mãos, despreocupada. — Foi ele que pediu pra ela ficar aqui. Ela não quis ir com ele pra escola. E faz sentido... o pai está trabalhando o tempo todo, e a melhor amiga e prima dela estão aqui.

Devagar, a ficha foi caindo: Katie também fazia parte da família Hartwell — ela era filha do delegado Hartwell. Será que todo mundo naquela ilha era parente, por sangue ou por casamento?

— A senhora precisa de ajuda com alguma coisa? — perguntei, com um tom animado. Não que eu estivesse com muita vontade de ajudar. Eu queria gritar igual à Sra. Hartwell tinha feito ao receber a mensagem de Drew.

Mas como a família teve a bondade de me abrigar, aquilo parecia o mínimo que eu podia fazer.

E seria bom ter algo para me distrair do que acontecia lá fora.

— Ah. Preciso, é verdade. Se não for muito incômodo...

E foi assim que, meia hora depois, acabei diante da bancada da cozinha, usando uma batedeira para misturar uma porção daquilo que a tia de Drew chamava de "molho do furacão".

— Ele é tão viciante — havia me explicado ela —, que só dá pra fazer na época que tem um furacão mesmo. Caso contrário, você passaria o dia inteiro se empanturrando.

Eu acreditava nela... e também entendia por que se empanturrar do molho não seria a melhor ideia do mundo, pelo menos para pessoas preocupadas com a própria saúde, já que os únicos ingredientes do "molho do furacão" eram maionese, sour cream e cream cheese, junto com "meia garrafa" de barbecue.

Minha tarefa era misturar todos os ingredientes até que eles ficassem com um leve tom laranja, me certificando de que não havia caroços — esta última parte era difícil, por causa do cream cheese.

Tentei não me perguntar por que a tia de Drew achava que misturar um monte de ingredientes que causariam um ataque cardíaco era a tarefa mais adequada para mim. Eu tinha outras habilidades além do preparo de comida...

Mas nenhuma que ajudasse naquelas circunstâncias. A faculdade de Direito não preparava as pessoas para um furacão, pelo menos não para um furacão literal. Todas aquelas conversas intelectuais eram tão úteis agora quanto arte era para a minha mãe.

O único lado positivo que eu conseguia enxergar sobre meu papel como produtora de molhos era que a situação de Nevaeh e Katie era muito pior do que a minha. As duas tinham sido encarregadas de preparar o bolo pudim de limão que Drew havia mencionado com tanto desprezo, que envolvia uma caixa de mistura pronta de bolo branco com — obviamente — uma caixa de mistura pronta de flã de limão.

Mas, se você gostasse de limão (e eu gostava), o resultado final não devia ser tão ruim quanto parecia.

— Parece que está pronto — disse a Sra. Hartwell, dando uma olhada na tigela que eu segurava. — Vamos provar.

Ela enfiou uma batata frita — as do tipo "onduladas" eram as melhores para esse molho específico, tinha me informado ela — no molho e a levou até a boca, mastigando com um ar pensativo.

— Hummm. — Ela fechou os olhos, algo que fazia muito enquanto comia, pelo que notei. — Perfeito.

— Sério?

Eu nem imaginava como uma mistura de tantos condimentos podia ser boa, então peguei uma batata e provei também.

Fui surpreendida com a explosão de acidez na minha boca.

— Ai, meu Deus.

A Sra. Hartwell sorriu para mim.

— Viu? É por isso que a gente só pode fazer esse molho na época de furacão. Caso contrário, todos estaríamos do tamanho de um caminhão. Bom, eu já estou. — Ela bateu na barriga redonda, feliz. — Mas não preciso engordar mais, senão vou ter que passar a comprar roupas em Miami. — Não havia lugar para comprar roupas em Little Bridge, tirando as butiques caras, inacessíveis para os moradores locais, e uma Kmart que ficava meio afastada da cidade. — Cobre isso com plástico filme, coloca na geladeira pra firmar e depois pode ir descansar um pouco. Você merece.

— É melhor a gente comer daqui a pouco — anunciou Ed, voltando para a cozinha. — Temos mais ou menos uma hora antes da coisa ficar feia.

Sua esposa concordou com a cabeça e começou a encher uma panela de água. Lancei um olhar questionador para ele.

— Como você sabe que a coisa vai ficar feia? A televisão está fora do ar, e a internet caiu.

Ele me encarou com um ar desdenhoso e ergueu uma caixinha de metal.

— Rádio. Já ouviu falar disso?

— Ah. É claro. — Fiquei vermelha de vergonha, lembrando que nunca contei a ele quem era minha mãe.

Parecia melhor não fazer isso, por uma série de motivos. Nem todo mundo era fã da juíza Justine. Eu não sabia o que Ed e Lucy Hartwell achavam dela.

— Que tipo de rádio é esse? — perguntei.

Ed, empolgado para mostrar seu apetrecho, colocou o rádio a pilha de ondas curtas na bancada e aumentou o volume, para que eu admirasse a qualidade do som.

— Ah, Ed, não! — exclamou a Sra. Hartwell enquanto lavava o arroz. — Não quero escutar esses dois idiotas. Estava tudo tão tranquilo...

Eu não entendia como alguém podia descrever aquela situação como tranquila, levando em consideração a força com que o vento soprava lá fora. As placas nas janelas balançavam, e o pinheiro especial do qual a casa era feita, apesar da reputação de ser forte, também rangia bastante.

Mas, pelo visto, isso não assustava os Hartwell de forma nenhuma.

— Eles não são idiotas. — Ed soava ofendido. — São radialistas profissionais que estão arriscando a própria vida pra permanecer no ar, lá no aeroporto, depois de todo mundo ter saído da ilha, pra nos informar sobre o tempo...

Tia Lu soltou uma risada irônica.

— Arriscando a vida! Eles estão em um abrigo antibombas. A única maneira de arriscarem a vida seria se a antena fosse carregada pelo vento e um deles fosse burro o suficiente para sair e tentar consertá-la, o que não me surpreenderia nem um...

— Shhhh — disse Ed, aumentando o volume.

A voz de dois homens preencheu a cozinha.

— Acabamos de registrar uma rajada de vento de cento e setenta e oito quilômetros por hora — disse um dos apresentadores, que depois se identificou como Wayne, o Lambedor de Sapos. — Isso com certeza o classifica como uma categoria três.

— É verdade, Wayne — concordou seu colega, cujo codinome depois descobri ser "Fred Não Perde". — Mas podemos confiar em meros instrumentos técnicos? A gente não teria uma noção mais precisa se fôssemos lá pra fora e... você sabe?

— Não, Fred. Eu não vou.

— Você jurou pela bandeira da República da Concha que iria!

— Fred, eu não sou masoquista. Não vou lá fora.

— Senhoras e senhores de Little Bridge, caso tenham acabado de sintonizar e estejam se perguntando sobre o que eu e meu querido colega estamos conversando, saibam que Wayne perdeu uma aposta e, como perdedor, deveria ir ao estacionamento da nossa estação e tentar medir os ventos do furacão Marilyn com cuspe. Mesmo assim, ele permanece aqui, descumprindo a sua...

— Ah, francamente — explodiu a Sra. Hartwell. — Nunca ouvi nada tão idiota e nojento. Desliga.

Ed apenas aumentou o volume.

— Ora, Lu — disse ele, sério. — Esses senhores estão oferecendo um serviço valioso pra comunidade. Todos os ouvintes estão se distraindo da tempestade, e é disso que precisamos agora. — Ele olhou para mim. — Você não acha?

Eu não queria me meter na DR dos meus patrões. Além do mais, estava começando a ficar preocupada. O aeroporto ficava a menos de dois quilômetros da praia de Sandy Point, onde Drew estava construindo sua casa. Se os ventos já tinham força de categoria três e o olho da tempestade ainda nem havia chegado, será que ele estaria minimamente seguro lá? Não parecia provável.

— Bom, eles parecem burros — falei sobre Fred Não Perde e Wayne, o Lambedor de Sapos. — Mas são divertidos.

— E informativos. — Ed tirou um caderninho e uma caneta do bolso da frente da camisa e começou a anotar alguma coisa. — Se são sete da noite agora, e os ventos já alcançaram cento e setenta e oito quilômetros por hora, então isso significa que o olho deve passar por volta de...

A Sra. Hartwell explodiu:

— Ah, pelo amor de Deus, Ed. Eu não quero saber disso! Nosso sobrinho pode estar morrendo lá fora, e você fica parado aí, calculando quando isso pode acontecer.

Ed deu de ombros, ainda fazendo as contas.

— Desculpa, mas é melhor estar preparado pra esse tipo de coisa.

— Meninas! — A Sra. Hartwell girou nos calcanhares e chamou as adolescentes. — Meninas, me ajudem a arrumar a mesa. Vamos jantar daqui a pouco. Mas, pra ser sincera — ela se virou para mim —, acho que não vou conseguir comer nada, estou muito preocupada. E você?

— Humm. — De repente, me lembrei de uma coisa. — Espera um pouco. Eu tenho a coisa certa.

CAPÍTULO 17

Hora: 19h18
Temperatura: 25°C
Velocidade do vento: 104km/h
Rajadas: 185km/h
Chuva: 83mm

— Ah, que gentil. Faz anos que não vejo uma dessas. As meninas vão adorar.

Foi isso que a Sra. Hartwell disse quando desencavei minha bolota de cream cheese temperada e ofereci para servi-la como entrada, porque achei que isso poderia animá-la.

E animou mesmo. Nevaeh e Katie nunca tinham visto nada parecido e, depois de terem obedientemente arrumado a enorme mesa de jantar, como a Sra. Hartwell havia pedido, com seus melhores talheres e louça, elas atacaram a iguaria desconhecida, fazendo elogios entusiasmados, como se eu a tivesse preparado.

— Nunca comi nada tão gostoso — declarou Nevaeh, enfiando o creme de queijo maturado em vinho do Porto na boca.

— Nem eu! — Havia pedaços de biscoito de água e sal grudados no aparelho de Katie.

— A Lu nunca me deixa comer essas coisas — disse Ed, cortando um terço da bolota de cream cheese só para ele. — Ela diz que faz mal pro meu colesterol. Ei, cadê o molho do furacão?

— Já está vindo — gritou a Sra. Hartwell da cozinha, onde esquentava tortilhas para o *ropa vieja*. — Vocês guardaram queijo pra mim?

Eu admirava a postura corajosa da tia de Drew. Admirava tanto que, depois de tirar a bandeja para abrir espaço para o jantar, fiz uma foto rápida do que restava da bolota de cream cheese temperada devorada e mandei para Drew Hartwell, junto com a mensagem: "Viu o que você está perdendo?"

Como eu sabia que seus tios tentaram ligar e mandar mensagem para ele mas não receberam resposta, eu também não esperava uma.

Então fiquei surpresa quando, assim que me sentei para jantar, vi um balão de texto surgir embaixo da minha mensagem… três pontinhos saltitantes, mostrando que ele estava digitando uma resposta.

O que indicava que, pelo menos por enquanto, ele continuava vivo.

Ergui o olhar, empolgada para compartilhar esse fato com o restante da mesa, quando a Sra. Hartwell disse em um tom firme, porém educado:

— Nada de celulares à mesa.

— Mas…

— A regra é essa! — Nevaeh sorriu. — E vale pra convidados também. Nada de celulares à mesa.

Coloquei o telefone no colo, me sentindo culpada, e tentei ignorar os risinhos de Nevaeh e Katie… assim como uma decepção esquisita ao perceber que eu demoraria um pouco para conseguir ler a resposta de Drew.

Por que eu me importava, afinal de contas?

Do nada, a lembrança de Drew aconchegando Gary em seus braços me veio à mente.

E então surgiu uma memória completamente diferente — ele naquela tarde, parado na porta da minha casa, sem camisa.

Posso te ajudar com mais alguma coisa, água doce?

Ai, meu Deus. Talvez eu *gostasse* dele. Talvez eu mais do que gostasse dele. Por que outro motivo eu estaria tão preocupada?

Não. Não, não era possível.

Mas então por que eu estava enfiando a comida que a Sra. Hartwell havia preparado com tanto carinho tão rápido na boca? Eu mal sentia o gosto das coisas.

E então por que pedi licença para ir ao banheiro enquanto todo mundo ainda estava no meio da refeição, só para dar uma olhada no celular e ver o que ele tinha respondido?

E então por que me senti tão absurdamente decepcionada no banheiro quando vi que o balão de texto havia desaparecido e que Drew acabou não respondendo? Na verdade, eu não tinha recebido mensagem nenhuma, nem da minha mãe, o que era estranho, levando em consideração que ela me mandava uma mensagem por hora, mais ou menos. Tudo o que estava escrito na minha tela era...

— Sem sinal! — O grito de Nevaeh era de pânico.

O vento batia mais forte do que nunca. No rádio — que Ed insistiu em manter ligado durante o jantar —, Wayne e Fred diziam que seu anemômetro havia quebrado, destruído pelas rajadas, então o único método para medir a força do vento que restava era com cuspe.

— Sem sinal! — gritou Nevaeh de novo, toda dramática. — Eu vou morrer!

— Você não vai morrer. — O jantar havia acabado, e a Sra. Hartwell cortava pedaços do bolo pudim de limão para a sobremesa com toda a calma. — Pega sua roupa de cama lá em cima. Você e a Katie vão dormir no sofá-cama da sala, lembra?

— Que diferença faz? — Nevaeh aceitou seu pedaço de bolo com um ar de derrotismo. — Sem televisão a gente nem pode ver nada.

— Vocês podem assistir aos DVDs — disse a Sra. Hartwell. — Você ainda não viu a última temporada daquela tal série *Sex and the City* de que tanto gosta.

Nevaeh se animou.

— Ah, é. Quer assistir com a gente, Bree?

Eu tinha acabado de pegar uma garfada do bolo pudim de limão. O gosto até que era bom, mas estava tão preocupada com Drew que não sentiria diferença nem se estivesse comendo areia.

— Eu já assisti — respondi. — Mas, depois que eu ajudar a sua tia com a louça, posso ficar um pouquinho aqui com vocês, se quiserem.

Nevaeh me encarou como se eu fosse louca.

— O tio Ed vai lavar a louça.

Ed estava concentrado demais em seu programa de rádio para confirmar a informação, mas a Sra. Hartwell concordou com a cabeça quando olhei para ela.

— Nas noites em que eu cozinho, o Ed lava a louça. Quando ele cozinha, eu lavo. É assim que conseguimos ficar tanto tempo casados sem nos matar.

— Ah. — Sorri para ela. — Faz sentido.

Como estava liberada de lavar a louça, fui dar uma olhada em Gary. Ele estava enroscado na poltrona estofada de seda cor-de-rosa da biblioteca, com ar de quem tinha passado a vida inteira dormindo ali.

Ele soltou um bocejo rosado e desdentado ao me ver, então se espreguiçou com tudo a que tinha direito, soltando um miado satisfeito.

— Não — falei com firmeza, e o tirei da poltrona antes que suas garras prendessem no que sem dúvida era um forro antigo e caro, colocando-o no colchão inflável.

Gary soltou um grunhido incomodado — era nítido que ele achava que o colchão inflável não era digno de um gato de sua estirpe e inteligência —, mas, depois de um tempinho, se enroscou em uma bola e voltou a dormir.

Antes de me juntar às garotas, parei diante do visor da porta da frente. Afastando a cortina de renda, dei uma olhada no lado de fora. Dava para ver pouquíssima coisa, porque não havia luz em lugar nenhum além da casa onde eu estava. A rua inteira permanecia no completo e mais profundo breu que eu já tinha visto.

Mas, devido à luz que vinha do corredor às minhas costas, dava para enxergar algumas coisas... e essas coisas eram perturbadoras. A chuva jorrava diagonalmente, soprada pelo vento. Folhas e galhos eram espalhados pelo quintal como se fossem confete, alguns bem grandes. Atrás da cerca branca, na rua, um latão de lixo que media mais de um metro voava, arremessado pelo vento como se fosse a bola de praia de uma criança.

O barulho também era assustador. O som era exatamente igual ao que as pessoas descreviam quando falavam de furacões no noticiário — como um trem desgovernado, passando com um rosnado, mas sem parar nunca.

E então havia explosões misteriosas. Pá. Pá. *Bum*. Mais cedo, quando perguntei a Ed o que eram aqueles sons, ele disse que podiam ser qualquer coisa — cocos voando pelo ar e acertando casas ou carros. Árvores caindo. Transformadores explodindo. Literalmente qualquer coisa. Por esse motivo, durante furacões, era importante manter as janelas fechadas com tábuas, os galhos de árvores aparados e não se abrigar em carros, que podiam ser esmagados por troncos.

Outro barulho soava ainda mais distante — um rugido, como o de uma multidão em um estádio gigantesco, torcendo e gritando para seu time ou cantor de rock favorito. Esse som, segundo Ed, era o mar. Nós tivemos sorte de o furacão passar na lua minguante, na maré baixa. Caso contrário, a ressaca seria muito pior. Do jeito que as coisas estavam, lojas e casas perto da costa provavelmente ficariam inundadas... incluindo o Café Sereia, que Ed e alguns garçons haviam cercado com sacos de areia no fim daquela tarde, quando tiveram certeza de que Little Bridge seria diretamente afetada.

O que estava acontecendo com Drew naquele vento forte, tão perto do mar, naquela escuridão? Ele não estava acomodado em segurança, no topo de uma colina alta, em uma mansão confortável, com um gerador possibilitando que o ar-condicionado ficasse ligado e que ele assistisse a DVDs, com poltronas de estofado cor-de-rosa e comida quentinha, deliciosa.

Será que ele estava bem? E o pobre do Socks?

Eu me vi rezando enquanto observava a escuridão revirada pela tempestade. Por favor, o proteja, pedi. Por favor, proteja aquele homem burro, teimoso e idiota. E os cachorros dele também.

Então tratei de estender minha oração a todas as pessoas que eu conhecia em Little Bridge, para que ninguém achasse que eu me importava mais com Drew do que com Angela, por exemplo. Porque é claro que isso não era verdade.

— Bree! — chamou Nevaeh do sofá-cama na sala de estar. — Você está perdendo!

Eu me forcei a sair da janela e fui me sentar com as meninas, apesar de estar com a cabeça — e o coração — em outro lugar.

CAPÍTULO 18

Linhas de telefone fixo e via satélite podem ser úteis no caso de falta de luz ou de perda de sinal de torres de telefonia. Caso você more em uma área de risco para furacões, talvez seja interessante investir em um ou mais desses recursos.

Acordei com meu celular tocando.

Mas isso era impossível. Quando fui dormir na noite passada, os celulares estavam sem serviço.

Talvez o sinal tivesse voltado durante a madrugada. Por que não? Dava para ver que a tempestade havia passado. As paredes tinham parado de estalar, e o sol passava pelas frestas das tábuas sobre a janela da biblioteca.

Girei no colchão inflável — incomodando Gary, que estava todo confortável enroscado em sua posição de sempre, apoiado nas minhas pernas — e peguei o celular, apertando os olhos para enxergar a tela contra a luz da manhã.

Mas não. A tela estava preta. Não era o meu celular que estava tocando. Era alguma outra coisa bem perto de mim.

Eu me sentei, olhei ao redor e vi que o barulho vinha de um aparelho antigo em cima de uma mesa de canto, ao lado da poltrona cor-de-rosa. Eu não o tinha notado antes, mas, ao lado do telefone, acredite se quiser, havia uma secretária eletrônica antiga, como a que Rachel e Monica tinham no seriado *Friends*.

Um instante depois, a secretária atendeu, e escutei a voz animada de Lucy Hartwell anunciar:

— Olá, você ligou para a casa dos Hartwell! Não podemos atender agora, mas deixe seu nome, número e uma mensagem, e vamos re...

Ouvi um clique, e então a linha foi atendida em uma extensão em outra parte da casa.

— Alô? — disse Lucy Hartwell.

— Alô? Lucy? — A voz de uma mulher veio da secretária.

— Ah, Joanne! — A Sra. Hartwell parecia feliz por ter notícias da amiga. — Vocês estão bem?

— Ah, estamos, estamos. Não tivemos problema nenhum, só perdemos umas árvores. E vocês?

— Mesma coisa. Mas foi uma tempestade daquelas ontem, né?

— Ah, horrível, foi horrível. Apesar de não ter sido tão ruim quanto anunciaram.

— Ah, nem de longe.

Joanne e a Sra. Hartwell pareciam não ter percebido que suas vozes eram gravadas nem que eu ouvia tudo o que falavam.

— Mas minha irmã Gail ligou de Chicago. Parece que os jornais estão dizendo que Little Bridge foi arrasada.

— Não!

— Ah, é a cara deles fazer isso. Só que esqueceram de se basear em fatos, já que nunca se deram ao trabalho de mandar jornalistas pra cá, nem antes nem depois da tempestade. Então como poderiam saber de qualquer coisa?

O tom da Sra. Hartwell era de indignação.

— Tudo *fake news*. Algum lugar ficou alagado?

— Bom, o saguão do Cascabel. Mas lá sempre alaga. Como está o Sereia?

— O Ed foi lá dar uma olhada assim que amanheceu. Os sacos de areia não deixaram a água entrar.

— Ah, que alívio!

— Pois é. E Sandy Point? — A voz da Sra. Hartwell forçava uma falsa tranquilidade. — Alguma notícia?

— Não, sinto muito, querida. — O tom de Joanne era gentil. — Ninguém consegue chegar lá. As estradas estão muito ruins. Mas você ficou sabendo da ponte?

— Que ponte?

— A da saída da ilha. Desabou.

— Não!

— Estão dizendo que um iate do Iate Clube de Little Bridge se soltou das cordas, foi boiando até lá e acertou as colunas bem no lugar certo.

— Ah, francamente!

— Ninguém vai conseguir entrar nem sair da ilha por semanas, talvez, dependendo de quanto tempo demorem pra consertar. O que significa que todo mundo que evacuou não vai conseguir voltar.

— Coitadinhos!

— Enfim, tem problema eu deixar um pouco da insulina do Carl na sua geladeira? Estamos guardando no cooler por enquanto, mas não sei por quanto tempo o gelo vai durar.

— Ah, é claro, Joanne. Pode passar aqui quando quiser. E temos bastante comida quente e cerveja gelada.

— Lu, você é um anjo. Até logo.

As duas mulheres desligaram. Olhei para Gary, que amassava minha coxa, todo feliz. *Nossa*, articulei com a boca para ele.

Peguei roupas limpas e fui tomar banho, terminando e me vestindo em tempo recorde. Então segui o cheiro de café até a cozinha, onde encontrei a Sra. Hartwell batendo o que parecia ser uma caixa de ovos inteira em uma tigela vermelha de plástico.

— Bom dia — disse ela, animada. Assim como eu, ela usava camiseta e short, tirando que sua camiseta era larga, enquanto a minha estava um pouco apertada. No entanto, as duas tinham Café Sereia escrito na frente. — Dormiu bem?

— Dormi, muito obrigada. — Para mim, parecia incrível que alguém fosse capaz de dormir durante um furacão, porém acabei embalada pelo rugido constante do vento e da chuvarada, ou talvez pela pressão atmosférica extremamente baixa. Dormi feito um bebê. — Quer ajuda?

— Coloquei os pães na torradeira. Você pode me ajudar a passar manteiga neles quando ficarem prontos. Tem café na cafeteira, é só pegar uma xícara naquela prateleira ali e apertar o botão prateado. As meninas ainda estão dormindo, mas vou pedir pra elas botarem a mesa quando levantarem.

— Ótimo. — Eu não queria contar que tinha escutado a conversa dela ao telefone, mas precisava saber mais detalhes sobre os danos causados pelo furacão. E queria descobrir se ela tinha notícias de Drew. Optei por ser meio vaga. — Então, a senhora teve notícias da... da tempestade?

— Bom, não foi tão ruim quanto disseram que seria. — Ela baixou a tigela para acrescentar sal e pimenta. — No geral, só o vento deu problema, e houve inundações nas áreas de sempre. Pelo que fiquei sabendo, mais pra cima das Keys foi um desastre. E a ponte pra estrada que sai da ilha desabou.

Arregalei os olhos, fingindo surpresa.

— Não!

— Pois é. E pode demorar até consertarem. Então as pessoas que foram embora não vão conseguir voltar por enquanto.

— Que coisa horrível. — Não consegui me controlar. Precisei perguntar: — E a senhora teve alguma notícia do seu sobrinho?

O sorriso alegre da Sra. Hartwell vacilou de leve.

— Ainda não. E como ele não tem telefone fixo e os celulares continuam sem serviço, não podemos ligar. Mas tenho certeza de que ele vai aparecer por aqui logo, logo.

Tentei manter um tom despreocupado, parecido com o dela.

— E não tem como ir até lá pra ver como estão as coisas?

Foi a coisa errada a dizer. O sorriso sumiu.

— Você não viu como está lá fora?

É evidente que eu não tinha olhado. Vi o sol brilhando do outro lado das tábuas e presumi que estava tudo bem — tirando a ponte, óbvio.

A Sra. Hartwell, vendo minha expressão confusa, me pegou pelo cotovelo e me puxou para fora da cozinha, cruzando o corredor e atravessando a sala de jantar, passando pelas meninas, que dormiam na sala de estar, pelo meu quarto, e parando na porta da frente.

— Olha — disse ela, abrindo a porta.

Arfei. Não consegui me controlar.

O lindo jardim dos Hartwell havia desaparecido.

Ah, ele continuava lá, obviamente. Porém, em vez do elegante caminho de tijolos que levava à varanda larga e arejada, encontrei apenas folhas, galhos e detritos — lixo de verdade de outras pessoas, que provavelmente tinha saído da lata que vi voando, uma caixa de pizza ali, uma lata de comida de gato lá — cobrindo todo o gramado.

A rua estava pior. Uma árvore inteira havia caído, atravessando a estrada, levando um cabo de luz junto. Os vizinhos estavam reunidos do lado de fora observando a cena, muitos empunhando xícaras de café iguais a minha. Elas tinham vindo da casa dos Hartwell. Enquanto eu dormia, a Sra. Hartwell se ocupava servindo café aos vizinhos, já que nenhum deles tinha energia elétrica para ligar as próprias cafeteiras.

Esses mesmos vizinhos se viraram ao escutar a Sra. Hartwell abrindo a porta e acenaram para a gente. A Sra. Hartwell acenou de volta, mas com um ar distraído.

— Não tem como o Ed ir até a praia pra ver como o Drew está — explicou ela. — As ruas por aqui estão todas assim. Ainda bem que ninguém se machucou, pelo menos não do nosso lado da ilha. E todas as casas estão inteiras. Bom, menos a da Beverly; ela esqueceu de colocar tábuas nos fundos, então um galho de árvore atravessou as janelas da cozinha. Mas ela só costuma vir no inverno e não deve voltar aqui antes de novembro, então tem bastante tempo pra arrumar tudo antes disso. Só que pode levar dias até as ruas estarem limpas o suficiente pra alguém conseguir chegar no Drew...

Fiquei encarando a bagunça no jardim. Era tudo tão horrível. As palmeiras estavam melhores do que o gumbo-limbo — ele tinha perdido galhos inteiros. As palmeiras só tinham perdido as folhagens. Levaria meses, talvez anos, até tudo voltar ao estado folhoso de antes.

Então vi minha scooter. Ela permanecia no mesmo lugar onde Drew a deixara. Agora, estava coberta de folhas e lama, mas, fora isso, havia passado ilesa pela tempestade.

Eu já bolava um plano na minha cabeça, mas não ousei falar nada, porque não sabia se teria coragem de fazer aquilo.

— Tenho certeza de que o Drew está bem — falei para a Sra. Hartwell enquanto entrávamos na casa maravilhosamente fria devido ao ar condicionado. Lá fora, o calor pós-tempestade era tão forte que minha camiseta havia começado a grudar na pele quase imediatamente. Se, por um grande acaso, Drew tivesse sobrevivido, ele provavelmente estaria muito desconfortável. — Talvez a tempestade não tenha sido tão ruim perto do mar.

A Sra. Hartwell me encarou como se eu tivesse dito que talvez o céu não fosse azul.

— É claro que foi — disse ela. — Já fiquei sabendo que perderam quase todos os barcos da marina.

Então estava resolvido. Eu ia executar meu plano, por mais doido que ele fosse.

— Cadê o Ed? — perguntei.

A Sra. Hartwell apontou para os fundos da casa.

— No quintal. Mas nem perde seu tempo indo lá. Ele está com um humor horroroso.

Fui assim mesmo. O humor de Ed no trabalho era sempre horroroso, então eu estava acostumada.

Bastou eu chegar na varanda dos fundos para ver que, desta vez, ele tinha um bom motivo para estar nervoso.

O lindo quintal dos Hartwell, onde a memorável festa do furacão havia acontecido na outra noite, estava irreconhecível. A piscina azul cintilante feito uma joia? Desapareceu. No lugar dela, havia um pântano, uma poça de lama quente, fumegante e nojenta. Cheia de folhas de palmeira e outros restos de plantas. A maioria das árvores no quintal tinha perdido galhos ou caído, e os caminhos bonitos estavam perdidos sob camadas de folhagem. As flores do ilangue-ilangue, que tinham perfumado o ar noturno na festa, agora apodreciam no chão, sob o sol ardente, emanando um cheiro doce e enjoativo de decomposição.

No meio do quintal, ao lado da piscina, estava Ed, empunhando uma peneira de limpeza grande enquanto tentava tirar a lama da piscina, de pouco em pouco, apesar de o esforço me parecer inútil. Ela nunca voltaria a ser o que era antes.

— Ah, Ed — falei depois de cuidadosamente abrir caminho pelos restos da tempestade e chegar ao seu lado. Embaixo dos meus tênis, tive vislumbres de pedaços de roxo, depois de laranja, depois de amarelo. As orquídeas, as lindas orquídeas que cresciam nos troncos das palmeiras imperiais. As flores haviam sido arrancadas das hastes pelo vento, lançadas no ar e depois jogadas, machucadas e amassadas, no chão. — Sinto muito.

— Pelo quê? — rebateu ele, irritado. — Daqui a pouco, está tudo limpo.

Nunca estaria. Ou talvez estivesse, mas só após semanas. Meses. Talvez anos.

— Com certeza — concordei. — Então tá.

— Em vez de ficar se lamentando — disse ele, rabugento —, você pode pegar uma rede e vir me ajudar.

Estava tão quente e úmido que eu conseguia ouvir os mosquitos zumbindo no meu ouvido. Drew estava errado sobre minha vela de lavanda. Ela seria muito útil agora.

— Tudo bem — falei, apesar de não ter nenhuma intenção de ajudar com a piscina. Eu tinha outros planos. — Talvez depois do café da manhã. Ed, você tem gasolina sobrando?

— Como assim se eu tenho gasolina sobrando? É claro que eu tenho gasolina sobrando. Pra que você quer?

— Quero encher o tanque da scooter.

— Pra quê? Não tem lugar nenhum pra você ir. Está tudo fechado, inclusive a ponte. Você não ficou sabendo? Ninguém consegue entrar nem sair daqui.

— Fala sério, Ed, não vou tentar sair de Little Bridge. Por que você é tão enxerido? Só preciso ir num lugar, pode ser?

— Você viu como estão as coisas na rua? — Ele apontou para a frente da casa. — Tem um monte de árvores e cabos de luz caídos por aí.

— Eu sei, Ed. Os carros não conseguem passar. Mas uma scooter, sim. É pra isso que elas servem. Pra atravessar bagunças feito essa. — Eu não tinha ideia se isso era mesmo verdade, mas soava bonito. — E eu sei reconhecer um cabo de luz no chão — continuei. — Então posso desviar deles.

Ed me lançou um olhar demorado e avaliador. Ele não tinha feito a barba naquela manhã, o que era estranho e indicava que estava nervoso. Todo dia, Ed chegava ao Sereia com a barba feita e usando uma camisa da cafeteria bem passada e calça jeans, nunca bermuda, como condizia ao dono, apesar do calor que fazia lá fora e dentro da cozinha.

Hoje, ele estava de bermuda. Era chocante ver o quanto suas pernas eram brancas em comparação com os braços e o pescoço queimados de sol.

— Bom, não vou te dar gasolina pra isso — disse ele, por fim. — Seria como dar gasolina pra você se matar. E, mais tarde, vou precisar da sua ajuda. Tenho que abrir a cafeteria e começar a alimentar o povo. Vai ter muita gente com fome que ficou na ilha e não se preparou direito, e é nossa responsabilidade cuidar dessas pessoas. Não dá pra contar com o governo. Pode levar dias até alguém aparecer pra ajudar, e isso se alguém aparecer. O Sereia não tem gerador. Talvez tivesse sido melhor ter colocado um lá, e não aqui.

O olhar dele seguiu na direção do gerador da casa, que eu ouvia resmungando perto da mesa de sinuca (que, por um milagre, permanecia intacta; ela era pesada demais para ser carregada pelo vento, apesar de a capa ter sido levada e o feltro verde agora parecer ensopado, coberto de folhas e outros restos da tempestade).

— Conta comigo — falei. — Posso voltar e ajudar você com isso. Logo depois que eu encontrar o seu sobrinho.

CAPÍTULO 19

Depois de uma tempestade, nunca se aventure fora de casa antes da permissão das autoridades locais. Perigos ocultos, como equipamentos elétricos danificados, podem causar ferimentos fatais.

Ed Hartwell abriu a porta do galpão de ferramentas — que ficava ao lado do cercadinho dos coelhos — e revelou que havia lotado o espaço com garrafas vermelhas de plástico cheias de gasolina.

— Nossa — falei, olhando para elas. — Ainda bem que passei a tempestade sem saber disso.

Ele não entendeu por que fiquei incomodada com a ideia de ter cem galões de combustível em um galpão de madeira durante uma tempestade com rajadas de vento de duzentos quilômetros.

— Como assim? — Ele pegou uma das garrafas de cinco galões. — É totalmente seguro. A menos que alguém venha fumar aqui.

O problema era que as pessoas estavam fumando durante a festa do furacão. As garrafas já deviam estar ali, e Ed não falou nada.

Achei melhor não entrar nesse mérito. Agora não fazia mais diferença.

Depois de tirar as folhas e a lama da minha moto e encher o tanque com gasolina, Ed se despediu me dando alguns conselhos.

— Se alguém te chamar, não pare — disse ele. — Não importa se a pessoa parecer desesperada por ajuda. É capaz de só quererem a sua moto.

— Nossa, Ed. A gente está em Little Bridge, não em *The Walking Dead*. Você acha mesmo que isso vai acontecer?

— Nunca se sabe. É por isso que, só por garantia, talvez você queira levar isso.

Ele abriu o zíper da pochete que costumava usar. Dentro dela, havia uma pequena pistola calibre .22.

Eu me encolhi diante da visão.

— Ed. Não. De jeito nenhum.

Eu já tinha escutado boatos de que Ed Hartwell andava armado. Por que outro motivo, costumava argumentar Angela, um homem de sessenta e cinco anos e relativamente bem de saúde usaria uma pochete, se não fosse para carregar uma pistola pequena? Ele não guardava a carteira, as chaves nem o celular lá dentro. O contorno dessas coisas era nítido nos bolsos de trás de sua calça jeans.

Nós sabíamos que, desde o Wilhelmina — quando o caixa e o fatiador de frios do Sereia foram roubados —, Ed começou a guardar uma pistola presa embaixo da bancada, perto da vitrine de tortas.

Mas fique sabendo que ele nunca teve motivo para usá-la, porque a cafeteria era bastante frequentada pelos agentes da lei.

Porém, agora, eu tinha uma prova irrefutável de que Angela estava certa: Ed andava armado.

— Ed — falei. — Eu literalmente só vou atravessar a cidade. Não preciso de uma arma.

— Você sabe atirar? — perguntou ele, me ignorando.

A parte curiosa dessa história era que eu sabia. É impossível crescer sendo filha da juíza Justine e de um advogado criminalista em Nova York sem, em algum momento, ser levada para um estande de tiro e ter aulas com algum dos clientes bem-intencionados, porém de moral questionável, deles. Meu pai, especificamente, defendeu alguns indivíduos bastante repreensíveis — mafiosos da velha guarda, políticos corruptos, gângsters russos, matadores de aluguel.

Mas isso não significava que eu não tinha gostado das aulas. Especialmente da parte em que todo mundo me elogiava por ter uma mira incrível. Tinha alguma coisa a ver com a minha coordenação entre os olhos e as mãos.

— Claro que eu sei — respondi. — Mas, Ed, quem vai tentar roubar minha scooter? A ponte desabou. As únicas pessoas na ilha são moradores locais. E você não pode estar achando que algum morador...

— Só leva isso com você. — Ed empurrou a pistola para mim. — Nunca se sabe. Alguém pode vir de barco ou de avião pra...

— ... roubar minha scooter usada, de dez anos?

— Só leva. Você é uma moça bonita. Eu me sentiria muito melhor deixando você ir sabendo que está levando algo pra se defender. Ela já está carregada. A trava de segurança fica aqui...

— Eu sei onde fica a trava de segurança, Ed.

Peguei a arma antes que ele a exibisse ainda mais. Havia muitas pessoas andando pela rua, felizes por não precisarem continuar presas em casa agora que a tempestade tinha passado.

Enfiei a pistola na minha mochila, na qual também guardei algumas garrafas de água e um sanduíche cubano quentinho, embrulhado em papel-alumínio, que a Sra. Hartwell insistiu em preparar para Drew quando ficou sabendo aonde eu ia.

— Traz ele de volta pra mim, por favor — sussurrara ela, com lágrimas nos olhos.

O sussurro foi porque Katie estava falando com o pai ao telefone, e a Sra. Hartwell não queria incomodá-la. As lágrimas, porque ela ficou emocionada com a minha oferta de ir procurá-lo.

— Pode deixar, não se preocupe — garanti. Não quis expor meus medos sobre o que eu realmente encontraria quando chegasse a Sandy Point: nada além de destroços.

Katie entrou bem naquele momento, parecendo preocupada.

— O que houve, querida? — perguntou a Sra. Hartwell. — Seu pai está bem?

— Ah, está. — Katie pegou uma torrada e deu uma mordida, distraída. — A tempestade não causou problema pra ninguém na escola. Nem na cadeia. Mas acho que a situação na ponte está bem ruim. O outro lado já está todo engarrafado, porque os moradores daqui estão tentando voltar pra casa. Só que eles não conseguem, porque não há um lugar seguro pra passar. Meu pai está lá agora, resolvendo isso. Ele quer que eu ligue pra minha mãe em Miami, pra avisar que estou bem.

— Bom — disse a Sra. Hartwell —, você devia ligar mesmo. Ela deve estar morrendo de preocupação. No jornal estão falando que a tempestade destruiu Little Bridge.

— Eu sei — disse Katie. — É só que não estou com vontade de falar com a minha mãe. Ela é muito...

A Sra. Hartwell arfou.

— Katie!

Mas eu entendia como Katie se sentia. Eu devia usar o telefone dos Hartwell para ligar para minha mãe também e avisar que estava tudo bem. Só que, assim como Katie, eu não queria fazer isso. Havia algo estranhamente tranquilo e quase reconfortante em estar isolada do restante do mundo, sem sinal de celular, internet e televisão...

Bom, tirando a parte de não saber se Drew Hartwell estava vivo ou morto.

Mas eu pretendia resolver isso.

Eu sabia chegar a Sandy Point, porque era uma das praias mais bonitas da ilha, e eu costumava ir até lá nos meus dias de folga, às vezes até para pintar. Como era uma área de proteção ambiental, não havia hotéis nem comércio na região, apenas algumas casas particulares em terrenos comprados antes de o governo interferir e decretar que a praia era um patrimônio nacional, então a costa ainda tinha um ar intocado. Não havia quiosques nem trailers vendendo sorvete nem alugando jet skis ou guarda-sóis, então os turistas preferiam ir para outros lugares.

Mas não dava para saber qual era a situação da praia branca e salpicada com palmeiras agora. Quanto mais eu me aproximava da costa, mais difícil ficava passar pelas ruas. Um trajeto que normalmente levaria quinze minutos de scooter levou mais de uma hora, porque eu precisava mudar de rota o tempo todo por causa de árvores caídas ou dos cabos de luz impossíveis de atravessar, mesmo de moto.

Porém uma coisa que eu não encontrei foram predadores hostis, apesar das previsões de Ed. Na verdade, foi o oposto. Os moradores da região, tão prestativos, tinham sido generosos o suficiente para marcar os lugares onde os cabos de luz tinham caído ou estavam muito baixos, amarrando panos coloridos e até sacos plásticos ao redor dos fios para que ninguém passasse por cima ou esbarrasse neles.

Vi muitas pessoas fora de suas casas com serras elétricas, começando a remover as árvores caídas antes de as equipes do município conseguirem chegar ao local. Reconheci muitos deles do Sereia. Todos acenavam e me cumprimentavam enquanto eu passava, felizes por ver um rosto familiar.

— Quando vocês vão abrir? — quiseram saber algumas pessoas.

— À tarde — respondi.

Essa informação era recebida com sorrisos enormes e gritos de "Ótimo, a gente se vê lá!".

Ed teria um bom público para distribuir a comida que pretendia doar antes que estragasse.

No entanto, meu coração foi se apertando conforme eu me aproximava da praia. Enquanto atravessava a cidade, não vi quase estrago nenhum nas casas, com a exceção de algumas telhas ou telhados de garagem que haviam sido arrancados pela tempestade.

Mas, quando entrei na Sandy Point Drive, a primeira casa que vi — uma estrutura linda, moderna, de três andares, que eu sabia pertencer ao dono de uma construtora que havia organizado vários eventos de caridade com bufê do Sereia — tinha sido arrancada da base pelo vento ou pela ressaca, ou pelas duas coisas. Ela estava na arrebentação, desabada.

Sua aparência triste e vaga indicava um lar vazio — eu sabia que o dono só vinha para a ilha no inverno, passando os meses de verão no norte —, mas, mesmo assim, rezei para que não houvesse ninguém lá dentro durante a tempestade.

Depois dela, a rua estava irreconhecível, coberta de areia, algas e outros detritos. Meus pneus derrapavam, instáveis, sobre a superfície desigual.

A casa ao lado da que desabou tinha perdido parte do telhado. Na seguinte, a varanda dos fundos havia desaparecido por completo, furiosamente arrancada e levada pelas ondas.

E então — bum! — lá estava ele, bem na minha frente: o oceano Atlântico. Normalmente, o mar ao redor de Little Bridge era de um azul-turquesa brilhante, de doer os olhos, com trechos de azul mais claro e mais escuro misturados.

Hoje, não. Hoje, dava para ver que a tempestade não apenas mudara a cor do oceano — seu tom era de um azul-escuro metálico, acinzentado, por causa de toda a areia e das algas reviradas no fundo do mar —, como sua superfície também estava diferente. Em vez daquela água límpida, quase vítrea, na qual eu costumava enxergar o reflexo das nuvens brancas fofas no céu, encontrei ondas nervosas, com cristas brancas, batendo nos cascos dos barcos virados, parcialmente afundados, que tinham escapado de suas amarras, e pedaços de lixo boiando.

Seria impossível navegar em águas assim, a menos que você tivesse um navio. Havia muitos perigos submersos que poderiam danificar ou destruir o casco ou o motor de um barco.

A tempestade não tinha transformado apenas o mar. A paisagem da praia diante de mim também estava diferente. A areia, que antes era de um branco puro, fofo, agora estava manchada com algas e outros detritos, armadilhas quebradas de caranguejos e redes de pesca coloridas. As belas palmeiras que davam à praia um ar tropical haviam sido completamente despidas de suas folhas pelos ventos fortes e agora pareciam palitos de dente compridos, saindo da areia como velas tortas em um bolo de aniversário feio.

Aos meus olhos, o único consolo para a destruição era que os pássaros tinham voltado em bando. Havia aves marinhas por todo canto, gaivotas, corvos-marinhos, garças, tesourões, pelicanos e até águias-pescadoras, remexendo os detritos na praia em busca de lanches apetitosos dentro das algas que apodreciam.

No entanto, no meio da praia, havia escombros da tempestade que não interessavam aos pássaros: um iate enorme, que tinha sido arrastado pelas ondas e estava caído de lado no meio da estrada, como um leão-marinho de dezoito metros tirando uma soneca rápida sob o sol quente.

O barco não era a única coisa inusitada na estrada. Precisei desviar de uma geladeira, do jet ski de alguém, de um triciclo de criança e de várias partes de móveis de varanda.

Enquanto eu pilotava a scooter até o endereço que a Sra. Hartwell tinha me dado para chegar à casa de Drew — Sandy Point Drive, número quarenta e dois — e passava por pilhas cada vez maiores de areia e algas marinhas, tentei respirar fundo para acalmar meu coração loucamente disparado e errático. *Ele não vai estar aqui*, falei para mim mesma. *Não vai.* Ele deve ter se abrigado em algum outro lugar da ilha — na escola, talvez, que não ficava muito longe dali.

Porque só um idiota permaneceria neste lado da ilha. Sandy Point estava totalmente destruída, e qualquer ser vivo que ficasse ali — onde era nítido que o olho da tempestade havia passado — seria levado junto.

Drew deve ter entendido isso e fugido, junto com os cachorros, antes de os piores ventos do Marilyn chegarem.

E mesmo assim, de repente, lá estava, se agigantando diante de mim. O número quarenta e dois, exatamente como ele havia descrito: uma construção de um andar, feita de concreto, pintada de branco, de pé sobre alicerces de doze metros, que seguraram a casa não apenas durante a ressaca do mar, mas também durante os ventos com força de furacão, já que estavam enterrados nas profundezas da areia.

Degraus de cimento levavam a um deque caiado que cercava toda a casa, oferecendo uma vista panorâmica da ilha e da praia. De onde eu estava na rua, dava para ver que Drew havia instalado portas de vidro de correr em todos os cômodos. Ele deve ter usado vidros resistentes a impactos, porque nenhuma delas parecia rachada.

Porém algumas pareciam ter sido abertas, talvez para deixar a brisa do oceano entrar...

... a menos que tivessem sido empurradas pelos ventos do furacão. Cortinas compridas, translúcidas e brancas saíam das aberturas e flutuavam junto com o vento forte da praia.

Não havia sinal da picape de Drew, mas, quando desliguei o motor da scooter, ouvi — bem baixinho, sob o estrondo das ondas e o uivo do vento — cachorros latindo.

Não. Impossível. Eu estava imaginando aquilo? Só podia estar.

Depois de tirar o capacete e deixá-lo sobre o banco da scooter, abri caminho pela praia cheia de algas, seguindo para a escada da casa, meu coração batendo mais rápido do que nunca. Seria impossível ele estar lá dentro, falei para mim mesma. Ou, se estivesse, eu o encontraria morto. Talvez a tempestade tivesse puxado aquelas portas de correr, depois arrastado um pedaço de madeira lá para dentro, acertando-o na cabeça e matando-o na mesma hora.

E, se isso tivesse acontecido, como eu daria a notícia para a tia dele?, me perguntei ao começar a subir os degraus, que estavam escorregadios da lama e da sujeira que a ressaca havia deixado para trás. Ela ficaria arrasada com a morte de Drew.

Quanto mais eu avançava, mais forte o vento do mar batia em mim, e mais altos e mais insistentes os latidos se tornavam. De onde vinha aquele som? Por causa do vento, era difícil saber. Os latidos pareciam vir de todos os lugares e de lugar nenhum ao mesmo tempo.

Então, assim que cheguei ao último degrau, o vento jogou meu cabelo bem na frente dos meus olhos. Eu não conseguia enxergar nada, mas, enquanto lutava para afastar as mechas rebeldes, ouvi um som diferente. Uma voz masculina.

Uma voz muito familiar.

— Água doce!

CAPÍTULO 20

O risco de choques, afogamento e outras ameaças físicas podem ocorrer durante os furacões.

Assim que finalmente consegui tirar o cabelo dos olhos, vi algo que eu tinha certeza de que jamais veria de novo: o rosto bonito, com a barba por fazer, de Drew Hartwell sorrindo para mim.

— O que você está fazendo aqui? — perguntou ele, não em um tom crítico, e sim curioso, como se eu fosse um pássaro que tivesse caído do céu e aterrissado aos seus pés.

— Eu... eu...

Não sei o que deu em mim.

Talvez tenha sido o fato de ele estar bonito, vestido como sempre em uma camisa de linho abotoada até a metade, aberta pela brisa forte do mar, e uma bermuda cargo, tão baixa em seu quadril estreito que chegava a ser obsceno.

Talvez tenha sido minha certeza de que eu o encontraria morto, quando ele estava era bem vivo.

Talvez tenha sido aquele sorriso... aquele sorriso que revelava todos os seus dentes brancos, alinhados, e que fazia meu coração dar cambalhotas dentro do peito.

Seja lá por que, em vez de responder, acabei jogando os braços ao redor do pescoço de Drew, pressionando meu corpo contra o dele e tascando um beijo em sua boca.

— Opa — disse ele, surpreso, seus lábios se movendo contra os meus. — O que...

Mas parecia ter sido uma surpresa agradável, já que as mãos dele foram rápido para a minha cintura e me puxaram para mais perto, apertando meus seios contra seu peito firme e exposto. Eu sentia os rebites de metal do zíper de sua bermuda contra minha barriga, já que minha camiseta havia subido.

Então a boca de Drew parou de tentar formar palavras e começou a me beijar também. Ele tinha um gosto bom de pasta de dente de menta, mas, quando sua língua se juntou aos lábios em uma exploração delicada, senti um sabor mais forte e me dei conta de que era café.

Quem sabe quanto tempo a gente teria passado se beijando assim, com meus braços ao redor do seu pescoço e os dele ao redor da minha cintura, com uma onda quente de calor crescendo dentro de mim, se algo frio e molhado não tivesse encostado na minha coxa. Eu me afastei com um som de surpresa.

— Droga, Bob — reclamou Drew para o grande labrador retriever preto que arfava para mim, sua língua cor-de-rosa caída para o lado. — Deixa ela em paz.

O cachorro balançou seu rabo preto peludo, todo feliz, parecendo nem um pouco arrependido. Atrás dele estava outro cachorro, menor, um vira-lata misturado com terrier de pelos desgrenhados, também balançando o rabo e olhando todo contente para mim. Um terceiro, uma mistura de beagle com alguma outra raça, estava parado atrás de Drew, enquanto um quarto veio trotando pela curva da varanda, uma orelha preta inclinada para a frente, alerta, enquanto a outra permanecia caída de um jeito que achei estranhamente familiar...

— Socks?

Mal acreditei no que vi. O vira-lata com border collie sujo tinha sofrido uma transformação. Seu pelo, antes de um preto e cinza encardido, havia se tornado um preto e branco brilhante.

Ele trotava com passos confiantes, seu rabo balançando todo alegre enquanto vinha me cumprimentar aos pulos, e, apesar de uma de suas orelhas continuar caída, a que sempre permanecia em pé parecia mais alerta do que nunca.

— Agora é Bob — corrigiu-me Drew, se inclinando para fazer carinho embaixo da orelha caída do cachorro. — Lembra? Eu disse que mudei. Vida nova, nome novo.

Apontei para o labrador preto, que, ciumento, tinha enfiado a cabeça embaixo da mão de Drew, também querendo carinho.

— Mas você chamou esse aí de Bob.

Drew automaticamente transferiu a mão para a cabeça do labrador.

— Ele também é Bob. Todos se chamam Bob.

Eu tinha começado a coçar a cabeça do beagle, que havia colocado as patas sobre as minhas coxas, me encarando com aqueles olhos castanhos carentes que todos os beagles têm.

— Você não pode chamar todos os seus cachorros de Bob — falei, dando uma risada incrédula.

— Posso, sim. — Ele parecia bem sério. — E você não me respondeu. O que está fazendo aqui?

Eu o encarei como se ele fosse louco.

— Vim ver se você estava bem. Você tem noção do que está acontecendo por aí? A ponte que sai da ilha desabou, e ninguém consegue entrar nem sair daqui. Seus tios estão morrendo de preocupação com você.

Um brilho entendedor surgiu nos olhos azul-claros dele.

— Sério? *Só* meus tios estavam preocupados comigo?

Eu me fiz de desentendida, afastando minha mochila do terrier desgrenhado, que estava bem interessado nela, provavelmente por causa do sanduíche de ovo, presunto e queijo que havia lá dentro.

— Bom, a sua sobrinha também.

— Ah — disse ele. — Você veio até aqui porque a minha família está preocupada comigo? Não teve nada a ver com os seus sentimentos por mim? Inclusive, acho que você está sendo meio óbvia, me beijando o tempo todo.

Senti meu rosto corar, mas, por sorte, ventava tanto que eu sabia que minhas bochechas estavam escondidas pelo meu cabelo, que voava para todos os lados.

— Eu... eu... só fiquei aliviada por não ter que voltar pra casa da sua tia e dar a notícia de que você morreu. O beijo foi... é assim que as pessoas se cumprimentam em Nova York quando ficam aliviadas por não terem morrido em um desastre natural.

— Ah, entendi. — Ele sorria de orelha a orelha, parecendo tão convencido que comecei a me perguntar por que me dei ao trabalho de vir até aqui. Tinha me esquecido de como ele era irritante. — Eu devia ter passado mais tempo em Nova York, porque acho que perdi as tradições locais mais interessantes de lá.

Tentando mudar de assunto, abri a mochila e peguei o sanduíche que a Sra. Hartwell preparou para ele, ainda quente no embrulho.

— Aqui, sua tia Lucy mandou.

Ele abriu o papel-alumínio, cheirou e então acenou com a cabeça, satisfeito.

— Deus abençoe aquela mulher. Acho que isso pede uma cerveja. Quer uma?

— Não, eu não quero uma cerveja. Você está doido? Ainda não é nem meio-dia.

— Os nativos de Little Bridge também têm uma tradição depois de desastres naturais, que se chama "Nunca é cedo demais pra tomar uma cerveja". Acho que você vai gostar dessa tanto quanto eu gosto das suas.

Drew não esperou minha resposta, se virou e entrou na casa. Os cachorros foram atrás dele, animados, obviamente acostumados a ganhar um petisco (ou abocanhar um pedaço de sanduíche caído no chão) enquanto ele seguia para a cozinha.

Não tive outra opção além de entrar também. Bom, eu poderia ter feito a longa jornada pela escada e pela praia até a minha scooter, mas fiquei curiosa para ver como era o interior da famosa casa de praia do maravilhoso Drew Hartwell.

E, agora que ele tinha tocado no assunto, até que uma cerveja cairia bem.

O interior da casa não me decepcionou. A casa era como ele, despojada e expansiva. Por causa das portas de vidro de correr, praticamente tudo que se via era o azul brilhante do céu ou o azul mais escuro, acinzentado, do mar. Quase todas as portas tinham sido abertas para permitir a entrada da brisa marinha.

Agora eu entendia por que ele não tinha ar-condicionado. Não precisava. Se Leighanne tinha ido embora por causa disso, ela era uma idiota.

As paredes eram tão brancas lá dentro quanto eram do lado de fora. A planta era aberta, com um cômodo grande ligando a cozinha, a sala de estar e a de jantar, e um corredor que levava ao que parecia ser a suíte principal. Ele tinha pouquíssimos móveis, apenas um sofá seccional de couro e uma mesa de jantar grande de madeira e vidro, que parecia ter sido feita por ele. Não foi difícil chegar a essa conclusão, já que as ferramentas para isso estavam espalhadas em cima da mesa e pelo piso de madeira escura, que os cachorros atravessaram correndo, querendo estar por perto quando ele abrisse a geladeira de inox enorme para pegar as cervejas.

Então ele falou:

— Bob, senta.

Os quatro cachorros sentaram, obedientes, inclusive Socks, observando-o abrir duas garrafas de Corona.

— Espera — falei. — Todos eles se chamam Bob mesmo?

— Cachorros vivem em matilha — disse Drew, dando de ombros enquanto me entregava minha cerveja. — Eles não precisam ter um nome cada um. Tudo que fazem é em grupo, de toda forma. Eu sou o alfa. Eles me obedecem.

Tomei um gole da garrafa. A cerveja ainda estava bem gelada, apesar da falta de luz para a geladeira.

— Bom — falei. — Que coisa horrível. Todo mundo merece ter o próprio nome, até os animais.

— Você acha que o Socks parece bem?

Olhei para o border collie, e era impossível negar que ele parecia mais feliz e animado do que nunca, e não apenas porque Drew pegava um biscoito de cachorro de um pote sobre a bancada de granito preto, ao lado da geladeira, e jogava em sua direção.

— Bom, acho. Mas...

— Então que diferença faz? Vamos falar mais daquele beijo. Que outras tradições nova-iorquinas...

— Vamos falar do que aconteceu aqui ontem à noite.

— Ah, é. — Ele fez uma careta diante da lembrança enquanto dava uma mordida no sanduíche que a tia havia feito. — Isso. Bom, como você deve lembrar, depois que eu deixei a sua scooter na casa, vim pra cá.

— Sim...

— E foi aí que o tempo começou a fechar mais. Quer um pedaço? — Ele esticou o sanduíche na minha direção.

Fiz que não com a cabeça.

— É todo seu. Cadê a sua picape?

— Eu não queria que ela se enchesse de água com a ressaca, então estacionei perto da escola, depois voltei andando pra ficar com os cachorros.

Essa era a coisa mais idiota que eu já tinha escutado... além da ideia de chamar todos os seus cachorros de Bob.

— Você não pensou em pegar os cachorros e ficar na escola? Improvisaram um abrigo lá.

Ele balançou a cabeça.

— Eu não faria uma coisa dessas. A escola é um abrigo de último recurso pras pessoas que realmente precisam.

— Pois é. E daí?

— E daí que eu não precisava. Eu e os cachorros acabaríamos tirando espaço e recursos dos mais necessitados.

Quase perdi a cabeça. Parada no meio da casa iluminada e arejada dele, com o sol e o mar brilhando ao meu redor, joguei os braços para cima e gritei:

— Drew, você me ouviu quando eu contei o que está acontecendo lá fora? A ponte que leva a gente pra fora da ilha caiu. Metade das casas dos seus vizinhos desabou! A geladeira de alguém está no meio da sua rua! Do lado de um barco!

Ele mastigou tranquilamente seu sanduíche e, depois de engolir, disse:

— É, mas a minha casa ficou inteira.

— Mas você não sabia que ficaria!

— Sabia, sim. Eu construí essa casa. E olha só. Ela está ótima.

O problema era que eu não podia negar isso. Ela estava ótima *mesmo*. Tirando a areia e as algas grudadas nas paredes, que teriam de ser lavadas com uma mangueira, não vi nem um arranhão em lugar nenhum.

Mas eu não podia deixar Drew ganhar. Minha missão era levá-lo de volta para sua tia.

— Bom, mas você não pode ficar aqui. Não tem luz.

— Pra que eu preciso de luz?

— Ah, sei lá. Pra cozinhar e sobreviver?

Ele curvou um dedo bronzeado para mim.

— Vem cá, mocinha.

Tentando não deixar transparecer que havia achado o gesto bem sexy — e a minha decepção quando ele simplesmente me guiou até o outro lado das portas abertas mais próximas e não para o seu quarto… não que eu fosse deixar alguma coisa acontecer se ele estivesse me levando para o quarto... talvez —, eu o segui.

— Aqui. — Ele apontou com a cerveja para uma churrasqueira imensa, sobre a qual havia uma cafeteira esmaltada. — Convencida de que minhas necessidades diárias são saciadas sem luz?

Cheguei mais perto da churrasqueira e vi que também havia uma frigideira em cima dela, com restos do que pareciam ser claras de ovos.

— Você já tinha comido ovos? — perguntei, descrente. — E comeu o sanduíche da sua tia também?

— Ué — disse ele, batendo em sua barriga sarada. — Ninguém te contou que não dá pra contar calorias quando você se recupera de um furacão?

Baixei minha cerveja e dei as costas para a churrasqueira — e para ele —, irritada.

— Bom, parece que você e os Bobs estão ótimos por aqui. Como ninguém precisa da minha ajuda, é melhor eu ir.

— Ei. — Ele pulou para pegar meu braço, me segurando acima do cotovelo quando eu estava prestes a seguir para a escada. — Não foi isso que eu disse. Quer dizer, não é como se eu tivesse internet ou televisão. E os Bobs são divertidos, mas não gostam muito de conversar. Seria bom ter companhia.

— Pena que você não instalou um gerador enquanto construía a casa — comentei, soltando os dedos dele, um por um.

— Ah, eu instalei. Construí uma caixa de concreto bem legal pra ele e tudo, pra água do mar não entrar. Só que ele ainda não está conectado.

— Bom, não se preocupe. Conheço um cara que trabalha na empresa de energia. Tenho certeza de que ele já vai arrumar a sua luz, e você pode voltar a jogar video game, ou seja lá o que for que você faz aqui sozinho.

Ele pareceu tão ofendido quanto se eu tivesse dito que ele gostava de passar o dia inteiro assistindo à pornografia.

— Video game? Você nem sequer deu uma olhada lá dentro? Eu nem tenho... E quem você conhece na empresa de energia? Achei que você tivesse acabado de se mudar pra cá.

— Faz três meses, como já te disse várias vezes. — Gostei de ver que ele parecia um pouco ciumento. — E conheço o Sean Petrovich.

— O Sean? — Ele franziu ligeiramente a testa. — O Sean Petrovich? Se você estiver esperando ele vir salvar alguém em uma picape branca, vai se decepcionar muito. No caminho pra escola, passei por ele e a namorada... Rá, aposto que você não sabia que ele tinha namorada, né? Os dois estavam saindo da cidade, com cara de desesperados. Nunca vi ninguém tão assustado...

— Espera. — Levantei a mão para interromper as palavras dele. — Sean Petrovich, o sobrinho da minha senhoria, Lydia Petrovich?

— É, esse mesmo. — Ele deve ter visto que meu rosto expressava algo além de curiosidade, já que perguntou: — Por quê?

— Tem certeza?

— É claro que tenho certeza. A gente se conhece desde pequeno. Ele era do time de beisebol do pai da Nevaeh no ensino médio, mas era péssimo. A única pessoa que não sabia que ele nunca viraria jogador profissional era ele.

Senti um frio subir pelo meu corpo, apesar do calor do vento que soprava do mar.

— Perguntei aonde raios ele achava que estava indo — continuou Drew —, porque o pessoal da empresa de energia recebe o dobro da hora extra comum para ficar aqui durante uma tempestade, pra ajudar a cidade a se restabelecer depois, e ele disse dane-se, que não valia a pena morrer por dinheiro nenhum, que estava indo com a namorada para Tampa. Duvido que tenham chegado lá, porque a tempestade já estava aqui quando os dois...

— Mas que coisa horrível!

Ele franziu a testa, me entendendo errado.

— Bom, quer dizer, talvez eles tenham chegado. Se aquele cara tiver o mínimo de bom senso, deve ter parado em um hotel quando o vento piorou...

— Não, não é isso. — Eu não estava acreditando. — O Sean ficou de cuidar dos porquinhos-da-índia do filho da minha senhoria. Ele estava com os dois?

Drew me encarou.

— Se ele estava com o quê?

— Com os porquinhos-da-índia. Tinha uma gaiola de porquinhos-da-índia dentro do carro?

Ele balançou a cabeça.

— Como é que eu vou saber? Estava chovendo à beça na hora. Não enfiei minha cara na janela pra ver tudo o que ele tinha dentro do carro. Mas o Sean tem um Camaro. Acho que só cabem ele e a namorada. Bom, e o pitbull dele, o Pookie, estava todo apertado no...

O frio que eu sentia se transformou em puro pavor.

— Droga. — Eu me virei e segui para a escada, mas, desta vez, andei tão rápido que não havia como Drew me segurar. — Desculpa, mas preciso ir.

CAPÍTULO 21

Hora: 9h08
Temperatura: 30°C
Velocidade do vento: 24km/h
Rajadas: 56km/h
Chuva: 0mm

— Ei! Bree!

Ele conseguiu me alcançar mesmo assim. Bom, os cachorros conseguiram, pensando que a gente estava brincando. Eles saíram correndo atrás de mim, soltando latidos empolgados, e um deles — o beagle — se jogou na minha frente, bloqueando o caminho, então minhas únicas opções seriam parar ou tropeçar nele e rolar pelo restante da escada.

— O que foi? — questionei meu anfitrião, nada graciosa, me virando.

Drew descia dois degraus por vez para me alcançar.

— Aonde diabos você está indo?

— Pro meu condomínio. Minha senhoria saiu da ilha e me disse que o Sean ia passar lá pra cuidar dos porquinhos-da-índia do filho dela. Mas o Sean também foi embora. Então você pode fazer o favor de tirar seus cachorros de cima de mim?

O beagle estava parado no degrau abaixo de mim, latindo. Eu não fazia ideia de que beagles latiam tão alto. Ele usava uma coleira cor-de-rosa, o que indicava que podia ser fêmea, e era pequeno.

Mas seus latidos pareciam um navio de cruzeiro tocando a buzina para avisar aos passageiros que terminassem logo de comprar suas lembrancinhas e voltassem a bordo porque ele estava de partida.

— Tenho certeza de que os porquinhos-da-índia estão bem — disse Drew, ignorando meu pedido para que ele tirasse os cachorros de cima de mim. O labrador preto enfiou o focinho gelado na minha virilha, animado com a brincadeira que ele achava que estava rolando. — Não é como se eles precisassem sair pra passear. E tem água na gaiola, né? Então acho difícil eles ficarem desidratados em tão pouco tempo.

— Você esqueceu? — Empurrei de leve a cabeça grande e com formato de projétil do labrador preto. Não adiantou. Seu focinho voltou para o mesmo lugar onde estava antes. — Meu condomínio fica perto do hotel Cascabel. E o saguão do Cascabel inundou.

Pelo menos Drew não disse nada do tipo "Bom, eles são só porquinhos-da-índia". Ele entendeu — dava para ver isso pelas rugas que se formaram de repente ao redor de seus olhos. Os bichinhos de Sonny eram seres vivos, amados como qualquer outro integrante da família.

— Deixa só eu pegar minhas coisas — disse ele, se virando e subindo a escada.

Confusa, perguntei:

— Oi? Por quê?

Ele parou e olhou para trás.

— Porque eu vou com você.

Agora, um calafrio diferente percorreu meu corpo.

— Não. Não, não precisa…

— Sério? Bree, você tem a chave do apartamento da sua senhoria?

Eu não tinha pensado nisso.

— Bom, não. Mas…

— Então como você pretende entrar?

— Sei lá. Por uma janela ou coisa assim.

— Não tem tábuas em todas as janelas?

Eu me sentia ridícula. Mas também sentia um desejo igualmente forte — e muito urgente — de me distanciar de Drew Hartwell. Eu já tinha beijado o cara duas vezes em momentos de fraqueza. Precisava sair de perto dele, e rápido.

E os porquinhos-da-índia de Sonny eram a desculpa perfeita.

— Você tem alguma ferramenta? — perguntou ele. — Algum jeito de arrombar a porta?

— Não. Mas...

— Eu tenho. Vou só buscar tudo. — Ele se virou e continuou subindo a escada até a casa.

— Ah — falei, percebendo que ainda tinha um jeito de escapar daquela situação. — Mas não tem como a gente ir na sua picape. As estradas estão horríveis. Você não ia acreditar na quantidade de árvores e cabos de luz caídos pelo caminho. Demorei mais de uma hora pra chegar aqui...

— Não tem problema — disse ele, olhando para trás. — A gente pode ir na sua scooter.

Na minha scooter?

Aquilo estava ficando cada vez pior. Se a gente fosse na minha scooter, ele sentaria atrás de mim — se ele me deixasse pilotar, o que, conhecendo a figura, provavelmente não aconteceria, o que nos levaria a outra briga —, e como o banco não era dos maiores, isso significaria — partindo do princípio de que eu venceria a briga sobre quem ia conduzir a scooter — que a frente do corpo dele ficaria pressionada contra as minhas costas, e que eu sentiria ele *todo* contra mim, porque não havia apoio na scooter para o carona, então ele precisaria se segurar em mim. E aí...

Não. Nada disso. Não vai rolar.

Determinada a não permitir que aquela situação acontecesse, comecei a me agarrar a qualquer desculpa que surgisse na minha cabeça... e percebi que havia várias arfando no degrau embaixo de mim e ao meu lado.

— Mas... mas e os cachorros? — Apontei para os Bobs. — Você não pode deixar eles sozinhos!

Drew havia chegado ao último degrau. Ele se virou para me encarar com os olhos apertados, protegendo-os do sol.

— Claro que posso. Eles acabaram de voltar de uma corrida de meia hora pela praia. Já tomaram o café da manhã. Eles são cachorros. Vão ficar bem.

— Mas... mas... — Pense, Bree. Pense! — A casa... você não tem medo de ladrões?

Ele riu.

— Você andou conversando com o meu tio, né?

Não mencionei a pistola que Ed me deu, que ainda estava na mochila. Em vez disso, apenas falei:

— Ele parecia realmente preocupado.

— Quem vai conseguir chegar aqui? — perguntou Drew, gesticulando para a praia cheia de lixo. — A menos que seja de barco. Mas teria que ser um barco bem grande pra conseguir navegar nessa água.

Tentei me acalmar. Só porque nós tínhamos nos beijado duas vezes e provavelmente andaríamos juntos numa scooter, não queria dizer que faríamos outras coisas.

Tirando o fato de que eu não conseguia parar de pensar nas sensações que aqueles beijos causaram — como se meu corpo tivesse ganhado vida pela primeira vez em meses.

Esse era o problema. Comecei a desconfiar de que eu *queria* fazer outras coisas. E isso só causaria...

— Mas só tenho um capacete, então...

— Relaxa, água doce. — O sorriso conquistador dele causava o mesmo efeito no meu corpo que aqueles beijos. — Duvido que alguém dirija com mais cuidado que você. E já fiz coisas bem mais arriscadas na vida do que pegar carona na scooter de uma garota sem capacete.

Eu tinha certeza de que isso era verdade.

Porém tinha ainda mais certeza de que a pessoa que correria o risco maior ali seria eu.

CAPÍTULO 22

A maioria das comunidades se recupera de forma rápida e eficiente de grandes tempestades. Várias equipes de emergência são treinadas para lançar mão de ações imediatas a fim de restaurar os serviços necessários.

Andar de scooter com ele atrás de mim não foi tão ruim quanto eu imaginava. Para início de conversa, eu estava com a mochila nas costas — não restava espaço para ela no compartimento dentro do banco, já que ele tinha guardado a caixa de ferramentas lá.

Então havia uma barreira natural entre mim e aquela pele indutora de choques dele.

E as mãos dele também não se aventuraram muito — bom, tirando o fato de que ele precisava se segurar em alguma coisa, e essa coisa era eu. Mas não havia outra opção.

Assim que ele passou uma das pernas compridas e fortes por cima do banco e se acomodou atrás de mim, e antes de levar as grandes mãos queimadas de sol à minha cintura, ele tinha sido educado e perguntado:

— Você se incomoda?

Eu não me incomodava. O que era surpreendente. Assenti e falei, cheia de alívio:

— Sem problemas.

Eu estava muito ansiosa a respeito do que poderia acontecer quando ele subisse na scooter.

Mas, de repente, a sensação foi embora. Eu meio que até gostava de ele estar ali atrás, suas pernas compridas e cabeludas me cercando, irradiando tamanha energia masculina. Com o sol brilhando acima de nós, e o vento ainda forte, eu quase me sentia feliz… e muito segura. Mesmo quando ele ficava apontando para perigos na estrada que eu obviamente podia ver — como uma boia de piscina murcha em formato de cisne — e dizendo "Cuidado!" no meu ouvido, eu só conseguia rir.

— Ai, meu Deus. Você é literalmente o pior copiloto que existe.

— Bom, você é a pior pessoa pilotando. Você ia passar bem em cima dela!

— Não ia, não.

— Ia, sim. Alguém já disse que você precisa de óculos? Porque você precisa.

Na verdade, as estradas estavam melhores na volta para a cidade do que na ida até a praia. Isso se devia a todas as pessoas que vi nos quintais, limpando, que também tinham se dado ao trabalho de pegar os detritos caídos pelas ruas, incluindo tocos de árvores. Não havia nada que elas pudessem fazer a respeito dos cabos de luz, mas vimos alguns funcionários da companhia de energia elétrica tentando dar um jeito neles. Eu estava fascinada com a quantidade de pessoas que não tinha ido embora. Todas as vezes que andei de bicicleta pela cidade pouco antes da tempestade cair, indo para o Sereia e voltando para casa, o lugar tinha parecido deserto.

Mas não estava. Os habitantes de Little Bridge tinham só se escondido, esperando o Marilyn passar, para começar o processo de recuperação.

Por outro lado, em alguns lugares, eles teriam de fazer um pouco mais do que só varrer e cortar galhos caídos. Quando parei diante do meu condomínio, fiquei horrorizada ao ver que o jasmim-manga não tinha sido a única árvore perdida na tempestade. Um mogno enorme que enfeitava um quintal ao lado havia desabado na rua, esmagando o carro estacionado embaixo dele, exatamente na frente da entrada do pátio do meu prédio.

— Ai, meu Deus — falei, apavorada com a cena.

Drew preferiu ser otimista.

— Não deve ter sido tão ruim assim. Tenho certeza de que nada aconteceu no seu apartamento.

Ele estava errado. Depois que passamos pelo portão, o estrago era ainda maior. A ressaca da região do cais havia alcançado o condomínio. Dava para ver a linha escura que marcava a altura alcançada pela água, subindo uns sete centímetros pelas paredes de estuque cor-de-rosa.

Mesmo assim, as folhas e os galhos do jasmim-manga — sem mencionar a terra onde ele fora plantado — tinham sido espalhados pelo pátio como pedaços de comida em um lava-louça, tirando o fato de que havia escoamento no lava-louça.

Agora, os resquícios do jasmim-manga — e lama — estavam grudados em tudo... tirando os meus vizinhos, Patrick e Bill, que tinham aberto a porta do apartamento e cuidadosamente retiravam tudo que havia sido encharcado pela enchente.

— Bree! — gritou Patrick ao me ver. — Que bom ver você!

Ao entrarmos no pátio, os três cachorros deles vieram correndo para nos cumprimentar, e, agora, eu e Drew tentávamos afastar o ataque de línguas felizes dos pugs.

— Oi — falei, empurrando de leve Brenda Walsh, a pug mais velha, enquanto cumprimentava o casal. — Sinto muito. Estragou muita coisa?

— Podia ter sido pior — disse Bill, erguendo uma caixa ensopada, cheia do que pareciam ser discos de vinil, e me beijando de volta na bochecha. — Foram só uns centímetros de água aqui. No Cascabel, foi mais de um metro! Todos aqueles móveis lindos em art déco no saguão foram completamente arruinados. Sem contar que os elevadores pararam de funcionar. Nós tivemos que carregar os bebês pela escada, no escuro.

Ignorei o olhar de "eu não falei?" que Drew lançou para mim.

— Sinto muito — repeti. — Deve ter sido horrível.

— Você tomou a decisão certa ao não ficar com a gente — disse Patrick. — Sinceramente, devíamos ter imaginado. É que ficamos tão empolgados com a ideia de não termos que sair da ilha desta vez... Brandon Walsh! — gritou ele para o pug que lenta e propositalmente carcava a perna de Drew. — Para com isso agora!

— Ah, não tem problema. — Drew balançou de leve a perna, e Brandon (todos os três pugs tinham sido batizados em homenagem a personagens do antigo seriado *Barrados no baile*, que Patrick e Bill adoravam) trotou para longe, todo feliz. — Também tenho cachorros.

— Tem? — Patrick lançou um olhar avaliador para Drew. Eu sabia exatamente o que ele estava pensando só pelo seu tom de voz e pela forma como tinha erguido as sobrancelhas: que eu e Drew estávamos dormindo juntos. Desde praticamente o momento em que pisei no condomínio, Patrick me provocava por ainda não ter arrumado um peguete em Little Bridge, e, agora, parecia desconfiar de que finalmente tinha me pegado no flagra com um. — Não me lembro de ter visto você por aqui antes. E, com esses ombros, pode acreditar que eu lembraria. Foi por sua causa que a Bree não quis passar o furacão no luxo do Cascabel com a gente?

— Não, não foi. — Tratei de mudar de assunto. — Ele veio só me ajudar a entrar no apartamento da Lydia. Os porquinhos-da-índia do Sonny estão lá dentro. O primo dele, Sean, ficou de vir cuidar dos dois, mas ele saiu da ilha, e não tenho ideia se os bichinhos ficaram bem.

Bill pareceu preocupado.

— O R2-D2 e o C-3PO? Ora, por que vocês estão parados aí? Vão salvá-los!

Drew pareceu achar graça da conversa. Lancei um olhar irritado na direção dele e apontei para a porta da minha senhoria.

— Você ouviu o que o homem falou.

Ainda sorrindo, ele disse:

— Sim, senhora. É pra já.

Então ele atravessou o pátio coberto de galhos de árvores e se inclinou para examinar o trinco de Lydia.

Com Drew de costas para nós, Patrick me deu uma cotovelada.

— E aí? — sussurrou ele. — O que está rolando? Conta, querida, conta.

Revirei os olhos. *Nada,* articulei com a boca.

Mentirosa, articulou Patrick de volta. *Estou sentindo as faíscas.* Em silêncio, ele reproduziu o momento da sua apresentação de drag quando uma de suas personagens — Joana d'Arc — é tomada por chamas imaginárias.

Ignorei os comentários de Patrick e a forma desconcertante como ele detectou o que estava acontecendo entre mim e Drew (será que era tão óbvio assim?), e disse alto:

— Que bom que eu e a minha colega de apartamento tivemos o bom senso de tirar as coisas do chão pra que elas não estragassem.

Patrick, recuperado de sua combustão imaginária, me lançou um olhar amargurado enquanto Bill gemia:

— Ai, pois é. Onde a gente estava com a cabeça deixando essas coisas todas no chão? — Ele deu um leve chute em uma das caixas de discos. — Normalmente, a gente lembraria, mas, na pressa de ir para o hotel, esquecemos completamente.

Drew, diante da porta de Lydia, se empertigou.

— É uma fechadura *deadbolt* — disse ele, inexpressivo.

— E daí?

— E daí que não tenho como arrombar uma *deadbolt*. E essa é uma das melhores, com painéis laterais.

Pisquei para ele. Entendi o que ele queria dizer — alguns clientes dos meus pais eram ladrões, e eles tinham me ensinado a arrombar fechaduras enquanto meu pai estava distraído com outras coisas. Então eu sabia que uma *deadbolt* com painéis laterais seria um problema.

Mas eu não sabia como isso impediria a entrada de uma pessoa com uma serra elétrica.

— O que isso significa?

— Significa que a gente deveria voltar pra casa dos meus tios e ligar pra sua amiga pra perguntar se ela tem uma chave extra guardada em algum canto, porque nós não vamos conseguir abrir essa porta de outro jeito. Não consigo nem abrir uma janela com o tipo de placa de metal que ela usou. Estão todas presas no chão, e eu não trouxe a parafusadeira.

— Drew, não temos tempo — falei. — Você não viu a linha da água? A ressaca chegou até aqui. O Sonny deixa os porquinhos--da-índia em uma gaiola no chão. Eles podem estar morrendo!

— Tenho quase certeza de que porquinhos-da-índia sabem nadar, Bree. E a água já secou.

— É, mas os coitadinhos podem estar sofrendo de choque, de hipotermia, ou das duas coisas...

— Eles não estão com hipotermia. A temperatura da água era de vinte graus. Foi por isso que a tempestade ficou tão forte. Sabe, um furacão é criado a partir de água quente e vento...

— Humm... posso interromper? — Patrick se aproximou de nós, segurando Donna Martin, a pug prata, no colo, felizmente interrompendo a explicação de Drew sobre como os furacões se formavam, algo que eu sabia muito bem depois de ter passado dias inteiros assistindo à previsão do tempo antes de a luz cair. — Todos os banheiros do prédio têm janelas venezianas.

Eu não fazia a menor ideia do que Patrick estava falando, mas, pela maneira como suas sobrancelhas escuras se levantaram, Drew parecia interessado.

— Sério?

— Ah, sim. — Ao ver minha expressão confusa, Patrick explicou: — O basculante no seu banheiro...

Franzi o nariz.

— Ah. É. O que que tem?

Eu detestava aquela janela. As placas de vidro eram muito velhas e desbotadas e bloqueavam quase toda a luz, tornando difícil enxergar o que eu fazia enquanto me maquiava. Pior ainda, por ser muito velha, as placas estavam soltas e deixavam o ar tropical quente entrar no banheiro.

Drew me explicou:

— Ela é um tipo de janela veneziana. — Para Patrick, ele perguntou: — E aí, o que tem a janela do banheiro?

— Bom, como a janela é muito pequena e fica nos fundos do prédio — explicou Patrick —, ela é mais protegida dos ventos, então a Lydia não fez placas pra ela.

Drew pareceu ainda mais interessado.

— Então ela não está fechada? Dá pra uma pessoa passar?

— Ah, com certeza. — Bill se aproximou com Brenda e Brendon correndo atrás dele. — Eu entrei pela nossa uma vez, quando o Patrick perdeu a chave num baile no cais...

— Foi você que perdeu a chave, Bill.

— Humm... não, eu lembro muito bem que foi você, Pat. Lembra, foi você que insistiu em usar aquele smoking com um furo no...

— Querido, foi você.

Drew esticou a mão e segurou meu pulso.

— Vamos.

Quando dei por mim, estávamos dando a volta no prédio e abrindo caminho entre vários cestos de lixo reciclável e latões

— cujas tampas tinham sido cuidadosamente fixadas com fita adesiva por Sonny, para que não fossem levadas pela tempestade —, e bicicletas acorrentadas, até chegarmos a uma pequena janela veneziana no centro da parede de estuque.

— Agora, sim — disse Drew, e se inclinou para pegar uma chave de fenda em sua caixa de ferramentas.

— O que você vai fazer?

— Foi por isso que janelas venezianas saíram de moda — disse ele, usando a chave de fenda para vergar um dos suportes que sustentava a placa mais baixa no lugar. — Elas ficam bonitas em varandas e áreas comuns, mas, dentro de casa, prejudicam o consumo de energia e — ele vergou o segundo suporte, então a placa de vidro caiu em sua mão sem fazer barulho nenhum — podem ser um pesadelo pra segurança dos moradores.

Engoli em seco enquanto ele me entregava a placa pesada e então começava a soltar a seguinte.

— Você quer dizer que... esse tempo todo, bastaria alguém tirar as placas pra conseguir entrar pela janela do meu banheiro?

Ele me lançou um olhar bem-humorado.

— Bom, sim. Não é muito comum, mas acontece. Só que eu achei que você não acreditava na síndrome do mundo cruel.

Pisquei enquanto ele me entregava outra placa de vidro.

— O quê?

— Não foi isso que você me disse naquela noite? Que o mundo não é um lugar tão perigoso e implacável quanto pessoas como a sua mãe pregam?

Franzi a testa.

— Ah, isso. Certo. Mas um pouco de bom senso, tipo não ter janelas superfáceis de arrombar, não faz mal a ninguém.

Ele sorriu ao voltar ao trabalho.

— É verdade. Bom, se você quiser, posso conversar com a sua senhoria quando ela voltar. Tem uma empresa que fabrica janelas novas desse tipo, mas que permitem um melhor consumo de energia e têm tranca. Assim, o prédio não perderia o charme histórico, e vocês se sentiriam mais seguros.

— Ah — falei enquanto ele empilhava outra placa pesada nos meus braços. — É, valeu. Seria ótimo.

— Disponha.

Fiquei me perguntando por que ele estava sendo tão legal comigo. Não podia ser só por querer me levar para a cama. A ilha estava cheia de garotas bem mais bonitas do que eu, que se jogavam em cima dele e que já tinham deixado explícito — perto o suficiente de mim para que eu escutasse — que estavam dispostas a realizar todas as suas fantasias, enquanto era bem óbvio que eu era pura neurose nervosa. Por que ele não estava com uma daquelas garotas? Era pouco provável que todas tivessem saído da ilha.

E eu tinha quase certeza de que a grande maioria delas não pediria a ele que arrombasse apartamentos para resgatar os porquinhos-da-índia da sua senhoria. Devia existir um jeito mais fácil de conseguir transar.

Logo depois de proferir o "Disponha", ele puxou a última placa.

— Pronto — disse ele, lançando um olhar satisfeito para a janela aberta. — Está preparada?

— Pra quê? — Coloquei a pilha de vidro na terra macia aos meus pés. Várias lagartixas saíram correndo para não serem esmagadas.

— Pra entrar. — Ele indicou a janela com a cabeça enquanto entrelaçava os dedos, se preparando para me dar impulso.

Dei um passo para trás.

— Eu? Por que *eu* preciso ir?

— Porque eu não vou passar. — Ele franziu as sobrancelhas castanhas. — Não era você que estava toda preocupada em salvar os porquinhos-da-índia da sua amiga? Vai amarelar agora?

— Não. — Lancei um olhar nervoso para a janela escura. — É só que eu nunca invadi um apartamento antes.

— Ah, mas não teria problema nenhum se eu fizesse isso, né? Ou você está com medo do que os sites de fofoca vão dizer quando descobrirem? *Filha da juíza Justine invade propriedade privada?*

— Shhhh. — Por instinto, olhei para os lados.

Ele riu.

— Ah, foi mal. Você acha que os paparazzi estão escondidos atrás das árvores?

Envergonhada, balancei a cabeça.

— É óbvio que não. — Engoli em seco e levei uma das mãos ao peitoril da janela, ignorando os dedos entrelaçados dele. — Eu consigo subir sozinha.

— Ah, consegue? — Ele levantou uma sobrancelha com ar incrédulo. — Desculpa. Achei que você podia precisar de ajuda.

— Não, não. — Balancei a cabeça. — Eu consigo.

— Tudo bem então.

Ele se empertigou e deu um passo para trás, observando enquanto eu lutava para subir até a janela, que acabou sendo mais distante do chão do que havia imaginado. Após várias tentativas sem sucesso de me impulsionar até o peitoril, finalmente me virei para ele.

— Talvez — falei, corando. — Eu precise de uma ajudinha.

— Pois é — rebateu ele, se afastando da parede lateral do prédio na qual estava encostado, observando minhas estripulias com uma expressão bem-humorada. — Eu estava me perguntando quando você pediria. Qual é o problema? Você acha que não vou aguentar o seu peso? Ou que vai acabar se apaixonando ainda mais por mim?

Meu rubor se intensificou enquanto eu o encarava.

— Puxa vida, não sei. Talvez eu só não esteja acostumada a contar com a ajuda de um maníaco por ferramentas que toma cerveja no café da manhã e é preguiçoso demais pra pensar em um nome pra cada cachorro.

Ele assobiou.

— Nossa! Preguiçoso? É isso que você acha de mim?

— É. — Eu não ia admitir que ele tinha acertado na mosca, que o beijei duas vezes porque não consegui me controlar. Um terceiro beijo não estava nos meus planos, que dirá perder meu coração para ele, apesar de eu desconfiar de que já fosse tarde demais. — Escuta, será que a gente pode falar sobre os meus problemas de confiança mais tarde? Por enquanto, eu só preciso entrar ali.

— Tudo bem. — Ele entrelaçou os dedos de novo para eu apoiar meu pé. — Só pra que não fique nenhuma dúvida, você tem outros problemas além desse, mas vamos deixar isso pra lá por enquanto.

Hesitei antes de apoiar uma das mãos no ombro dele.

— O quê?

— Bom, eu só acho que as pessoas raramente se sentem confortáveis em admitir seus problemas *de verdade* quando se autoanalisam.

Ele se empertigou, então nossos rostos ficaram na mesma altura.

— Ah, é?

— É. Então não é só uma questão de você não confiar em mim. Tem outra coisa aí. — Eu me vi encarando os lábios dele. Pareciam extremamente beijáveis. — Mas não precisa se preocupar. Com o tempo a gente vai chegar lá.

Balancei a cabeça. Porque ele tinha razão. Eu não confiava em *mim mesma*... perto dele.

Mas eu jamais admitiria isso.

— A gente pode só... — Apontei para a janela atrás dele.

— Ah, com certeza — concordou Drew.

Foi então que ele me levantou alto o suficiente para que eu alcançasse a borda do peitoril.

— Conseguiu? — perguntou ele.

— Consegui.

Eu estava me preparando para me impulsionar pela pequena abertura, sem perceber que ele pretendia fazer a mesma coisa — me ajudar a passar com um impulso.

— Ai!

Minha aterrissagem não foi suave. Os Petrovich costumavam deixar um cesto de vime embaixo da janela do banheiro. Ela ficou praticamente destruída.

— Você está bem? — berrou Drew embaixo da janela, ouvindo a cesta ser esmagada e meu grito quando os bastões do vime espetaram minha panturrilha direita. — O que foi isso?

— Nada. — Eu me inclinei para examinar o machucado. Não havia sangrado, mas o arranhão ficaria dolorido por um tempo. Meu primeiro ferimento causado pelo furacão. — Só me avisa da próxima vez, tá?

— Foi mal.

Eu me levantei.

— Dá a volta, vou abrir a porta pra você.

— Pode deixar.

O apartamento estava escuro e úmido graças à falta de energia e ao fato de que as outras janelas estavam fechadas com placas de metal. Mas eu não precisava ver os porquinhos-da-índia de Sonny para saber que estavam vivos. Dava para escutá-los guinchando felizes no outro cômodo, depois de ouvir minha entrada nada graciosa no apartamento.

Abri a porta da frente para Drew e segui os sons até o quarto de Sonny, onde encontrei os dois pequenos roedores — R2-D2, que era preto e branco e tinha pelos curtos, e C-3PO, um teddy dourado de pelagem fofa — correndo pela gaiola, cobertos de serragem. Era nítido que o forro havia sido ensopado pela enchente e agora grudava no pelo dos bichinhos.

— Ah, coitadinhos! — Olhei ao redor do quarto de Sonny em busca de algum lugar para colocar os porquinhos e tirá-los da bagunça. Por sorte, Sonny tinha deixado a caixa de transporte deles em cima da cama, junto com um saco de ração. — Bom, meninos — falei para os dois enquanto eles continuavam enfiando os dedinhos e os focinhos entre as grades para brincar comigo, gemendo e gritando, quase como se tentassem me explicar tudo pelo que tinham passado desde que Sonny foi embora. — Acho que vocês vão pra casa comigo.

— Humm. — Drew estava parado na porta, segurando uma cerveja, que obviamente tinha encontrado na geladeira de Lydia, e observava a cena com uma expressão descrente.

Eu não sabia o que ele achava mais inusitado: o fato de eu estar colocando um R2-D2 trêmulo e reclamão na caixa de transporte ou de ele próprio ter se metido numa situação como aquela.

— O que — perguntou ele — você vai fazer com esses ratos?

— Eles são porquinhos-da-índia, não ratos.

— Se você diz... O que você vai fazer com eles?

— Entrou água aqui e molhou o forro da gaiola. Agora está tudo grudado no pelo deles. Acho que os dois vão precisar de um banho.

— As pessoas dão banho em porquinhos-da-índia?

— Sei lá — respondi. — É educado pegar cerveja da geladeira de uma pessoa que você nem conhece?

Ele olhou para a cerveja que segurava.

— Olha, se eu não bebesse, ela ia esquentar e explodir lá dentro. Estou fazendo um favor pra sua amiga. Quer uma?

— Não. Vou levar os porquinhos-da-índia pra casa da sua tia e depois vou tentar falar com a mãe do Sonny e descobrir se eles tomam banho.

— Bom. — Drew olhou para a caixa de transporte. — A Lu vai adorar essa ideia.

— Acho que vai mesmo. Ela gosta de animais. Já tem dois coelhos, um papagaio e o meu gato na casa. Dois porquinhos--da-índia não vão fazer diferença.

Ele soltou uma risada.

— Se você diz.

— Bom, não posso deixar os dois aqui — falei, na defensiva. — Não tem luz. Deve estar fazendo mais de trinta graus aqui dentro. A gaiola está fedida e imunda.

— Não discordo, daí a cerveja. Mas...

Eu o encarei, irritada.

— Escuta, se você não concorda, pode ir embora. Imagino que tenha coisas mais importantes pra fazer. Você não é carpinteiro? Não devia estar fazendo consertos de emergência na casa dos outros?

— Talvez — disse ele com um sorriso lento surgindo no rosto bonito. — Pena que não tem sinal de celular, então ninguém consegue falar comigo.

— Sei. Bom, já que está com tanto medo, posso te deixar em casa antes de voltar pra sua tia, assim você não precisa ouvir o que ela vai dizer quando eu aparecer com dois supostos ratos.

— Ah, não. — O sorriso dele se ampliou. — Quero ver o que vai acontecer. Você não vai se livrar tão fácil assim de mim, água doce.

E a parte mais estranha foi que as palavras dele deviam ter me irritado, mas meio que gostei de ouvi-las.

Essa era a hora em que eu devia ter entendido o estrago real causado pelo furacão.

CAPÍTULO 23

O Departamento de Água e Esgoto de Little Bridge informa que a pressão está aumentando na via de abastecimento principal enquanto equipes continuam consertando vazamentos. O DAELB deve ser notificado sobre qualquer escape de água de tubulações quebradas.

— Drew!

O grito de tia Lu ao ver o sobrinho entrar em sua casa foi quase tão alto quanto os uivos do furacão Marilyn, porém muito mais feliz.

Quando a mulher mais velha jogou os braços ao redor do pescoço dele, vi que seus olhos estavam cheios de lágrimas.

E não eram, como Drew insistiu, me provocando, lágrimas por eu ter levado "ratos" para a casa dela, e sim de felicidade por eu ter voltado com seu amado sobrinho.

Deixei a família curtir o reencontro carinhoso — ouvindo Drew repetir "Calma, Lu, está tudo bem" sem parar — e fui para o meu quarto na biblioteca, para dar uma olhada em Gary…

Só que não o encontrei nem vi nenhuma das minhas coisas.

— Humm. — Eu não queria interromper um momento tão íntimo para perguntar onde estava meu gato, que dirá perguntar das minhas roupas, mas meu coração batia tão rápido que parecia prestes a sair do peito, principalmente por causa de Gary. O pessoal do abrigo me explicou que um gato demora alguns dias para conhecer o interior de uma casa nova a ponto de se sentir confortável nela, e semanas para não se perder por uma nova vizinhança (o abrigo preferia que novos donos não deixassem que seus gatos saíssem de casa). Se alguém tivesse deixado Gary sair, talvez eu nunca mais o visse. — Alguém sabe onde está o Gary?

— Ah. — Tia Lu secava os olhos com um pano de prato. — Ele ficou tão triste quando você saiu. Dava pra ouvir ele chorando.

Aquilo não parecia promissor. Tive de me esforçar para manter um tom de voz calmo.

— Então...?

— Então a Nevaeh e a Katie o levaram lá pra cima. Estão brincando com ele no quarto da Nevaeh.

— Ah. — O alívio tomou conta de mim. — Obrigada.

Apesar de aquilo não explicar onde as minhas coisas tinham ido parar, eu não estava surpresa. Na verdade, parecia exatamente o tipo de coisa que Gary faria. Depois de seus dias solitários no abrigo, ele passou a adorar ser o centro das atenções e, quando isso não acontecia, ele fazia de tudo para virar o foco. Sua técnica costumava ser miar de forma persistente — porém fofa.

Parei na lavanderia para acomodar os porquinhos-da-índia. Os coelhos estavam de volta ao cercado no quintal, então foi fácil transferir os bichinhos de Sonny para a gaiola na qual os coelhos estavam antes, trocando as rações. Fiz um forro com jornal picado (os Hartwell tinham pilhas e mais pilhas de *A Gazeta*, já que não havia coleta de lixo reciclável por causa da evacuação obrigatória da ilha). Então corri para o andar de cima para ver como estava Gary.

Eu ainda não tinha ido ao segundo andar da casa dos Hartwell, mas ele era parecido com o primeiro, recoberto de painéis de madeira e papel de parede. Aqui, o teto do corredor no topo da escada havia sido pintado por um artista do século XIX: um céu azul-claro com nuvens brancas fofas flutuando. Em um ponto ou outro, querubins angelicais espiavam por trás das nuvens, e pássaros azuis voavam, carregando fitas em seus bicos. Com o sol entrando pelas portas duplas da varanda do segundo andar, literalmente parecia que eu havia chegado no céu.

E no quarto da menina cujo nome era *heaven*, céu em inglês, escrito ao contrário, encontrei meu gato ronronando em um espaço ensolarado sobre a cama com dossel, com uma tiara minúscula de brinquedo na cabeça.

— Ah, Bree — disse Nevaeh quando me viu parada diante da porta parcialmente aberta. — O Gary não é a coisa mais fofa? Ele é tão bonzinho.

Katie empunhava o celular e tirava fotos do meu gato de ângulos diferentes.

— A gente vai transformar seu gato numa estrela das redes sociais — informou ela. — Quando a internet voltar.

— Tipo o Grumpy Cat — disse Nevaeh. — Só que o Gary não é rabugento. Ele é um principezinho. Né, meu bebê?

Gary, todo confortável, soltou um miadinho para mim, ao mesmo tempo questionando aonde eu tinha ido e por que fui negligente no meu dever de transformá-lo na estrela das redes sociais que ele merecia ser.

— Que ótimo — falei, porque era mesmo. — Ninguém é mais digno de virar uma sensação da internet do que o Gary. Nevaeh, eu só queria avisar que o seu tio Drew não teve problemas com a tempestade. Ele está lá embaixo, se quiser falar com ele.

— Ah, que bom. — Nevaeh estava completamente distraída, revirando suas gavetas em busca da próxima fantasia de Gary. — Já vou descer pra falar com ele. Eu sabia que estava tudo bem. Nem sei por que todo mundo ficou tão preocupado. Ele passou, tipo, séculos ajeitando a casa pra ser à prova de furacões.

— Humm — falei. — Sei.

Eu me lembrei da minha época de adolescente, quando os dramas familiares pareciam bem menos importantes do que os dramas dos meus amigos.

— Sabia que o tio Ed quer que a gente vá pra cafeteria daqui a pouco pra servir comida pra todo mundo que está sem luz ou que não fez estoque e tal? — continuou ela. — Ele já está lá aprontando as coisas.

— Tudo bem — falei. — Bom, eu trouxe dois porquinhos-da-índia da casa de uma amiga. Eles precisam de um pouco de atenção, talvez de um banho. Eles quase se afogaram com a inundação do Marilyn. Então, quem sabe, vocês podiam me ajudar...

— O quê? — Katie quase deixou o celular cair. — Porquinhos-da-índia?

— Ai, meu Deus. — Nevaeh arregalou os olhos. — Eu amo porquinhos-da-índia!

Achei que as duas garotas fossem me derrubar em sua pressa para descer a escada e ver os bichinhos de Sonny. Apesar de ter sido abandonado de repente, Gary não pareceu muito chateado. Ele apenas inclinou a cabeça na direção de uma das patas que parecia precisar ser lambida, a tiara escorregando da cabeça conforme ele começava a se dar banho.

— É, eu sei — falei, e, removendo a tiara e o aconchegando nos meus braços como Drew havia feito, segui as meninas para o andar de baixo. — Você sempre vai ser uma estrela pra mim, garotão.

Gary ronronou, feliz, ainda curtindo sua fama recém-conquistada.

A Sra. Hartwell esperava por mim na biblioteca, parecendo nervosa.

— Ah, Bree — disse ela, retorcendo as mãos enquanto eu seguia para colocar Gary de volta no colchão inflável, onde era seu lugar.

Só que eu tinha esquecido. O colchão havia sumido. Assim como toda a roupa de cama que usei na noite anterior. É claro que minhas coisas haviam desaparecido, junto com a caixa de areia de Gary. Será que estavam no quarto de Nevaeh? Nem pensei em olhar lá.

O que estava acontecendo? Agora que a tempestade havia passado, será que a Sra. Hartwell esperava que eu voltasse para o meu apartamento? Fazia todo o sentido do mundo, óbvio, tirando que... bom, não havia luz lá, e, quando abri a porta para dar uma olhada rápida e analisar o prejuízo, tudo cheirava a umidade.

Eu não me importaria em voltar, mas...

— Acho que nunca vou conseguir te agradecer o suficiente por ter trazido o Drew de volta pra casa — dizia a Sra. Hartwell.

— Ah, de nada, Sra. Har... Lucy. — Sorri para ela enquanto Gary seguia direto para sua poltrona favorita, a que era forrada com seda cor-de-rosa. A Sra. Hartwell, no entanto, não pareceu se importar. — Mas foi uma bobagem, sério. E o Ed me deu a gasolina. Posso só perguntar, rapidinho, o que aconteceu com as minhas coisas? Não tem problema nenhum, é só que a caixa de areia do Gary...

— Ah, eu queria conversar com você sobre isso, Bree.

Espere. O quê? Isso não parecia nada bom. Será que eu fiz alguma coisa errada? Pelo olhar ansioso no rosto dela, era como se eu tivesse...

— Bree, hoje de manhã, enquanto você estava fora, o delegado passou aqui...

— O delegado?

Mas que raios o delegado iria querer comigo? Eu não tinha infringido nenhuma lei.

Bom, tirando que invadi o apartamento da minha senhoria. Mas foi para resgatar os porquinhos-da-índia do filho dela! Eu tinha certeza de que ela não veria problema nisso.

E eu não estava sozinha. Tive um ajudante.

— Cadê o seu sobrinho? — perguntei, rápido.

— O Drew? Ah, ele foi lá fora, pra ver a piscina. Vai dar um trabalhão deixar a piscina do jeito que era antes. Mas temos muita sorte por essa ter sido a pior coisa que aconteceu aqui. Tem tanta gente pior...

— Verdade. Bom, escuta, se o problema forem os porquinhos--da-índia, o Drew pode me ajudar a explicar. Sabe, ele viu o Sean Petrovich saindo da cidade ontem à noite. E o Sean ficou de cuidar deles. Mas ele foi embora da ilha em cima da hora, junto com a namorada. Que outra opção eu tinha? Eu não podia deixar os dois morrerem. Eles são seres vivos, assim como todos nós.

A Sra. Hartwell ficou me encarando, parecendo confusa.

— Querida, não tenho a menor ideia do que você está falando.

— Não? — Fiquei sem entender. — Mas a senhora disse que o delegado...

— Ah, sim. O delegado Hartwell deu um pulo aqui porque passou o dia inteiro recebendo ligações do governador pelo telefone via satélite. Parece que você é uma moça muito importante. Bree, por que você não contou que a sua mãe é a juíza Justine do rádio?

CAPÍTULO 24

A Ilha de Little Bridge permanece fechada para todos que não sejam residentes ou não façam parte oficialmente da força de trabalho para recuperação dos danos causados pelo furacão. Por ordem da delegacia local, não serão feitas exceções.

Eu me sentei na poltrona de seda cor-de-rosa, encarando o teclado do telefone fixo dos Hartwell.

Eu sabia de cor o número para o qual deveria ligar. Só não estava com vontade nenhuma de discá-lo.

Em vez disso, peguei meu celular e procurei o número da minha senhoria, Lydia Petrovich. Então apertei os botões no telefone fixo, preferindo essa opção.

Ela atendeu no segundo toque.

— Alô?

— Lydia? Oi, aqui é a Sabrina Beckham, sua inquilina do...

— Bree! — Ela parecia aliviada por ter notícias minhas. — Ah, Bree, querida, como você está? Onde você está?

— Estou em Little Bridge, Lydia, e só queria avisar...

— Você está em *Little Bridge*? Mas como? Na televisão, estão dizendo que...

Sorri.

— Eu sei o que estão dizendo na televisão, Lydia. Mas não é verdade. Quer dizer, o condomínio alagou um pouco, e algumas casas na praia foram destruídas, junto com a ponte de saída da ilha. Mas, no geral, não houve muitos estragos.

Ouvi Lydia repetir tudo o que falei para uma pessoa ao seu lado, só que em russo. Quando falou comigo de novo, ela parecia animada.

— Você disse que o condomínio alagou um pouco... mas o estrago foi muito grande?

— Foram só uns centímetros de água. E, por favor, diz pro Sonny que ele não precisa se preocupar com o R2-D2 e o C-3PO, porque eu fui buscar os dois. Eles estão bem.

O tom dela ficou mais irritado.

— Como assim *você* buscou os dois? O que aconteceu com o Sean? O Sean ficou de cuidar deles.

— Bom... — Do jeito mais resumido possível, expliquei a Lydia o que tinha acontecido com Sean.

Porém, apesar de eu ter tomado cuidado para não pintar Sean como um vilão, Lydia estava fumegando de raiva quando terminei a história. Boa parte do que ela disse, no entanto, foi incompreensível para mim, porque não conheço muitos palavrões em russo.

— Lydia, Lydia. — Tentei acalmá-la. — Por favor. A tempestade estava muito, muito ruim nessa hora. É normal que ele tenha ficado com medo. Vamos tentar não julgar tanto. Não sabemos no que ele estava pensando.

— Eu sei exatamente no que ele estava pensando — gritou ela. — Ele só pensa nele e em mais ninguém porque é um idiota mimado, igualzinho à mãe dele, minha irmã, sempre foi. É óbvio que eu vou julgar. Quando a ponte abrir e eu colocar as mãos nele, ele vai desejar nunca ter nascido, aquele...

— Bom, agora já foi — eu a interrompi com um tom de voz mais tranquilizador. — E deu tudo certo. Os porquinhos-da-índia do seu filho estão bem, tá? Então vamos focar nisso.

— Mãe! — Ouvi Sonny chamar ao fundo. — O que aconteceu?

— Nada — respondeu ela já com a voz mais calma. — Está tudo bem. Seus porquinhos estão bem. A Bree salvou os dois.

— A Bree? Mas e o Sean?

— Esquece o Sean. Ele... — Houve uma outra pausa demorada enquanto fiquei escutando mãe e filho conversando rápido em russo. Ouvi o nome Chett várias vezes. Finalmente, Lydia voltou a falar comigo. — Bree, sei que já estou abusando, mas você pode nos fazer outro favor? Não tivemos notícias de mais ninguém na ilha além de você, já que os celulares não funcionam aí.

— Ah, não tem problema. Pode pedir.

— O Chett, um dos amigos do Sonny da faculdade comunitária, também saiu da ilha, mas deixou o passarinho aí. Ele achou que não passaria mais de um dia fora. Só que agora, sem a ponte...

— Sem problemas — falei. — Eu entendo.

Eu estava mentindo. Eu não entendia como alguém conseguia ir embora deixando seu bichinho de estimação para trás sem ter ninguém para cuidar dele.

Porém, como falei para Lydia, eu não estava ali para julgar ninguém.

Em vez disso, peguei uma caneta e um bloco de papel que estavam próximos ao telefone dos Hartwell. No topo do bloco, lia-se a palavra LAR escrita em uma caligrafia rebuscada.

— Me passa o telefone do Chett, e ligo pra ele e pergunto sobre o passarinho.

— Ah, você é um anjo, Bree — disse Lydia e me passou o número.

Depois de me despedir e desligar, olhei para Gary. Impossibilitado de ocupar sua poltrona favorita, ele me olhava do tapete persa com um ar ressentido.

— Por que você está tão chateado? — perguntei. — Você está vivendo no suprassumo do luxo. Eu é que tenho que resolver os problemas.

Gary bocejou, depois virou a cabeça preguiçosamente para lamber uma pata.

Suspirando, liguei para Chett. Ele atendeu no primeiro toque.

— Alô?

— Oi, Chett? Aqui é a Bree, amiga do Son...

— Eu sei quem é a senhora. — Chett falava com um sotaque sulista, com a voz ofegante, soando tão jovem. — O Sonny me avisou que a senhora ligaria.

— Ah. — Sonny devia ter mandado uma mensagem para Chett enquanto eu falava com a mãe dele. — Tudo bem. Certo, então ele deve ter explicado que...

— É, que a senhora está em Little Bridge e pode dar uma olhada nos meus pássaros?

— Humm... pássaros... no plural?

— É, eu tenho oito? — A voz de Chett se elevava um tom no fim das frases, fazendo parecer que ele fazia perguntas, mesmo não sendo o caso. — São calopsitas. Deixei elas no sótão, porque fiquei com medo de tudo inundar. Mas fiquei sabendo pelo jornal que isso não aconteceu, que foi mais vento? Moro na Roosevelt, então talvez a senhora saiba melhor. Aquela parte inundou?

Eu ainda tentava absorver a bomba que ele tinha soltado em cima de mim.

— Você disse que tem *oito* calopsitas?

— É, oito. Deixei bastante água e comida pra elas, mas, se faltou luz, imagino que o sótão esteja bem quente. Calopsitas são sensíveis ao calor. A senhora acha que consegue passar lá pra ver como elas estão? Alugo um quarto no número oitocentos e quatro da Roosevelt. Tem uma chave embaixo do tapete da porta da frente. Moro no quarto três. A senhora não deve ter problemas pra entrar.

— Humm... tudo bem.

— Nem sei como agradecer, isso é muito legal da sua parte. Aliás, eu conheço um monte de gente da faculdade que não vai conseguir voltar pra cuidar dos bichos de estimação. A senhora se importa se eu passar o nome deles?

Hesitei com a caneta pairando sobre o bloco que dizia LAR.

— Um monte de gente que deixou os bichos de estimação pra trás?

— Bom, sim, senhora. Sei que parece horrível, mas somos estudantes e não conseguimos bancar quartos de hotel e tal. Estamos todos no apartamento da avó de uma garota em Boca Raton, mas a avó dela não deixou a gente trazer nenhum animal, porque é alérgica. Achamos que não teria problema deixá-los aí, porque voltaríamos logo. A gente não sabia que a ponte ia...

Eu o interrompi, porque detectei uma histeria crescente em sua voz.

— Não tem problema. Não estou julgando. Sei que vocês amam seus bichinhos.

— Amamos, sim, senhora. — A voz dele estava embargada. — Nós amamos nossos bichinhos. Minhas calopsitas são a minha vida. Eu achei que voltaria logo, mas, quando tentei ir de carro hoje cedo, o delegado...

— Não tem problema — repeti em um tom gentil. — Só me passa o endereço dos seus amigos e... humm, bom, acho que o tipo de animal que eles têm, como faço pra entrar nas casas deles, se eles têm uma chave extra embaixo do tapete, como você, ou alguma outra coisa.

Chett me passou todas as informações, contente. Quando ele terminou, eu tinha preenchido uma folha inteira do bloco.

E estava com câimbra na mão.

— Então a senhora liga pra gente? — perguntou ele, ansioso. — Pode ligar e dar notícias do que aconteceu? Porque estou muito preocupado com os meus pássaros. Eles são a coisa mais fofa do mundo.

— Eu ligo, Chett — falei. — Não precisa se preocupar.

A única coisa em que eu conseguia pensar era em quanta gasolina aquilo me custaria. Ed ia me matar.

Mas, levando em conta que Ed também adorava animais, eu sabia que ele ficaria feliz em ajudar.

Provavelmente.

Falando nisso, eu tinha uma última ligação a fazer — e sabia que essa seria muito mais difícil. Mas, assim que desliguei com Chett, finalmente disquei o número que passei tanto tempo evitando.

— Mãe? — perguntei quando ela atendeu.

Ela soava como sempre — a voz rouca devido a todos os cigarros que fumou antes de eu nascer e que ainda surrupiava em momentos de estresse.

— Sabrina, finalmente. Você não sabe pelo que eu passei nas últimas vinte e quatro horas, sem saber se você estava viva ou morta.

— Mãe, não faz vinte e quatro horas que a tempestade passou.

— Você entendeu o que eu quis dizer. Onde você está? Quem são essas pessoas que te abrigaram? Como estão tratando você?

— Eles estavam me tratando muito bem até você inventar de ligar pro governador e fazer ele mandar o delegado aqui pra contar quem eu sou. Ninguém sabia que eu era sua filha antes disso.

— Por quê? Como assim? Ai, meu Deus, Bree. — Ela baixou a voz. — Você foi sequestrada? Eles estão ouvindo? Basta dizer sim ou não.

— Mãe, não, para de ser ridícula. É o oposto, na verdade.

— Como assim?

— Acontece que, ao contrário de você, mãe, eu não queria que ninguém me tratasse de um jeito diferente. Mas, agora, minha anfitriã levou todas as minhas coisas pro melhor quarto de hóspedes da casa. Ela está fazendo de tudo pra ser legal comigo. Não que ela não fosse legal antes, mas, agora, eu tenho um banheiro só pra mim... e pro meu gato.

— E qual é o problema?

— Mãe, você não entende? Eu quero que as pessoas gostem de mim por causa de quem eu sou, e não por eu ser a filha da juíza Justine.

— As pessoas *gostam* de você por quem você é, Sabrina. Você é uma menina boa, inteligente, bonita. E se o fato de você ser minha filha ajudar em alguma coisa... bem, qual é o problema? Ora, essa gente devia agradecer a você. É por minha causa que a maior pista do aeroporto de Little Bridge vai ser liberada até amanhã.

Demorei um pouco para registrar a última parte.

— O quê?

— Isso mesmo. O governador prometeu que, mesmo que não consiga resolver os outros problemas, vai fazer isso como um favor especial pra mim, e seu tio Steen jurou que vai mandar um avião pra te buscar...

— Mãe. — Eu me encolhi. — Não. Eu não quero isso. Quer dizer, sim, vai ser bom ter a pista liberada, as pessoas daqui precisam disso. Mas não manda um avião pra me buscar.

— Sabrina, você ficou doida? O governador disse que deve levar mais de uma semana pra consertarem a ponte e as torres de celular voltarem a funcionar!

— Eu sei, mãe, mas tenho tudo de que preciso.

— Sabrina, não seja ridícula. O governador me disse que não tem nenhum hospital funcionando na região. E se alguma coisa acontecer com você? Você pode pisar num prego e contrair tétano ou coisa parecida. Não, é perigoso demais. Eu e o Steen vamos até aí assim que a pista for liberada, e fim de papo.

Senti como se alguém tivesse jogado cerveja gelada nas minhas costas.

— Mãe, não. Não vem pra cá.

— Bom, alguém precisa ir, querida. Se você não tem o bom senso de sair daí, então...

— Mãe. Você pode liberar todas as pistas que quiser. Tenho certeza de que as pessoas vão ficar muito agradecidas. Mas eu não vou embora.

— Sabrina, escuta. Eu entendo que você ainda esteja brava por eu e o seu pai não termos contado sobre sua mãe doadora. Você tem todo o direito de se sentir assim. Mas eu já não fui castigada o suficiente? Já não está na hora de deixar isso pra lá? Você está em uma situação muito perigosa, e...

— Eu sei que estou, mãe. E juro que minha vontade de ficar aqui não tem nada a ver com você não ter me contado sobre minha mãe doadora.

— Não?

— Não, claro que não. Nem estou mais irritada por causa disso. Estou irritada porque você não acreditou no que contei sobre o Kyle...

— Ah, querida, eu disse que acreditava. Só acho que você exagerou. Sabe, uma vez, fui a uma festa de Natal com o presidente da rádio AMC, e você nem imagina onde ele colocou a...

— Mãe, desculpa, mas não quero conversar sobre nada disso agora. Na verdade, até preciso da sua ajuda. Mas não do tipo de ajuda que você está oferecendo.

— Bom, então de que tipo de ajuda você precisa?

— Quero que você entre na internet, porque eu não consigo fazer isso aqui, e poste uma mensagem em todas as redes sociais possíveis avisando pra todo mundo que evacuou a Ilha de Little Bridge e deixou um animal de estimação aqui pra entrar em contato com o seu pessoal. Diga pra ligarem pra sua equipe e darem o nome, endereço, tipo de animal, necessidades do bichinho e uma forma de entrar na casa deles. Avisa que não podem divulgar essas informações na internet, que elas precisam ser passadas verbalmente para a pessoa com quem eles falarem ao telefone. Se realmente tiver ladrões aqui, não queremos que eles saibam quais casas estão vazias e como entrar nelas. Essas pessoas precisam sentir que suas informações particulares estão seguras. Então eu te ligo mais tarde pra anotar os dados e decidir o que fazer.

O outro lado da linha foi tomado pelo silêncio. Tensa, fiquei esperando até minha mãe finalmente dizer:

— Sabrina. Que história é essa?

— Várias pessoas saíram da ilha e deixaram os animais de estimação aqui, e agora não conseguem voltar porque a ponte desabou. Você precisa me ajudar a entrar em contato com elas antes que os animais morram.

— Sabrina. — A voz da minha mãe estava firme. Ela parecia furiosa. — Que coisa ridícula.

— O quê? Por que isso é ridículo?

— Porque essas pessoas nunca deviam ter deixado os animais pra trás. E você quer se dar ao trabalho de ajudá-las?

— Se eu não fizer isso, eles vão morrer, mãe. E, de todo jeito, essas coisas acontecem, né? Tipo, pessoas entram em pânico, fogem da ilha, então a ponte desaba e elas não conseguem voltar pra casa. E pais usam uma doadora de óvulos para ter um bebê e nunca contam pra filha, mas ela acaba descobrindo mesmo assim. Será que, talvez, a gente não devesse julgar tanto os outros pelas decisões ruins que eles tomaram?

Minha mãe fez um som rouco.

— Sabrina...

— A maioria dessas pessoas só estava com medo, mãe. Muita gente não tinha outra opção. Muitos estavam pensando só nos filhos, ou na família, ou nos amigos. Vamos tentar ajudar sem julgar ninguém, tá?

— Mas... É que eu não entendo. Parece tão trabalhoso. Por que justamente *você* tem que fazer isso?

Suspirei. Às vezes, eu sentia como se jamais fosse entender minha mãe, e que ela nunca me entenderia. Mas isso não significava que eu não a amava.

— Porque — respondi — eu estou aqui. Não tenho mais nada pra fazer. E sou sua filha, e você tem milhões de seguidores nas redes sociais. Eles, por sua vez, vão espalhar a notícia pela internet, até ela finalmente chegar às pessoas que saíram de Little Bridge e pra quem estamos oferecendo ajuda. E, aí, podemos salvar esses animais, talvez até prevenir um potencial risco pra saúde. Tudo bem? Você pode pedir pra alguém fazer isso, por favor? É muito importante pra mim, e acho que vai ser ótimo pra sua reputação. Quem sabe você até ganha ouvintes novos.

— Sabrina. — A voz da minha mãe parecia engasgada. — Eu…

— Mãe. Faz isso? Faz essa *única* coisa que a sua filha está pedindo?

O outro lado da linha ficou em silêncio de novo. E então, finalmente, minha mãe disse baixinho:

— Sim. Sim, Sabrina, eu faço. Repete o que você quer que eu faça.

CAPÍTULO 25

A Companhia de Energia Elétrica de Little Bridge continua seus esforços para restaurar o abastecimento de luz para seus clientes. Algumas casas foram alagadas por água salgada e a energia só poderá ser religada após reparos. É provável que os avanços sejam mais lentos nas áreas mais afetadas, onde postes foram danificados.

Eu expliquei de novo.

— E não esquece — acrescentei ao acabar de dar as instruções. — É importante que as pessoas não se sintam julgadas por terem deixado seus animais pra trás. Caso contrário, elas não vão ligar. Queremos salvar o máximo de animais possível, então o *motivo* para isso ter acontecido não importa.

— Entendi — disse minha mãe. — Sem julgamentos.

— Sem julgamentos. — Concordei com a cabeça, apesar de ela não estar me vendo. — Você vai fazer isso hoje? Tipo, agora, assim que desligar?

— Vou ligar pra Shawna agora e pedir pra ela fazer. — Shawna era a assistente de longa data, e de longo sofrimento, da minha mãe. — E, querida…

— O que, mãe?

— Eu… gosto de ver você assim.

— Assim como?

— Muito... empolgada.

— O quê?

— Eu gosto mesmo. Você não parece se importar de verdade com nada desde que... bom, faz um bom tempo. — Ela teve a sensibilidade de não mencionar o nome de Caleb. E de Kyle. — Tirando o fato de que você fugiu. Você se empolgou com isso.

Abri um sorriso seco.

— Valeu, mãe.

— Mas, agora, pela primeira vez em muito tempo, você parece se importar com outra coisa... em ajudar os outros, e, se eu me lembro bem, era pra isso que você queria ser advogada...

— Mãe — falei em uma voz de alerta. — Não começa a criar expectativas. Eu não vou voltar a estudar Direito.

— Eu sei, eu sei. Só estou dizendo que pelo menos você está fazendo alguma coisa com que se importa, e não perdendo tempo servindo mesas...

Qualquer dia, eu precisaria contar a ela sobre as minhas pinturas. Mas não seria hoje.

— ... mesmo que eu não esteja muito feliz com o lugar que você escolheu pra fazer isso. Sabia que a maioria das mortes causadas por furacões ocorrem depois da tempestade?

— Eu sei, mãe — respondi. — Obrigada. É por isso que qualquer ajuda que você puder...

— Sabrina.

Olhei para cima ao ouvir uma voz grave chamando meu nome e dei de cara com Drew Hartwell apoiado no batente da porta da biblioteca. Como sempre, ele estava lindo. Lindo o suficiente para fazer meu coração dar uma cambalhota dentro do peito. Ele tinha encontrado uma camisa de linho limpa — será que deixava uma coleção delas em todos os lugares onde já tinha morado? —, apesar de tê-la abotoado com o mesmo desleixo de sempre, expondo mais o peito e os músculos da barriga do que deveria ser permitido por lei.

Em uma das mãos, ele segurava a tigela com o molho do furacão que eu tinha feito. Embaixo de seu braço estava um saco de batatas fritas.

Mas seu rosto bonito exibia uma expressão de urgência.

Eu nem imaginava que tipo de emergência com batatas fritas exigiria que eu saísse do telefone, mas suas sobrancelhas erguidas e a testa franzida indicavam que havia uma.

— Humm, mãe — falei —, preciso ir. Esse é o único telefone da casa, e acho que mais alguém precisa ligar.

— Ah, sim, querida. Mas quero que você saiba que eu ainda vou amanhã, ou pelo menos assim que liberarem a pista.

— Aham — falei, enquanto Drew fazia um círculo no ar com uma batata, indicando que eu precisava acelerar a conversa. — Tudo bem. Tchau.

— Posso ligar de volta pra esse número se eu precisar falar com você?

— É melhor deixar eu ligar. — A imagem da minha mãe ligando e Ed atendendo ao telefone surgiu em minha mente. Não era uma visão agradável. — Tchau, mãe. Te amo.

— Também te amo, querida...

— O que foi? — questionei Drew assim que bati com o fone no gancho.

O fato de que a mera visão de seu corpo musculoso, parado na porta, tinha feito meu coração fazer polichinelos dentro do peito estava me deixando irritada. Eu era uma mulher adulta, que não devia ser controlada por hormônios.

— Ah, nada. — Ele baixou a batata que usava para direcionar a velocidade da minha conversa na tigela de molho, e depois levou-a até a boca. — Dava pra perceber que você precisava de resgate, só isso.

Eu o encarei, irritada.

— Eu não precisava de resgate. Eu nunca preciso de resgate.

— Ah, é? "Não começa a criar expectativas. Eu não vou voltar a estudar Direito"? Isso fazia parte de uma conversa normal, feliz, rotineira…

Levantei a mão para que ele parasse.

— Isso faz parte de conversar com a minha mãe. Liguei pra ela pra avisar que estou bem.

— E a primeira coisa que ela quis saber foi quando você ia voltar pra faculdade?

— Não foi a primeira coisa. Mas, sim, como deu pra perceber, minha mãe é um pouco controladora. Falando nisso, você tem o hábito de ficar escutando as ligações dos outros?

— Só as suas. — Ele enfiou outra batata no molho e a comeu. — Como é que eu vou descobrir coisas sobre você? Pra uma mulher, você não é muito comunicativa, sabia? Por exemplo, quando ia me contar que estudou Direito?

Eu me levantei.

— Nunca, porque isso não é da sua conta.

— Nossa, água doce! — Ele segurou o peito como se tivesse sido ferido. — Isso machuca. Depois de tudo o que passamos juntos?

— Viu, esse é o problema. — Atravessei a biblioteca até parar bem na frente dele. — Você fica me chamando de água doce como se achasse que eu sou toda inocente. — Estiquei o braço até o saco de batatas que ele segurava, esbarrando a mão de propósito na pele macia e sensível do lado interior do seu bíceps, sem desviar meu olhar do dele. — Mas eu não sou, sabia?

— Ah, não é? — O tom dele era brincalhão… mas eu estava tão perto dele que o ouvi puxar rápido o ar com o meu toque.

— Não. — Peguei uma batata e a enfiei na tigela que ele segurava, então a levei lentamente até a minha boca. — Sabe esse molho?

O olhar dele estava na batata, o que significava que estava nos meus lábios, porque eu a segurava bem ali.

— Sei.

— Eu que fiz. — Deslizei a batata para dentro da boca, apreciando a explosão de sabores na minha língua, e mastiguei. — Ficou muito bom pra uma suposta água doce, né?

Parecia que ele não conseguia desviar os olhos dos meus lábios.

— É verdade, estou impressionado.

O que eu estava fazendo? Primeiro aqueles beijos, agora isto. Eu precisava ficar longe desse cara.

Por outro lado, minha mãe provavelmente apareceria na cidade amanhã, e a vida tranquila e temporária que construí em Little Bridge corria o risco de ser destruída com uma eficiência muito maior do que a de qualquer furacão. Talvez eu devesse aproveitar o que restava dela enquanto ainda podia.

— Eu sei — falei —, que pena que eu preciso ir agora.

Observei o olhar dele desviar da minha boca e voltar para os meus olhos, surpreso.

— Ir? Ir aonde?

— Tenho que dar uma olhada em oito calopsitas, dois cachorros, sete gatos e uma tartaruga.

— Como é?

— Aliás, você tem um machado pra me emprestar? Uma das pessoas que me pediu pra ver seus animais de estimação acha que só vou conseguir entrar na casa com um machado.

Os lábios de Drew se apertaram em uma linha emburrada. Ele colocou as batatas e o molho com firmeza sobre uma mesa próxima.

— Se você acha que eu vou deixar você ir sozinha em outra missão de resgate de animais…

Estreitei os olhos.

— *Deixar?*

— A gente precisa ir pra cafeteria, pra ajudar o Ed. Ele vai servir uma refeição quente de graça pra todo mundo que aparecer. Foi por isso que vim até aqui. A tia Lucy pediu pra eu te chamar. Ou melhor, agora que ela sabe quem é a sua mãe, ela me pediu pra perguntar se você *queria* ajudar.

Sorri.

— Bom, por mais que eu queira, agora não posso. Não dá pra acreditar na quantidade de pessoas que saíram da ilha e deixaram seus animais pra trás. E como elas não conseguem voltar, alguém precisa cuidar deles.

A testa de Drew ainda estava franzida.

— Infelizmente, eu acredito. Eu cresci aqui. Mas não entendo por que a pessoa que vai cuidar deles precisa ser você.

Eu o encarei.

— Você conhece a minha mãe? Porque está falando igualzinho a ela.

Ele me encarou em silêncio. Então, após alguns segundos, acabou dizendo:

— Tá. Tudo bem. Vamos dar a notícia pra Lu, e depois vamos pegar mais um pouco da preciosa gasolina pra scooter no barracão do Ed. Nós vamos precisar dela se quisermos dar a volta na ilha inteira, quebrando portas pra resgatar cachorros e gatos famintos.

— Espera aí… — Segurei o braço dele, não apenas encostando de leve desta vez. — *Nós?*

Ele olhou para a minha mão, depois de volta para os meus olhos. Mais uma vez, fiquei desconfortável ao lembrar da intensidade do azul dos olhos dos homens da família Hartwell.

— É isso mesmo. *Nós*. Não vou te emprestar meu machado preferido e deixar você sair por aí com ele, sem supervisão.

— Aham. — Soltei o braço dele com certa relutância. Sua pele parecera quente e receptiva sob meus dedos. E, mais uma vez, havia surgido um clima. Ah, um clima e tanto. — Sério, preciso perguntar… não tem nada mais importante pra você fazer? Já te vi usando uma serra elétrica. Você não devia estar ajudando as pessoas a limpar as ruas ou a consertar suas casas?

Ele fez cara de magoado de novo.

— Bree, você conheceu meus cachorros. Viu a sintonia que a gente tem. Você acha que, pra mim, existe alguma coisa mais importante do que os animais indefesos desse mundo, de todas as criaturas de Deus, grandes ou pequenas?

— Bom, eu não te conheço tão bem assim, então...

— Conhece, sim. Achei que, depois que salvamos os ratos, você tivesse entendido que nós dois somos uma equipe.

— Porquinhos-da-índia.

— Que seja. A gente não é uma equipe?

— Não sei se é esse o nome que eu usaria.

— Viu? Então tá. — Ele abriu um sorriso travesso. — Vai ser divertido.

CAPÍTULO 26

Refeições quentes serão servidas todos os dias, GRATUITAMENTE, no Café Sereia, das 12h30 até o pôr do sol, a partir de hoje até novo aviso. FORÇA, LITTLE BRIDGE!!!

Ele tinha razão. Foi divertido.

Em parte porque todas as pessoas que encontramos pelo caminho — havia gente por todos os lados, bem mais do que de manhã cedo, ajudando a limpar as ruas e os quintais, ou simplesmente dando uma volta, porque não havia nada para fazer sem luz, sem sinal de celular nem de internet, e estava quente demais para ficar dentro de casa — nos cumprimentavam.

Bem, cumprimentavam Drew, já que, depois de passar a vida inteira na ilha, todo mundo o conhecia.

Mas algumas também sabiam quem eu era, por causa da cafeteria.

As pessoas levantavam a mão para acenar, dando um olá animado, e, quando eu estacionava, vinham perguntar sobre os estragos que tínhamos visto pelo caminho ou compartilhar as próprias histórias sobre a tempestade, antes de concordarem que, no geral, não tinha sido tão ruim quanto o esperado, e que — tirando a ponte que havia desabado — a ilha teve sorte.

Porém, boa parte da minha diversão foi por causa do próprio Drew.

Ah, ele continuava irritante. Tinha insistido em pegar "uma coisinha pra viagem" na casa da tia, cervejas em porta-latas térmicos, que ele guardava na amada caixa de ferramentas, alegando serem inofensivas e até apropriadas para o consumo, para "repor eletrólitos perdidos e combater o calor e a umidade pós-tempestade", já que ele não estava dirigindo.

Mas ele também era engraçado, tinha um senso de humor seco e suas piadas eram autodepreciativas (no geral).

E o fato de ele ser cheiroso também não era nada ruim. Apesar do calor e da nossa proximidade na scooter, ele cheirava a roupa limpa (graças à camisa que havia surrupiado da casa da tia) e a desodorante.

Além disso, sua ajuda com os animais foi fundamental. A chave estava no lugar que Chett disse que estaria, mas, se não fosse por Drew, eu jamais conseguiria chegar às calopsitas a tempo: a porta do sótão ficava no teto e precisava ser puxada por uma corda que estava fora do meu alcance. Eu precisaria de uma escada para abri-la.

Drew apenas esticou o braço e a puxou.

Se tivéssemos demorado muito para encontrar as calopsitas — ou se o sótão estivesse mais quente —, o resultado teria sido bem diferente.

Porém, quando chegamos, as oito continuavam vivas — apenas meio desanimadas. Elas ficaram mais felizes depois que as deixamos no quarto alugado de Chett, que era mais fresco que o sótão, apesar de não podermos ligar o ar-condicionado. Pelo menos dava para abrir as janelas e deixar um vento entrar.

Nós demos comida e água para os pássaros, seguindo as instruções de Chett, e fomos resgatar os próximos animais na lista. Os cachorros foram os mais fáceis, porque parecia que estavam esperando por nós, loucos por atenção, desejando apenas comida e sair para fazer suas necessidades (alguns tinham feito bagunça dentro de casa, mas nada impossível de limpar).

Os gatos eram mais complicados, porque muitos se escondiam, e eu insistia que não bastava encher suas tigelas de água e comida. A gente precisava ver cada um, para eu poder tranquilizar os donos e dizer que estava tudo bem... algo difícil de fazer em apartamentos sem luz, com as janelas fechadas por tábuas. Alguns lugares estavam tão escuros quanto um mausoléu, e os gatos mais tímidos — um deles era preto, o que dificultava as coisas — escolhiam os esconderijos mais escuros embaixo da cama.

Por sorte, eu tinha colocado a lanterna de Daniella no meu "kit de resgate de gatos", que também incluía os petiscos favoritos de Gary. Com o tempo, conseguimos encontrar todos, chegar à conclusão de que estavam bem o suficiente para passarem outra noite sozinhos e seguir para a próxima casa. Até a tartaruga parecia ótima.

Quem não estava ótima era eu. Passar tanto tempo tão perto de alguém por quem eu me sentia bastante atraída não estava me fazendo bem. A parte mais irritante era que ele insistia em não tomar uma atitude, independentemente de quantas vezes eu insinuasse que ele poderia tocar em mim. Por que não? Eu provavelmente tinha menos de vinte e quatro horas em Little Bridge sendo "Bree", a garçonete de cabelo cor-de-rosa do Café Sereia, e não Sabrina Beckham, filha da juíza Justine.

Por que ele não podia ser o cara que me ajudaria a aproveitar esse tempo?

Tirando que ele não parecia muito a fim... talvez porque eu, feito uma idiota, revelei para ele minha identidade praticamente na primeira oportunidade que tive.

E ele, no fim das contas, não era fã da juíza Justine.

Bem-vindo ao clube.

A casa com o gato preto tímido (Smokey) foi nossa última parada da lista, e também ficava em uma rua perto do Sereia. Quando saímos de lá e seguimos até a scooter, encontramos uma mulher loura descalça, usando apenas uma saída de praia de macramê sobre a parte de cima de um biquíni e um short jeans minúsculo, segurando o celular com uma das mãos e guiando uma criança pequena de sexo indeterminado — também descalça e só de fralda — com a outra.

— Oi — disse a mulher para nós. Ela balançava o celular no alto, aparentemente procurando sinal. A ficha de que não havia serviço parecia ainda não ter caído, e o comportamento dela era frenético. A criança, por outro lado, sorria para nós, toda alegre. — Algum de vocês sabe onde fica o Café, humm... Segredo?

Eu a encarei, pensando em todos os objetos afiados ou cabos de luz soltos nos quais ela ou a criança poderiam pisar, principalmente porque ela não prestava atenção aonde estava indo.

— Você quer dizer o Café Sereia? — perguntou Drew.

— Ah, é, isso mesmo. — A mulher baixou o telefone, abrindo um sorriso de alívio. Quando a mãe sorriu, a criança aumentou seu sorriso também, começando a tagarelar numa língua que só ela conhecia. — Disseram que estão dando comida lá, mas não consigo sinal no celular pra confirmar. Não entendo por quê.

Drew pigarreou.

— Sim, bom, a tempestade derrubou o serviço de celular na ilha.

A mulher pareceu chocada com a notícia.

— Sério? A gente nem sabia que teria uma tempestade. Não tive nem tempo pra comprar leite pro Josiahzinho nem nada. Será que na cafeteria tem leite?

Tomei fôlego para perguntar para a mulher como ela não sabia da tempestade, uma vez que a notícia tinha sido anunciada no rádio, na televisão e na internet durante dias — talvez até uma semana inteira —, mas Drew me interrompeu, como se soubesse o que eu pretendia dizer.

— O Sereia fica ali na esquina. — Ele apontou para se certificar de que a mulher entenderia. — E tenho certeza de que vão ter bastante leite pro Josiah. Nós estamos indo pra lá agora. Que tal a minha amiga te dar uma carona na scooter? Eu levo o Josiah.

Sem esperar por uma resposta, Drew se abaixou e pegou o menino no colo. Por sorte, ele pareceu feliz, soltando um grito de alegria quando se viu pairando no ar de repente.

Lancei um olhar rápido para Drew, indicando que eu não estava contente com a ideia dele de me transformar em um serviço de táxi — e então, quando o olhar dele encontrou o meu e passou na mesma hora para os pés da mulher, entendi que havíamos pensado na mesma coisa: nem a mãe nem a criança deviam estar andando descalços naquela calçada quente, cheia de lixo.

— Com certeza — falei, tirando a scooter do descanso. — Posso te dar uma carona. É ali na esquina. Quer subir?

— Ah, não. — A mulher sacudiu o cabelo louro comprido, educada, mas dava para perceber que ela queria aceitar. Ela e a criança pareciam ter andado bastante. — Não quero dar trabalho.

— Não vai ser trabalho nenhum. Eu estou indo pra lá.

— Bom... — A mulher subiu no banco da moto com relutância, aceitando o capacete que lhe entreguei. — Se não vou incomodar...

— É bem pertinho — falei, apontando com a cabeça para Drew, que já havia percorrido metade do quarteirão com Josiah balançando em seus ombros. — Eles vão chegar antes da gente se não formos logo.

E eles chegaram mesmo, mas só porque fiquei tão chocada quando virei a esquina e vi o Sereia que pisei no freio. Não foi pelo estrago que a tempestade causou na cafeteria: as placas habilmente instaladas por Drew tinham evitado que as janelas fossem quebradas pelos ventos do Marylin, e Ed havia colocado sacos de areia nas entradas, impedindo que a ressaca que vinha do porto alagasse o interior.

O que me surpreendeu foi a quantidade de gente na rua diante da cafeteria. Eu devia ter imaginado — afinal de contas, uma catástrofe meteorológica havia acontecido, e Ed estava distribuindo comida.

Mas eu não via tantas pessoas reunidas em Little Bridge desde o show de fogos do Dia da Independência, no cais.

Se a situação era tão ruim assim — se havia tanta gente precisando de comida e água na ilha —, onde estava a Guarda Nacional? Onde estava a Agência Federal de Gestão de Emergências? Onde estavam a Cruz Vermelha, o Exército de Salvação, qualquer uma dessas organizações que sempre apareciam na televisão correndo para ajudar os mais necessitados em áreas de risco e para quem, no espírito do altruísmo, meus pais doavam dinheiro todo fim de ano? Para onde ia todo aquele dinheiro, se não para as pessoas que mais precisavam? Nós teríamos mesmo que nos virar sozinhos?

— Está tudo bem? — perguntou a mulher sentada atrás de mim, provavelmente sem entender por que tínhamos parado.

— Não mui... — comecei a dizer, mas então me dei conta de que não devia assustar minha carona com meus pensamentos sombrios, principalmente porque ela parecia ser uma das pessoas necessitadas. — Sim, está tudo ótimo.

Parei a scooter sem fazer mais nenhum comentário, porém fiquei me perguntando como Ed e Lucy Hartwell, e o pessoal todo, estavam conseguindo servir uma multidão tão grande.

A mulher deve ter pensado a mesma coisa, já que soltou um "Nossa" enquanto tirava o capacete que eu havia lhe emprestado e o devolvia para mim.

— Acho que a notícia sobre esse lugar correu rápido.

— Com certeza. — Drew surgiu ao nosso lado para entregar à mulher seu filho, que não parava de falar.

Fiquei aliviada ao ver que a maioria das pessoas na multidão já estava com pratos e copos de papel nas mãos. Parecia que Ed havia limpado os congeladores. Dava para sentir o cheiro de carne e legumes grelhados misturado à brisa do mar.

— Fica aqui — falei para a mulher, já que eu estava ansiosa para entrar na cafeteria e ajudar. — Alguém vai trazer alguns pratos pra você e leite pro Josiah.

— Ah, não — disse a mulher, parecendo morta de vergonha. — Não quero dar mais trabalho.

— Não tem problema — falei. — Eu trabalho na cafeteria. — Apontei com um dedo na direção de Drew. — E ele é sobrinho do dono.

De repente, a mulher virou os olhos cheios de lágrimas para Drew, então esticou os braços para segurar a mão dele.

— Ah, Deus te pague — gemeu ela. — Deus te pague por fazer isso. Você é o homem mais legal, mais bondoso do mundo.

Ela beijou a mão que segurava, depois a apertou contra o peito, talvez acidentalmente, mas também quem sabe de propósito, aconchegando Drew entre seus seios de biquíni.

Eu a encarei com raiva por um instante, por cima de sua cabeça inclinada, e Drew sorriu para mim, erguendo uma sobrancelha com ar travesso, obviamente achando graça no meu desconforto.

— Eu sou mesmo o cara mais legal e mais bondoso — disse ele. — E também sou o mais bonito.

— Bom, temos que ir agora — anunciei, pegando Drew pelo braço e fisicamente o afastando da mulher. — Mas já voltamos.

— Um de nós volta — garantiu Drew para a mulher com uma piscadela. — Mas não deve ser eu.

— Ah. — Ela pareceu desapontada, mesmo enquanto várias outras mulheres vinham em sua direção, cada uma trazendo comida e roupas que já tinham sido doadas, para dar a ela e ao seu filho.

— O que foi aquilo? — questionei enquanto o puxava pela multidão até a cafeteria. — Sou eu que trabalho aqui e fui eu que dei carona pra ela na scooter. Por que ela não beijou a *minha* mão?

— Você quer que eu volte lá e pergunte? — Drew parou, agarrou meu pulso e começou a me puxar de volta até a mulher. — Você tem razão, isso é desigualdade de gênero.

Finquei os pés no chão.

— Para. Não tem graça.

— Ver você com ciúme meio que é engraçado.

— Não estou com ciúme!

— Você está cheia de ciúme.

— Estou com vergonha pelas mulheres em geral, só isso. Ela estava se jogando em cima de você. E como é que alguém podia não saber que haveria uma tempestade? Ela tem um filho! Era obrigação dela saber.

— Ei, achei que a gente tivesse combinado de não julgar as pessoas. — Ele tinha voltado a andar, só um pouco mais devagar, e, infelizmente, soltou meu braço. — Não foi isso que você disse pra sua mãe? Por que julgar pais de pet ruins tem problema, mas pais de crianças, não?

Fiz uma careta.

— Você tem razão. Não é certo. Todo mundo faz o melhor que pode. Você acha que aquela mulher está fazendo o melhor que pode?

Ele concordou com a cabeça.

— Acho. Ela me lembrou um pouco da minha irmã. A mãe da Nevaeh, Andrea. — Então, notando meu olhar, ele acrescentou rápido: — Não porque ela quis beijar a minha mão, mas o fato de ela parecer completamente perdida.

Não falei nada de imediato, porque fiquei tão chocada que só conseguia pensar em uma coisa. Até que não consegui mais me controlar:

— Seus pais batizaram vocês de Andrew e Andrea?

Ele estreitou os olhos para mim.

— Isso mesmo. Mas você acha legal comentar esse tipo de coisa, levando em consideração que os seus pais te deram o nome de um queijo?

Soltei uma risada irônica.

— Esqueceu que eu não me chamo Brie? É Sabrina. Minha mãe me deu o nome da personagem principal do filme favorito dela, o que é quase tão ruim quanto receber o nome de um queijo, porque é a história da filha de um chofer que se apaixona pelo filho da família rica pra quem o pai dela trabalha.

— Qual é o problema disso?

— Bom, nada, eu acho, tirando que...

— Bree!

O grito era de Angela, que trabalhava atrás da linha de mesas dobráveis que havia sido disposta diante da cafeteria. Sem luz, e, portanto, sem ar-condicionado, estava quente demais para servir comida lá dentro, então Ed havia arrumado um conjunto de churrasqueiras e coolers ao lado da porta. Diante delas, Angela, a Sra. Hartwell, Nevaeh e o restante da equipe atendiam as mesas sob guarda-sóis montados de forma improvisada, servindo o conteúdo das geladeiras agora desligadas para o que parecia ser metade da cidade.

— Oi. — Fui correndo até Angela. — Como ficou a casa da sua mãe com a tempestade?

— Bem. Perdemos algumas telhas e uma árvore ou outra, mas, fora isso, não foi tão ruim quanto esperávamos que fosse. — Seu rosto brilhava no calor, mas o meu devia estar pior, levando em conta todas as camas sob as quais me arrastei procurando os gatos dos outros. — O que está rolando ali? — Ela apontou com a cabeça para Drew, que estava parado diante de uma das grelhas, observando a técnica do tio na churrasqueira. — Vi vocês dois chegando juntos, com a Mary Jane Peters.

— Você conhece aquela mulher? A gente encontrou com ela na rua. Ela não sabia nem que a tempestade ia passar por aqui.

— É, faz sentido. Ela é uma dessas mães ripongas e maníacas por ioga. Não acredita em vacinas, na televisão nem no ensino público.

— Ah, entendi. Achei que ela estivesse drogada.

Angela deu de ombros.

— Não, ela é só vegana. Mas deixa o garoto comer lacticínios, se forem orgânicos.

— É, faz sentido. Ela está atrás de leite.

Angela suspirou.

— Temos um pouco que ainda não estragou. Eu levo pra ela. Mas você ainda não me explicou o que está rolando com o gostosão ali.

Senti que estava corando, mas, por sorte, nem Angela nem ninguém ali notaria, já que o sol começava a se pôr no oeste e ele deixava tudo cor-de-rosa com seus raios flamejantes.

— Não tem nada rolando. Ele está me ajudando a dar comida pros animais das pessoas que não conseguem voltar por causa da ponte.

— Ahhhh. — Angela sorriu. — Sei. E imagino que ele só esteja fazendo isso por pura bondade, não porque quer ir pra cama com você. Todo mundo sabe que o Drew Hartwell é um santo.

— Para com isso. Ele é mesmo.

— Espera... como assim?

— Como assim que a gente se pegou umas duas vezes, mas foram só uns beijos. Mas tenho que admitir que essa droga de furacão fica atrapalhando as coisas.

Angela sorriu, obviamente querendo saber mais detalhes, mas foi distraída por algo que acontecia na mesa diante dela.

— Marquise, não. É uma porção de frango, carne ou peixe por pessoa, por prato. Não dá pra ser os três. Se eles quiserem mais, precisam voltar pra fila depois que terminarem.

Marquise — o sobrinho bonito de Angela que sempre ajudava na cafeteria quando alguém faltava, mas não podia trabalhar em tempo integral por causa de seus treinos como *quarterback* no time de futebol americano da escola de ensino médio de Little Bridge — pareceu frustrado.

— Mas aquele senhor quer frango *e* peixe — chiou ele. — Olha pra ele! Como é que vou dizer não pra esse homem?

Angela se inclinou para a frente para lidar com o cliente insatisfeito, que já tinha uma montanha de pão de milho, salada Caesar, arroz e feijão, e uma batata assada no prato.

— Senhor — disse ela. — Pra nós é um prazer servir comida de graça hoje por causa da tempestade. Mas precisamos garantir que todo mundo coma. Estamos servindo frango, peixe ou carne. O senhor só pode escolher uma proteína.

— Mas... — O homem, que, pela condição castigada de sua pele, parecia passar muito tempo no mar, abriu a boca para protestar, revelando a falta de cuidados dentários adequados.

— Quando o senhor terminar o prato, se continuar com fome, é claro que pode voltar pra pegar mais. Só que, por enquanto, é uma porção de frango, peixe ou carne por pessoa, por prato.

O velho marinheiro pareceu conformado.

— Então acho que quero o frango.

Com delicadeza, Marquise serviu uma sobrecoxa, uma coxa e um peito de frango no prato dele.

— Bom apetite, senhor. Não esquece, temos torta de limão pra sobremesa.

O velho marinheiro abriu um sorriso desdentado antes de ir embora.

— Deus te pague, meu filho!

Nevaeh, que estava parada ao lado de Marquise, lançou um olhar pra ele sob os cílios cheios de rímel e disse:

— Você lidou tão bem com a situação.

Katie Hartwell, que também estava perto, acrescentou rápido:

— Eu também achei.

Marquise pareceu confuso, porém satisfeito.

— Humm... valeu.

— Você vai ficar por aqui? — perguntou-me Angela. — A gente precisa de ajuda, principalmente com a limpeza. As latas de lixo já estão transbordando, então as pessoas acabam empilhando os pratos em qualquer canto.

— Com certeza. Vou pegar uns sacos lá dentro.

— Não! — A Sra. Hartwell pareceu surgir do nada. — Eu faço isso. Bree, que tal você ficar no meu lugar, servindo a limonada?

Eu sabia exatamente o que ela estava fazendo. Ela não queria que eu fizesse as tarefas mais pesadas porque eu era a filha da juíza Justine. Não fazia diferença o fato de que eu havia passado meses esfregando o chão e limpando os banheiros.

— Sra. Hartwell, não tem problema. Eu posso tirar o lixo.

— Não, não, querida. Quero sair daqui um pouquinho. Preciso conversar com algumas pessoas, ver se elas precisam de...

— E ficar parada no sol quente? — De repente, Drew surgiu ao lado dela. — Que tal eu e a Bree cuidarmos do lixo, Lu, e você continuar servindo a bebida do pessoal? Pode ser, Bree?

Sorri para ele. O sol poente fazia os pelos finos de seus braços brilharem, tingidos de dourado pelo excesso de tempo que ele passava ao ar livre.

— Pode ser.

Pegamos alguns pratos de comida, junto com um pouco de leite, para Mary Jane Peters e seu filho, e estávamos abrindo caminho pela multidão com nossos sacos enormes, coletando o lixo das pessoas, quando um homem veio andando a cavalo — um cavalo malhado muito bonito e bem-alimentado — e de repente entrou no estacionamento, com os cascos do animal estalando no asfalto.

— Ih — disse Drew, olhando para o homem alto de farda verde montado no cavalo. — A polícia chegou.

Um pouco nervosa, observei o delegado Hartwell descer do cavalo e começar a se aproximar da cafeteria.

— O que ele veio fazer aqui? Será que alguém viu a gente entrando na casa das pessoas pra dar comida pros animais, achou que nós éramos ladrões e nos denunciou?

Sorrindo, Drew me encarou.

— Você é mesmo uma água doce, né?

Eu corei, apertando com força o saco de lixo que estava segurando.

— Bom, sei lá. O que a gente fez não é exatamente permitido por lei.

— Se você tinha permissão dos donos, é. — Ele viu minha expressão e perguntou: — Todos os donos *deram* permissão, né?

Concordei com a cabeça.

— Aham.

Quer dizer, eu tinha a permissão de Chett, que me garantiu que era amigo de todos os donos... de que outra forma ele saberia que tipo de animal eles tinham e como entrar em suas casas?

Com o coração disparado, observei o delegado Hartwell chegar cada vez mais perto... e finalmente passar direto por nós, acenando com a cabeça para Drew, seguindo direto até Ed, que continuava comandando as churrasqueiras com uma bandana verde amarrada na cabeça para impedir que o suor pingasse na comida.

— E aí, Ed? — Ouvi o delegado dizer. — Esse seu esquema aqui está bonito.

— Bom — respondeu Ed, modestamente —, preciso me livrar dessa carne toda antes que ela estrague. Eu devia ter instalado o gerador aqui quando tive a oportunidade. Não sei o que deu na minha cabeça.

— Eu entendo. — O delegado parecia compadecido. — Mas preciso que você acabe aqui até o pôr do sol. Vou anunciar um toque de recolher pra ilha toda entre o anoitecer e o amanhecer. Já avisei pro meu pessoal prender qualquer um que encontrarem na rua, não importa o motivo.

Ed soltou um assobio baixo e demorado, e Drew, que obviamente também tinha escutado, levantou as sobrancelhas.

— Tem muita gente aqui que está bem longe de casa, delegado — comentou Drew. — A notícia de que Ed estava distribuindo comida correu rápido, e teve gente que veio até de Ramrod Key.

— Eu sei. — O delegado coçou o queixo. — Mas ainda falta uma hora pro pôr do sol. É bastante tempo pra voltarem pra casa.

Drew olhou para as pessoas comendo e bebendo, felizes da vida. Alguém tinha aparecido com um ukelele e o tocava. Muita gente havia levado a própria cerveja, e até, pelo aroma que pairava no ar, certas ervas recreativas, apesar da presença do delegado, que não parecia estar muito animado para investigar.

— Talvez seja melhor assim, Ed — disse Drew para o tio. — O restante da carne aguenta.

Ed olhou para os coolers.

— É verdade. E tem gente que vai precisar ainda mais amanhã.

— Pois é. — O delegado olhou para cima. Um único helicóptero, o primeiro que vi o dia todo, atravessava o céu, voando baixo e devagar.

— É ajuda? — perguntei, esperançosa, pensando que talvez, finalmente, alguém do governo federal, ou até estadual, prestava atenção em nós.

O delegado balançou a cabeça.

— Sinto muito. Não. Aquilo ali é o Canal Sete de Miami. Ele passou a tarde inteira zumbindo por aí, tirando fotos pro jornal da noite. Não estou muito preocupado com ladrões, mas a imprensa fica falando disso, instigando o pessoal preso fora da ilha. A única coisa em que consegui pensar pra deixar todo mundo feliz foi no toque de recolher.

Ed concordou com a cabeça.

— Faz sentido. Tá, vou só terminar a carne que está aqui, e aí você pode avisar pras pessoas que precisamos fechar.

E foi isso que fizeram — ninguém ficou muito feliz com a notícia. Katie Hartwell, especificamente, foi um tanto ríspida com o pai quando descobriu que o período trabalhando lado a lado com Marquise Fairweather chegava ao fim. Ouvi quando o delegado foi informado de que estava "estragando tudo" e que ela "nunca mais queria voltar pra casa".

A Sra. Hartwell, no entanto, disse ao delegado que não se abalasse, que provavelmente seria melhor que Katie continuasse na casa deles durante a crise, com o pai tão ocupado.

Eu estava abaixada, ajudando a Sra. Hartwell a guardar o restante do pão de milho em uma prateleira com rodinhas, quando Drew veio até mim e disse:

— E aí?

Olhei para ele apertando os olhos. Eu estava usando óculos escuros, mas o sol estava mais baixo do que nunca, e Drew tinha se posicionado de costas para a luz, então eu não conseguia enxergar sua expressão e não fazia a menor ideia do que ele queria.

— E aí o quê?

— E aí, quando você vai me levar de volta pra casa?

Eu o encarei, confusa.

— Preciso ajudar a limpar tudo. Você não consegue uma carona com o delegado ou com outra pessoa?

— No cavalo? Não, não dá pra eu pegar carona com o delegado. Que ideia foi essa?

Eu me empertiguei, limpando as migalhas das mãos.

— Ele tem outro meio de transporte. Já vi o delegado andando num SUV enorme.

— Que nunca vai conseguir passar pelo iate no meio da minha rua. Escuta, a gente precisa ir. Sabe quanto tempo faz desde que meus cachorros saíram pra dar uma volta? Eles devem ter destruído a casa inteira.

— Drew. — Olhei ao redor. Dava para sentir que Angela e mais um monte de gente por perto escutavam nossa conversa. Não havia o que fazer. — Eu até queria te dar uma carona. Mas também preciso voltar pra casa. Passei o dia inteiro sem ver o meu gato...

— Seu *gato*? — Agora que eu não estava mais inclinada, conseguia ver o rosto de Drew. Ele exibia uma expressão incrédula. — Por que você está preocupada com o seu gato? Ele está vivendo no auge do luxo. Ele tem ar-condicionado e duas garotas à disposição fazendo todas as vontades dele, dando atum na boca e tirando fotos dele. Enquanto isso os meus cachorros estão sozinhos, presos numa casa sem ar nem comida, sem...

— Tá. — Olhei ao redor e vi que todo mundo estava ocupado guardando as coisas, sem escutar a nossa conversa. Ou fingindo não escutar, pelo menos. — Tá. Vou te levar pra casa.

— Que bom. Ótimo. Quer dizer, sério, isso parece o mínimo depois de eu ter emprestado meu machado pra você, e eu também sou o homem mais legal, mais bondoso, mais bonito...

Não consegui controlar meu sorriso. Ele realmente era péssimo. Ou maravilhoso, dependendo do ponto de vista.

CAPÍTULO 27

Foi instaurado um toque de recolher em Little Bridge entre o anoitecer e o amanhecer, por motivos de segurança. **Qualquer pessoa na rua fora dos horários determinados está sujeita a prisão por ordem da polícia.**

Nada havia mudado na praia de Sandy Point durante nossa ausência. O que fazia sentido, já que Drew era o único morador que permanecia na região e as equipes da companhia de energia elétrica se dedicavam a dar um jeito nas ruas mais próximas ao interior da ilha, perto do hospital e da maioria das casas. Ainda tive de desviar a scooter dos cabos de luz, das pilhas de areia e algas — sem mencionar a geladeira e o iate trazidos pelo mar — para chegar à casa dele.

Porém a vista, quando finalmente chegamos, valeu a pena. O sol poente pintava as poucas nuvens que manchavam o céu de um fúcsia forte, ardente, e, agora que os últimos resquícios da tempestade haviam passado, o mar finalmente começava a se acalmar, então as nuvens eram refletidas pela água escura e vítrea. Os pássaros continuavam com a corda toda, especialmente as gaivotas e os pelicanos, voando em círculos sobre a areia e as ondas, gritando uns para os outros.

Mas, além disso e do chuá ritmado das ondas, não se ouvia nenhum outro som, exceto, de vez em quando, pelo paf! de uma pirapema prateada pulando para fora da água e mergulhando de volta em busca de sua presa invisível.

— Tudo bem — falei ao parar diante da entrada cheia de areia da casa dele. — Acho que já entendi por que você prefere morar aqui no meio do nada em vez de na cidade.

— No fim das contas, não sou tão maluco, né? — Ele girou as pernas compridas para fora do banco da scooter e pegou sua sacola de pano com as ferramentas que estava no compartimento. — Entra pra beber alguma coisa.

— E arriscar ser presa por não cumprir o toque de recolher? Não, valeu.

— Você ainda tem bastante tempo. — Ele apontou para a bola vermelha brilhante que descia pelo céu a oeste de nós. — Falta pelo menos meia hora pro pôr do sol.

— Que é o tempo que vou levar pra chegar na sua tia.

— Ninguém vai prender uma garota bonita voltando pra casa de moto. Ainda mais quando ficarem sabendo quem é a sua mãe.

Sorri para ele.

— Muito obrigada por me lembrar disso.

— Anda. Que mal vai fazer tomar uma bebida?

É óbvio que me senti tentada. Como não me sentiria? Um homem bonito, de quem eu gostava e em quem confiava, e, certo, por quem talvez eu sentisse um pouquinho de tesão, estava me convidando para tomar uma cerveja na casa dele.

E que casa! A Mãe Natureza parecia estar se esforçando para compensar sua malcriação no dia anterior, gerando o pôr do sol mais dramático e lindo de todos. A brisa noturna era tão refrescante e fria quanto a tarde havia sido quente e abafada. Parada ali, tentando decidir o que fazer, senti o vento soprando meu cabelo, trazendo o som dos latidos animados dos quatro cachorros de Drew. Eles pareciam gritar: "Sobe! O que você está esperando? Estamos com saudade, Bree! Queremos brincar!"

— Tudo bem — falei e baixei o descanso da scooter. — Mas só uma bebida. E aí preciso ir embora mesmo.

— Ótimo! — Ele parecia tão animado quanto um menino que havia acabado de descobrir que jantaria sorvete. — Se você acha que a vista é bonita daqui, espera só até ver lá de cima...

Ele não estava errado. A visão daquele sol escarlate baixando lentamente até o mar, sem a obstrução de qualquer estrutura feita pelo homem, era de tirar o fôlego, e mais uma vez lembrei por que eu achava tão difícil ir embora de Little Bridge. Meu plano nunca tinha sido permanecer na ilha por tanto tempo. Não era só por causa das pessoas — que, apesar de serem estranhas e excêntricas, também eram as mais bondosas e generosas que já conheci. Havia também a beleza pura do lugar, a vista livre do oceano e do céu, que agora eu estava louca para pintar.

Outro ponto a favor no momento era o fato de Drew ter soltado os cachorros — que nos receberam com uma alegria quase fanática —, que agora corriam para cima e para baixo na praia, em busca das bolas de tênis amarelas que Drew jogava do deque. Os bandos de pássaros ficaram incomodados, voando indignados dos bolos de algas marinhas espalhados pela praia sempre que eles se aproximavam. Isso tornava a vista ainda mais especial — pelo menos para mim.

— Tudo bem — falei, rindo, enquanto Drew habilmente jogava a sétima bola. — Você tem uma vida muito boa aqui.

— Você ainda nem viu a melhor parte. — Ele desapareceu dentro da casa, surgindo um instante depois com uma garrafa de vinho tinto e duas taças. — Eu estava guardando essa pra uma ocasião especial.

Olhei para o rótulo e fiquei impressionada. Era um Cabernet da Califórnia de edição limitada que Caleb adorava e dizia ser difícil de encontrar.

Nunca imaginei encontrar algo assim em Little Bridge, muito menos na casa de Drew Hartwell.

— Como assim? — perguntei em um tom brincalhão enquanto ele começava a abrir a garrafa com o saca-rolha que também havia trazido de lá de dentro. — O famoso Drew Hartwell bebe alguma coisa além de cerveja?

— Bom — disse ele depois de servir uma dose generosa na minha taça —, como eu disse, é uma ocasião especial.

— Que seria?

— Finalmente convenci Bree Beckham a vir beber comigo na minha casa. — Ele ergueu sua taça para um brinde.

Afastei a minha, me recusando a brindar a algo tão ridículo.

— Ah, tá bom. Você nem sabia quem eu era até a festa do furacão da sua tia, apesar de fazer meses que eu servia seu café da manhã todos os dias.

— Isso — disse ele, tomando um gole reflexivo do vinho — não é verdade. Por boa parte desse tempo, eu não estava disponível. — O fantasma de Leighanne surgiu silenciosamente entre nós. — E, no restante do tempo, você parecia… distraída. — Tomei um gole do meu vinho, sem desejar pensar nos meus próprios fantasmas. — Mas a verdade é que estou de olho em você há um tempo. Nunca entendi direito o que aconteceu com o seu cabelo…

Por instinto, ergui a mão para tocar em um dos meus cachos cor-de-rosa.

— O quê?

— … mas acho bonito. Destaca o castanho dos seus olhos.

— Essa é sua tática? — perguntei. — É isso que você faz? Traz garotas aqui, serve um vinho caro na sua varanda maravilhosa durante um pôr do sol lindo pra seduzir todas? E depois faz um comentário ofensivo?

Ele sorriu.

— Juro por Deus, você é a primeira. Está funcionando?

— Depois eu te conto. Qual era o seu método antes da casa? Você ia com a sua picape pra cidade e parava na frente da casa de uma moça sortuda diferente a cada noite?

— O quê? — Ele parecia chocado de verdade.

— É isso que as pessoas falam. Que, toda manhã, viam sua picape parada na frente de uma casa diferente.

A ficha caiu, e ele riu.

— Mas é óbvio! Eram as casas onde eu estava trabalhando. Geralmente, eu tomava umas cervejas com os donos depois. Preferia não arriscar uma multa se me pegassem dirigindo. Então eu ia embora de Uber, ou deixava minha bicicleta na caçamba da picape, e voltava com ela. Melhor garantir do que remediar.

Pisquei, chocada por algo tão inocente ter se transformado em um boato sensacionalista. Por outro lado, Little Bridge era uma cidade muito pequena, e os moradores da ilha adoravam uma fofoca.

— E a Leighanne? — perguntei em um tom cuidadoso.

— O que *tem* a Leighanne?

— Qual foi a parada com o saleiro? Eu estava parada do seu lado na cafeteria quando ela jogou ele em você.

— Ah, isso. — Ele suspirou e olhou para o mar. — É, esse lugar tem dessas coisas. As pessoas entram no clima, ou não. Você entrou. A Leighanne nunca conseguiu.

— Como assim?

— Bom, ou as pessoas chegam aqui e se apaixonam pela ilha, ou detestam tudo.

— Como alguém é capaz de detestar esse lugar?

Mas, quando as palavras saíram da minha boca, lembrei. Minha mãe. Minha mãe sempre odiou Little Bridge. Ela odiava a ilha quase tanto quanto meu pai a amava.

— Alguém como a Leighanne é capaz — disse ele. — A gente se conheceu quando eu trabalhava em Nova York. Aí, depois que meus pais morreram, minha irmã foi parar na reabilitação pela terceira ou quarta vez, e eu tive certeza de que precisava voltar pra ajudar com a Nevaeh... Bom, a Leighanne teve a ideia de vir comigo. Na teoria, devia ter dado certo. Ela disse que gostava de cachorros, que estava pronta pra largar o ritmo acelerado e os invernos frios da cidade. Mas, na prática, ela odiava os cachorros e a ilha. O fato de não ter outras estações do ano aqui, o ritmo lento, o fato de que havia pouquíssimos restaurantes e lojas... essas coisas deixavam ela doida.

— Febre de ilha — murmurei, me lembrando do que Nevaeh havia me dito.

Ele pareceu surpreso — só não consegui entender se foi por eu conhecer o termo ou pela ideia de Leighanne ter sofrido disso.

— Pode ser. Só sei que, como as lojas da cidade não vendiam o tipo de coisa de que ela gostava, tipo o sal do Himalaia, ela fazia compras pela internet, acho que pra ter a sensação de que ainda estava em Nova York. Eu ficava perguntando: "Por que a gente precisa disso? Por que a gente precisa daquilo?" Como eram coisas que faziam com que ela se sentisse melhor, acho que eu devia ter ficado quieto.

— É — falei, me lembrando da expressão raivosa de Leighanne ao jogar o saleiro nele. — Devia.

— Mas não fiquei, e acho que essa foi a gota d'água, porque, quando dei por mim, ela fez as malas com tudo o que tinha comprado, tudo *mesmo*, até o sal, e foi embora.

Refleti sobre isso enquanto tomava um gole do vinho. Era delicioso.

— Talvez você não estivesse pronto pra dividir seu espaço — sugeri.

— Talvez. — Seu olhar azul-claro encontrou o meu. — Ou talvez eu esteja pronto... se for com a pessoa certa.

De repente tive bastante consciência da nossa proximidade — o braço dele roçava no meu, apoiado na balaustrada do deque, sem se afastar nem por um segundo. O vento leve do mar parecia nos empurrar na direção um do outro... ou talvez fosse o vinho... ou as palavras dele: *Talvez eu esteja pronto... se for com a pessoa certa.*

Essa pessoa seria eu? Eu gostava de cachorros. Eu gostava de Little Bridge. Eu gostava dele.

Mas eu não estava pronta para outro relacionamento. Olhe só o que tinha acontecido com o último. Eu tinha tanto talento para escolher homens quanto tinha para escolher carreiras.

E, de toda forma, para que entrar em pânico? Ele não estava interessado em mim. Não desse jeito.

— Bree — disse ele baixinho, seu olhar descendo até a minha boca.

E foi nesse momento que os quatro cachorros subiram correndo até a varanda, terminando sua corrida na praia. A Bob beagle, que parecia ter gostado muito de mim, veio direto na minha direção, jogando as patas da frente, com as unhas compridas, bem nas minhas coxas.

— Ai — gritei, me inclinando para a frente e quase deixando a taça cair.

— Bob! — rugiu Drew, não apenas para a beagle, mas para todos os cachorros, já que nenhum deles se comportava de forma muito educada. — Não! Vocês sabem que isso é errado. Vão pro chuveiro, todo mundo!

Fiquei chocada quando todos os cachorros — guiados pelo labrador preto, que parecia ser o líder real da matilha, apesar da insistência de Drew de que ele era o alfa — se enfiaram embaixo de um chuveiro externo. Drew foi até lá e abriu a torneira. Enquanto a água quente caía pelos corpos agitados deles, a areia saía e descia por um ralo que obviamente havia sido instalado com esse propósito.

Eu ri, impressionada. Pelo visto, Drew havia pensado em todos os detalhes de sua casa dos sonhos na praia, inclusive na higiene dos cachorros.

— Desculpa — disse ele quando achou que os cachorros estavam limpos o suficiente, voltando para mim e para a taça de vinho que abandonara. Ele havia fechado a água, e os cachorros seguiram para áreas diferentes do deque para se sacudirem. — Onde a gente estava?

— Humm — falei. — Não lembro. — Apesar de eu lembrar muito bem. *Você estava prestes a me beijar.*

E eu estava prestes a deixar.

Porém, antes de Drew conseguir responder, Socks se aproximou timidamente de nós, com uma das bolas de tênis amarelas na boca. Seu corpo preto e branco estava encolhido próximo ao chão, para o caso de seu ato causar raiva no novo dono — afinal, esse era o tipo de reação ao qual ele estava acostumado —, porém seu rabo branco peludo balançava devagar enquanto ele nos fitava, os olhos castanhos cheios de esperança e desejo de que alguém tirasse a bola de sua boca e a jogasse longe.

— Ai, meu Deus — falei, olhando para o cachorro sofrido. — Acho que vou chorar.

— É. Ele é um bom menino. — Drew se abaixou e tirou a bola da boca de Socks, afagando a cabeça do cachorro de um jeito despreocupado, porém carinhoso. — Pega a bola, Bob.

Ele arremessou a bola até o outro lado do deque, e Socks saiu em disparada, seu corpinho se esticando feito uma mola, todo musculoso e contente.

— Você não pode chamar todos eles de Bob — insisti enquanto observava o cão pegar a bola no ar com habilidade, provavelmente a primeira vez na vida que brincava disso. — Cada um tem uma personalidade diferente. Só porque seus pais resolveram chamar você e a sua irmã quase do mesmo nome não significa que você precisa fazer isso com os cachorros.

— Tem certeza de que você largou a faculdade de Direito e não a de Psicologia?

— Muito engraçado.

Socks trouxe a bola de volta e a soltou aos pés de Drew, dando pulinhos animados, na expectativa de que ele a jogasse de novo — e é evidente que ele fez isso. Socks saiu em disparada, tão alegre quanto antes, com os outros cachorros bocejando e lançando um olhar desdenhoso para o novato. Eles já tinham brincado e estavam prontos para o jantar.

— Tem certeza de que você não é só preguiçoso demais pra pensar em um nome pra cada um?

— Preguiçoso demais? — Ele levantou as sobrancelhas. — Que comentário maldoso, vindo de alguém que diz que não devemos julgar as pessoas que deixam seus animais de estimação em casa durante um furacão.

— Retiro o que disse. Mas seria bem fácil dar um nome para cada um. Esse aqui — eu tinha colocado minha taça sobre a balaustrada e fazia carinho em Socks, já que ele havia devolvido a bola para mim — pode ser Bobby Socks.

Drew gemeu.

— E a beagle pode ser Bobby Sue, já que é uma menina.

Drew me encarou com um olhar incrédulo.

— Não vou mudar o nome dos meus cachorros.

— Não estou mudando o nome. Só deixando mais específico. O terrier pode ser Bobby Lee. E o grandão...

Drew se virou, me segurou pelos ombros e me puxou contra seu corpo, baixando os lábios até os meus. Por um segundo, fiquei tão chocada que não compreendi o que estava acontecendo. Então entendi que ele me beijava.

CAPÍTULO 28

Uma estimativa preliminar da Comissão para a Conservação dos Peixes e da Fauna da Flórida relata um total de 506 embarcações à deriva, perdidas ou abandonadas na Ilha de Little Bridge. Caso um barco esteja desaparecido, o proprietário deve informar à delegacia para que ele entre no banco de dados, facilitando sua devolução caso seja encontrado.

E que beijo. Não era um beijo platônico entre amigos. Não era nem como o beijo que dei nele mais cedo, tão feliz por encontrá-lo vivo.

Era o beijo sedento de alguém que esperava e pensava em fazer aquilo havia um bom tempo. Era o beijo de alguém que tentava se conter, porém tinha esperado tanto que não conseguia mais se controlar. Nenhum beijo que recebi no passado tinha sido assim. Haviam sido beijos de meninos.

Este beijo era o de um homem.

As mãos dele desceram dos meus ombros para a minha cintura, me puxando para perto. Eu sentia cada centímetro de seu corpo através do tecido fino de sua camisa… e da bermuda. E o que eu senti também não pertencia a um menino. Era grosso e firme e insistente — assim como as mãos dele, deslizando para baixo da minha camiseta. Meus mamilos endureceram no mesmo instante sob seus dedos calejados pelo trabalho.

— Drew — gemi quando os lábios dele se afastaram dos meus por um momento. — Você tem...

Ele estava tão ofegante quanto eu, sua voz saindo arranhada e falha.

— Claro que tenho.

— Graças a Deus.

As mãos dele desceram dos meus seios para a minha cintura enquanto ele me levantava no ar, os cachorros dançando ao nosso redor, soltando latidos animados.

— Drew! — Joguei meus braços em torno de seu pescoço e a cabeça para trás, rindo. Eu não conseguia me lembrar da última vez em que me senti tão feliz. — O que você está fazendo?

— Levando você pra minha cama, óbvio. — Sob os latidos cada vez mais frenéticos dos cachorros, ele gritou: — Quietos, Bobs! Quietos!

Isso só me fez rir ainda mais. Eu sabia que não devia. E se ele levasse o momento do sexo a sério demais e ficasse chateado por eu achar graça na sua técnica — ou nos seus cachorros agitados?

Mas era impossível não rir quando eu me sentia tão feliz, especialmente com ele tentando ser romântico e me carregando pela sala e pelo corredor que levava ao quarto — quase tropeçando várias vezes nas ferramentas espalhadas pelo chão. Como o sol estava desaparecendo e não havia luz, o interior da casa estava quase todo sem iluminação.

— Droga — reclamava ele sempre que seu pé tropeçava numa chave de fenda ou em alguma outra ferramenta.

— Drew. — Enterrei minha cabeça em seu pescoço, tentando abafar uma risada. — Eu posso ir andando. Me bota no chão.

— Não. — Ele me apertou. — Eu consigo!

Finalmente, chegamos à suíte, que era tão parcamente mobiliada quanto a sala, ocupada apenas por uma cama gigante, tamanho king, coberta por lençóis cinza. Foi lá que ele me deixou.

— Pronto — disse ele depois de me colocar na cama. — Agora, espera aqui.

Aparentemente, seu plano era que eu o esperasse expulsar os cachorros. Ele fechou todas as portas que levavam ao quarto, para que ninguém voltasse — apesar de os quatro tentarem desesperadamente.

Felizmente, a brisa fresca ainda entrava por uma claraboia grande no teto, que ele havia deixado aberta bem acima da cama. Através dela, eu via os últimos raios e a coloração laranja do sol poente atravessando o céu lavanda... e o brilho branco distante da primeira estrela da noite. Olhei para aquela luz, encarando-a como um sinal de esperança... da minha esperança por uma chance de recomeçar.

— Agora — disse Drew, dando as costas para a porta. — Finalmente temos um pouco de privacidade.

Meu coração deu um salto quando ele veio na minha direção no escuro... mas não foi um salto ruim. Era aquela animação nervosa pelo que estava prestes a acontecer.

— É — falei. — Você divide a casa com um pessoal fofo, mas meio carente.

— Né? — Drew se sentou na cama ao meu lado, sua mão grande se posicionado em cima da minha coxa enquanto sua boca buscava a minha. — Que bom que eles foram embora.

Era difícil pensar em qualquer coisa além de Drew enquanto ele me beijava. Ele parecia demandar todos os meus sentidos, o aroma amadeirado de seu cabelo que já havia perdido o corte, a maciez de sua pele sob meus dedos, seu peso masculino sobre mim ao me pressionar contra os travesseiros. Enquanto seu coração batia rápido contra o meu, eu só conseguia pensar em como queria sentir um pouco mais dele. O tecido de suas roupas estava atrapalhando, então eu as puxei, e, como num passe de mágica, a camisa dele desapareceu, seguida pela bermuda. Ele parecia achar minhas roupas igualmente incômodas, e, em uma questão de segundos, minha camiseta e meu short também sumiram de vista, jogados para o outro lado do quarto.

Então senti a pele dele quente sobre a minha, *toda* a pele dele, seu membro rijo e insistente em minha mão. Ele gemeu com o contato. Seus dedos calejados abriram o fecho do meu sutiã com uma habilidade admirável, libertando meus seios da jaula de seda para o ataque de seus lábios e de sua língua. Agora, era eu quem gemia, especialmente quando ele colocou uma daquelas mãos fortes, poderosas, entre as minhas pernas e começou a acariciar a área já encharcada da minha calcinha.

Eu sabia o que ele queria fazer, mas isso não ajudava em nada — a menos que ele quisesse acabar tudo antes mesmo de começar. Peguei sua mão e a coloquei nos meus seios — notando a expressão de surpresa dele —, então rebolei para tirar a calcinha.

— Cadê, humm... o negócio que você disse que tinha? — perguntei.

— Ah. — O tesão o deixou entorpecido. A ficha levou um segundo para cair. Mas, quando caiu, ele precisou vasculhar uma caixa embaixo da cama para localizar a camisinha. — Bem aqui.

Foi mais fácil ouvir do que ver Drew a colocando. O sol havia ido embora. Com exceção das estrelas brilhando do outro lado da claraboia, o quarto estava completamente escuro.

Mas não fazia diferença. Mesmo que eu não conseguisse vê-lo, conseguia senti-lo, escutá-lo, cheirá-lo, prová-lo. E ele era meu. Assim que ele se voltou para mim, levei as mãos ao seu peito, pressionando-o sobre a cama, roçando meus mamilos sobre seu peitoral cabeludo enquanto montava nele, sentindo um gosto salgado ao baixar minha boca até seu pescoço.

Então, antes que ele conseguisse dizer uma palavra, deslizei sobre seu corpo, tentando ir o mais devagar possível para saborear cada centímetro delicioso dele.

Mas ele tinha outros planos, arfando e esticando os braços para segurar meu quadril, se erguendo com impaciência para se impulsionar totalmente para dentro de mim uma vez... outra vez... depois outra vez.

Não era aquilo que eu tinha planejado, já que havia muito dele e nem tanto de mim.

Mas, por sorte, após o choque inicial, a sensação era maravilhosa, como ser levada por uma onda gelada do mar em um dia quente, depois levada de novo... e de novo. Eu não queria que acabasse. Surfei naquela onda até parecer chegar ao fim do horizonte...

... e, de repente, despenquei, caindo pelo pôr do sol mais glorioso do mundo, cheio de vermelhos e dourados e tons de rosa brilhantes, as cores girando ao meu redor, por cima, por baixo, e até me atravessando, até eu sentir que elas saíam das pontas dos dedos das minhas mãos e dos pés como se fossem faíscas...

Desabei, suada e ofegante, sobre o peito exposto de Drew, feliz pelo prazer físico que senti, mas também aliviada por ainda conseguir me satisfazer com sexo com um homem... ou com qualquer pessoa, na verdade. Fazia um tempo.

Levei um ou dois minutos para perceber que ele também estava suado e ofegante.

— Jesus Cristo — disse ele, soprando para longe algumas mechas cor-de-rosa do meu cabelo que haviam caído sobre seu rosto.

— Isso significa que foi bom pra você também? — perguntei.

— Nunca mais vou te chamar de água doce — disse ele. — Você é tipo uma atleta olímpica do sexo.

Eu me sentei e sorri, apesar de ter quase certeza de que ele não conseguia me enxergar no escuro.

— Poxa, obrigada, Drew. Essa foi a coisa mais legal que você já me disse. — Dei uma batidinha na sua bochecha. — Você também não foi nada mal.

Ele continuava ofegante.

— Preciso de água — disse ele, rouco. — Acho que estou desidratado.

— Eu pego.

Eu me virei para longe dele e fui andando entre as roupas jogadas no chão até o banheiro da suíte, onde encontrei um copo e, mais importante, uma vela e alguns fósforos, deixados lá por ele durante a tempestade da noite anterior. Depois de encher o copo com água da bica, usei a vela acesa para me guiar de volta para a cama, onde encontrei Drew sentado, parecendo um pouco atordoado.

— Valeu — disse ele quando lhe entreguei o copo. Ele bebeu rápido, com sede.

— Será que a gente deixa os cachorros voltarem? — Dava para ouvir um ou outro chorando baixinho em frente à porta.

— Não — respondeu Drew. — Eles precisam aprender que, quando os adultos estão juntos, os cachorros esperam lá fora.

Achei essa observação interessante.

— Ah, é? Os adultos vão passar um tempo juntos de novo?

Ele deixou o copo de lado e me puxou em sua direção.

— Não sei você, mas eu estou torcendo pra que sim. Viu como eu fui esperto e fiz você perder o toque de recolher usando o irresistível poder da minha sexualidade?

Eu me afastei dele, me dando conta do que ele havia falado.

— Droga. — Bati nele com o travesseiro mais próximo. — Agora vou ter que dormir aqui! E o Gary?

— Eu disse, a Nevaeh vai cuidar dele.

— E a sua tia? Ela vai querer saber onde estou.

O sorriso dele era convencido.

— Confia em mim, Bree. Ninguém vai se preocupar. Todo mundo sabe exatamente onde você está.

Eu me senti corar sob a luz da vela.

— Não quero que a ilha inteira saiba da minha vida.

— É melhor você se acostumar — disse ele com uma risada maldosa. — Morar numa cidade pequena tem dessas coisas.

Tentei bater nele com o travesseiro de novo, mas, desta vez, ele desviou.

— A gente nem jantou — falei. — Vamos morrer de fome aqui.

— Você acha que eu ia deixar isso acontecer com você? — Ele se levantou, pegou a bermuda e a vestiu, sem cueca. — Peguei uns bifes do Ed antes de sairmos de lá. Posso colocar os dois na churrasqueira agora, e a gente termina aquela garrafa de vinho.

Eu o encarei.

— Como é?

— Eu peguei uns bifes no cooler do Ed antes de virmos pra cá. Eles ficam prontos rápido. Você quer o seu como, ao ponto, malpassado?

Eu não sabia nem o que responder.

— Você sabia que eu ia perder o toque de recolher e ficaria pra jantar?

— Eu não sabia. — Ele abriu a porta do quarto, causando uma erupção de cachorros. — Mas estava torcendo pra isso.

CAPÍTULO 29

Hora: 22h10
Temperatura: 24°C
Velocidade do vento: 9km/h
Rajadas: 0km/h
Chuva: 0mm

De todos os lugares onde eu poderia estar na noite seguinte à passagem de um dos furacões mais perigosos que a Flórida já viu, jamais cogitei que seria sentada sob as estrelas no deque de Drew Hartwell, comendo um bife recém-grelhado.

Mas lá estava eu, ladeada por dois cachorros, com Drew Hartwell acomodado à minha frente, jantando sob a luz do que ele havia me informado ser — como nunca a tinha visto antes, não a reconheci — a Via Láctea.

— A Via Láctea é a nossa galáxia, composta de bilhões de estrelas — explicou ele enquanto servia mais vinho na minha taça. — Geralmente, ela não é visível por aqui, devido ao excesso de luz. A iluminação artificial à noite esconde ela da maioria da população dos Estados Unidos e da Europa.

— Nossa! — exclamei.

Eu não estava achando nada ruim Drew explicar a Via Láctea para mim, já que eu não sabia nada sobre ela. Além disso, me sentia um pouco bêbada de vinho — estávamos na segunda garrafa —, e a comida até que estava bem gostosa... a quantidade certa de sal e pimenta na carne, sem mais temperos, e uma batata assada bem digna. Ele tinha um cooler pequeno, e havia manteiga gelada para passar na batata.

É claro que também havia o fato de que eu estava me apaixonando por ele. Ou talvez já estivesse apaixonada. Não dava para saber quando isso aconteceu. Provavelmente no momento em que ele se prontificou a salvar Socks de Rick Chance.

Ou talvez antes... no dia em que Leighanne jogou o saleiro nele, e a reação de Drew tinha sido não fazer absolutamente nada. Era impossível saber.

Daniella ficaria bem decepcionada comigo quando descobrisse. A regra era não se apaixonar pelos caras com quem você ia para a cama, muito menos pelo primeiro cara com quem você ficava depois de um término feio, e principalmente se ele morasse em Little Bridge. Estes deviam ser apenas para diversão. Você nunca se apaixonava pelos moradores locais, e com certeza jamais cogitava mudar todos os seus planos (se é que eu tinha algum) por causa deles.

Eu tinha quebrado todas as regras, e agora me via sentada aqui, feito uma boba, sob a luz da Via Láctea, comendo bife com o tal cara, cercada pelos cachorros felizes e bem-alimentados dele, escutando-o falar.

Meu Deus. Eu estava ferrada.

— Num verão — dizia Drew —, meu pai me levou no nosso barco pra pescar bodião-porco, na época em que ainda era permitido; eles entraram em extinção nessa área, então passaram a fazer parte da lista das espécies protegidas do governo. A gente ancorou no mangue perto da velha ponte de trens. E nós estávamos sentados lá, sabe, no escuro, quando, de repente, vi um brilho azul vindo de baixo do barco. Juro que achei que fosse uma nave espacial emergindo do fundo do mar. Mas sabe o que era?

Sorri para ele, toda boba.

— Não faço ideia.

— Bioluminescência. Luzes vivas. São organismos unicelulares chamados dinoflagelados, que vivem em água marinha quente. Eles são vistos à noite em determinadas áreas, e só quando você agita a água. Às vezes, tem tantos boiando que você consegue escrever seu nome na superfície da água com a ponta do dedo. Então foi isso que eu e meu pai fizemos. A gente pode pegar o meu barco qualquer dia desses pra você ver.

— Nossa — falei, abraçando meus joelhos, alegre. Ele ia me mostrar isso qualquer dia desses. Eu ia ficar em Little Bridge por tempo suficiente pra que ele fizesse isso. — Vou adorar. Que história incrível.

— Então quando é que você vai me contar a sua história? — Os olhos dele estavam muito claros sob a luz das velas.

Eu estava bêbada demais de amor e de vinho para me surpreender, mas fiquei um pouco confusa.

— Que história?

— O que fez você vir pra Little Bridge.

— Já contei. Eu falei que precisava de um tempo.

— É, falou. Você disse que estava tirando um tempo pra lidar com umas coisas. Que coisas são essas? Sei que você largou a faculdade de Direito. Por quê?

De repente, minha nuvenzinha de alegria induzida por endorfina foi pulverizada. Aquilo ia acontecer mais cedo ou mais tarde, eu já sabia.

Só que não achei que seria tão cedo assim.

— Foram muitos motivos — falei devagar. — Meu pai faleceu de câncer no Natal passado… Eu te contei isso. Aí, meio que perdeu a graça. A faculdade, quer dizer. Eu continuava indo às aulas, mas menos do que deveria, e minhas notas começaram a cair…

— Isso é normal. — Os olhos azuis de Drew se estreitaram de preocupação. — Você tinha acabado de perder uma pessoa muito próxima.

— É. E talvez eu devesse ter trancado a faculdade, mas nem pensei nisso. Ninguém na minha família nunca tirou um tempo de folga pra nada, tirando nossa viagem anual de férias pra cá, pra Little Bridge, então essa ideia nem me ocorreu... até as coisas ficarem pesadas demais.

Meus olhos se encheram de lágrimas. Eu sabia qual era a próxima pergunta, e não tinha a menor vontade de respondê-la.

Mas também sabia que precisava. Ele tinha sido sincero comigo e merecia que eu também fosse sincera com ele.

— E aquele cara que falou com você no telefone outro dia... acho que você chamou ele de Caleb? — perguntou Drew. — O tal que queria mandar um jatinho particular pra te buscar... ele contribuiu pra que as coisas ficassem pesadas demais?

Soltei o ar, trêmula.

— Contribuiu — respondi, encarando meu prato vazio. Era mais fácil olhar para o prato do que para o rosto de Drew, apesar de eu saber que não havia motivo para me envergonhar. Nada do que aconteceu tinha sido culpa minha. Não sei por que ainda era difícil para mim falar sobre aquilo. — Bom, o Cal e o melhor amigo dele, o Kyle, na verdade. Tipo, o que aconteceu foi que... nós todos fazíamos faculdade de Direito. Os dois se formaram na primavera passada, mas, como eu comecei a faltar a muitas aulas depois que o meu pai morreu, a gente continuava passando muito tempo juntos, principalmente eu e o Cal. Eu morava no dormitório da faculdade, não com ele... Lembra o que eu disse, sobre a minha mãe e sua síndrome do mundo cruel? Ela era paranoica com a ideia de eu morar sozinha. E, no fim das contas, ela estava certa, só que a pessoa de quem eu devia ter medo não era um sujeito aleatório da rua, e sim o melhor amigo do Cal, o Kyle.

Drew se empertigou tão de repente que ouvi sua coluna estalar. Abri um sorriso desanimado para ele.

— Está tudo bem. Não aconteceu nada. Quer dizer, aconteceu, mas não foi nenhum crime. Porque eu não me machuquei fisicamente, só mentalmente. Tive dificuldade pra dormir durante um tempo. Eu levantava um milhão de vezes no meio da madrugada pra ver se a porta do quarto estava trancada. Mas, na verdade, a pior parte foi que, depois, ninguém acreditou em mim. Ou melhor, ninguém acreditou em mim sobre a gravidade da situação, porque foi com o Kyle, e o Kyle vivia fazendo coisas estúpidas quando bebia. Dessa vez, o que aconteceu foi que, na noite do Super Bowl, ele ficou tão bêbado que acabou dormindo no sofá do Cal. Eu também dormi lá, mas no quarto. O Cal saiu na manhã seguinte pra comprar pão, suco e coisas pro café da manhã e eu continuei dormindo. Menos de cinco minutos depois de ele sair, caí no sono, e o Kyle entrou cambaleando no quarto, ainda bêbado, pelo que parecia, e completamente pelado, e pulou em cima de mim...

Drew se inclinou para a frente e anunciou cada sílaba de todas as palavras com precisão.

— Só me diz onde esse cara mora pra eu ir lá e matar ele.

Agora eu ri. Era bom conseguir rir de algo que, por tantos meses, havia sido uma fonte de medo e ansiedade.

— Loucura, né? Até parecia que a gente morava numa fraternidade ou coisa assim. E eu fiquei, tipo, "Sai de cima de mim, seu tarado", e tal, mas ele não saía. Eu mal conseguia me mexer, porque ele tem um metro e noventa de altura e pesa uma tonelada, e eu estava toda embolada nas cobertas. Eu não conseguia nem levantar o braço pra bater nele. Quando falei que, se ele não saísse dali, eu gritaria e os vizinhos chamariam a polícia, ele só riu, porque é claro que o apartamento do Cal tem isolamento acústico. E também, como eu disse, ele ainda estava bêbado da noite anterior, tentando me beijar e entrar embaixo das cobertas. Então finalmente fiz a única coisa em que consegui pensar: falei que, se ele saísse de cima de mim, eu sairia com ele. Não me pergunta por que, mas isso fez sentido no meu cérebro alucinado, e foi por isso que ele finalmente se levantou e saiu do quarto. Porque eu prometi que iria pra cama com ele se a gente tivesse um encontro de verdade, e que uma rapidinha enquanto meu namorado, o melhor amigo dele, tinha ido na rua não era a melhor maneira de começar o novo relacionamento lindo que ele parecia achar que nós teríamos.

Drew balançou a cabeça.

— Então me diz que, quando seu namorado chegou em casa, ele comeu esse cara na porrada.

— Não. Eu contei pro Cal assim que ele voltou. A essa altura, o Kyle tinha ido embora pro próprio quarto pra tomar, como ele disse, um banho frio, e eu estava enfiando todas as minhas coisas numa das malas do Cal, porque só queria sair dali. Então o Cal riu. Disse que eu estava exagerando.

Drew piscou.

— Exagerando?

— Pois é. Ele disse que eu sabia muito bem que o Kyle tinha um problema com vício e que a gente precisava dar um desconto pra ele, porque ele tentava se comportar dentro dos seus limites. E ainda falou que era muito feio da minha parte julgar alguém que se esforçava tanto pra colocar a vida de volta nos trilhos.

Drew franziu a testa.

— Me diz que você julgou bastante esse cara.

Olhei para o meu prato vazio.

— Sinceramente? Eu não sabia o que fazer. Não naquela hora. Quer dizer, eu tinha acabado de perder o meu pai. E... e outra coisa aconteceu. Então eu não queria perder meu namorado também.

— Que outra coisa?

— Depois que meu pai morreu, uma amiga minha me deu de Natal um desses kits de teste de DNA de ancestralidade. Ela achou que isso poderia me animar. A ideia era que nós duas fizéssemos pra comparar os resultados. E fizemos isso. Pouco antes do negócio com o Kyle, recebi o resultado, e esse foi outro motivo pro meu desempenho ter caído na faculdade. O teste dizia que eu era cinquenta e dois por cento inglesa, irlandesa e escocesa... o que era o que eu imaginava, porque a família do meu pai era dessa região. Mas o restante do resultado era quase todo da Escandinávia.

Drew deu de ombros.

— Não entendi. Você tem alguma coisa contra os nossos amigos nórdicos?

— Não. Mas a família da minha mãe é toda de judeus sefarditas, que vieram do norte da África e da Espanha. Ela vive se gabando disso.

Ele pareceu confuso.

— E aí? Sua mãe é mentirosa?

— Não a respeito disso. Sobre mim. Não sou filha biológica dela.

Ele piscou para mim.

— Ishi.

— Pois é. Assim que perguntei pra minha mãe, ela confessou que teve uns problemas de fertilidade, então ela e meu pai usaram uma doadora de óvulos pra engravidar. Eles nunca me contaram porque... bom, pelo visto, nunca encontraram o momento certo, e eu sou muito sensível.

Drew abriu um sorriso seco e ergueu sua taça.

— À família — disse ele. — Impossível viver com eles, impossível viver sem eles.

Bati minha taça na dele.

— À família.

Nós dois bebemos.

— Não me admira você ter fugido — disse ele. — Você não só perdeu o seu pai, como deve ter sentido que, de uma certa maneira, perdeu sua mãe também... e aí, depois do que aconteceu com esse tal Kyle...

— Era como se eu tivesse perdido meu namorado também — completei. — Ainda mais quando ele colocou a culpa em mim por julgar o Kyle. Minha mãe falou a mesma coisa no começo.

Drew assobiou.

— Bom, eles que se danem. — Ele esticou o braço para servir mais vinho na minha taça. — Você fez a coisa certa, principalmente ao vir pra cá. Essa ilha é o melhor lugar no mundo pra curar velhas feridas e recomeçar. Mas a história da faculdade... É pra sempre? Você não me parece alguém que desiste das coisas. Você teve um semestre ruim, mas é uma das pessoas mais inteligentes que eu já conheci, então conseguiria compensar o tempo perdido se quisesse voltar.

Meus olhos se encheram de lágrimas de novo. Ele tinha me elogiado tanto em uma tacada só — e não como Caleb sempre fazia, falando da minha beleza, mas do meu caráter e da minha inteligência — que fiquei sem saber o que fazer. Levantei minha taça e a levei até os lábios, torcendo para que sua enormidade escondesse meus olhos subitamente marejados.

— Sei lá. Acho que cresci pensando que eu devia ser advogada porque meus pais também eram, e quero ajudar as pessoas. Mas, no fundo...

Ele concordou com a cabeça.

— Entendi. No fundo, você é uma artista. Ninguém que já tenha visto aqueles seus quadros chegaria a uma conclusão diferente. — Ele levou sua taça até a minha. — Um brinde a ter o bom senso de seguir seu verdadeiro caminho.

Eu ri — foi metade soluço e metade risada, porque eu continuava lutando contra as lágrimas — e me inclinei para a frente para brindar com ele.

— Valeu. Mas esse é o problema. Não sei qual é o meu verdadeiro caminho. Por enquanto, ele me trouxe um trabalho como garçonete e um furacão.

Ele pareceu levemente magoado.

— E eu.

— E você — falei, desta vez rindo sem qualquer sinal de lágrimas.

— Por outro lado — disse Drew, olhando para as estrelas —, agora, você tem duas mães. Nem todo mundo pode alegar isso.

— É verdade — concordei. — E tenho quase certeza de que herdei meu talento artístico da minha mãe doadora do óvulo.

Consegui ler a ficha dela. Foi uma doação aberta, o que significa que ela marcou que não teria problema se eu entrasse em contato depois que crescesse.

— Que ótimo — disse Drew, parecendo interessado. — Você procurou por ela?

Balancei a cabeça.

— Não. Ainda não. Minha mãe me pressionou bastante pra fazer isso. Acho que ela pensou que as coisas melhorariam entre nós duas se eu fizesse isso. Mas não me senti pronta. Talvez quando as coisas estiverem mais... assentadas.

— Humm. — Ele sorriu e esticou o braço para mim, me puxando em sua direção. — Se eu puder ajudar a assentar as coisas, é só me avisar.

— Ohh. — Isso fez meu coração se apertar tanto que me inclinei para beijá-lo.

Eu só queria dar um beijo brincalhão em sua bochecha. Mas ele virou a cabeça, então o beijo aterrissou em sua boca.

E, assim como em todas as outras vezes, no momento em que nossos lábios se encontraram, era como se fogos de artifício tivessem sido disparados dentro do meu short. Tive de me controlar pra não me jogar em cima dele, de tanto que eu queria estar em seus braços... e em sua cama.

Mas eu não precisava ter me dado ao trabalho, já que ele parecia sentir a mesma coisa. Um segundo depois, ele me levantou da cadeira do deque e me carregou de volta para o quarto — sem tropeçar nas ferramentas desta vez, já que tínhamos bastante velas para iluminar o caminho.

Infelizmente, na nossa empolgação, esquecemos de limpar a comida, então os Bobs subiram na mesa e fizeram a festa com o que sobrara dos bifes.

Mas não tinha problema, decidimos, ao encontrar os pratos vazios, bem mais tarde. Eles também mereciam algo bom. Do jeito que nos sentíamos, o mundo inteiro merecia.

CAPÍTULO 30

Residentes devem descartar os seguintes detritos do furacão no aterro sanitário apropriado: resíduos de paisagismo, eletrodomésticos, móveis e quaisquer materiais perigosos, incluindo tinta, combustível e baterias. (Resíduos de terra não serão aceitos.)

Acordei na manhã seguinte com o som suave e ritmado das ondas do mar batendo na praia. Ondas do mar, o som estranho de algo rangendo e… vozes?

No começo, achei que fossem as gaivotas grasnando na praia, como tinham feito por todo o tempo em que eu estava na casa de Drew.

Porém, conforme eu ficava mais desperta, fui percebendo que as vozes formavam palavras. E uma delas era bem parecida com a de Drew.

Eu me sentei, olhando ao redor do quarto. O sol entrava pela claraboia. Eu não tinha a menor ideia da hora, porque o único relógio dele era digital, e, como não tinha luz, a tela estava apagada, assim como a do meu celular.

O lado de Drew na cama estava vazio, suas roupas haviam sumido. O único sinal de que ele tinha estado ali eram os lençóis jogados para o lado e a porta de correr aberta. Como não havia nenhum cachorro na cama comigo, imaginei que ele devia ter ido à praia com os quatro. Era de lá que as vozes pareciam vir.

Eu me enrolei em um lençol e segui descalça até o deque para ver o que estava acontecendo. Apesar de parecer ser muito cedo — o sol permanecia baixo no céu —, o calor já queimava. Protegendo os olhos com uma das mãos, olhei para o mar...

... e quase morri de susto.

A praia romântica particular que dividi com Drew agora estava cheia de SUVs, escavadoras e caminhões brancos da Companhia de Energia Elétrica de Little Bridge.

Não dava nem para imaginar como consegui dormir durante aquilo tudo. Pelo visto, eu havia sido nocauteada pelo excesso de sexo bom.

Vi um monte de pessoas de macacão laranja removendo as pilhas de algas com ancinhos. Drew conversava com o líder deles, que estava longe demais para eu conseguir identificar. Corri para dentro de casa e entrei debaixo do chuveiro.

Quando desci até a praia, empunhando uma xícara de café — Drew fora prestativo e havia deixado um bule cheio na churrasqueira, junto com metade de um burrito de café da manhã para mim, que devorei rapidamente —, logo vi com quem ele falava. Era Ryan Martinez, o delegado adjunto. Os homens de macacão laranja que retiravam as algas eram presidiários, que estavam sob supervisão dele. Presidiários da cadeia de Little Bridge!

Quase engasguei com o café quando entendi isso.

— Bom dia, Bree — cumprimentou-me Ryan em um tom amigável.

Ele me viu chegar primeiro, já que Drew estava de costas para mim. Drew se virou e sorriu ao dar de cara comigo, todo feliz, mesmo enquanto eu tossia.

— Oi, Bree — disse ele.

Eu tinha me recuperado o suficiente para notar que os lábios de Ryan se repuxavam de divertimento diante da visão do meu cabelo molhado e da xícara de café. Sem dúvida, a notícia de que eu obviamente tinha passado a noite com Drew Hartwell logo se espalharia pela ilha, apesar de não haver sinal de celular. Na Ilha de Little Bridge existia algo mais rápido do que mensagens de texto e redes sociais. Ryan iria para casa e contaria à namorada o que tinha visto, e ela contaria para todas as pessoas que conhecia, que, por sua vez, também contariam para todas as pessoas que conheciam, e assim por diante.

Eles chamavam isso de o Expresso do Coco, e eu estava prestes a me tornar sua principal manchete.

Eu não me importava, e, pelo visto, Drew também não, porque passou um braço ao redor da minha cintura e me puxou para o seu lado, me dando um beijo forte no topo da cabeça.

— Dormiu bem? — perguntou ele.

Sorri. Não consegui evitar. Eu nunca tinha me sentido tão feliz na vida.

— Muito bem — respondi. Mostrei minha xícara. — Essa história de café na churrasqueira vai me deixar mal-acostumada.

— É o melhor método — disse Drew com um sorriso igualmente largo.

Ryan pigarreou, educadamente afastando o olhar dos dois bobos apaixonados ao seu lado. O que fez com que ele prestasse atenção no presidiário que também nos encarava, levando-o a gritar:

— Hobart! Você está achando que isso aqui é uma colônia de férias? Vai trabalhar! — Quando ele se virou na minha direção, deve ter notado meu olhar curioso para os trabalhadores de macacão laranja, porque explicou: — Ontem à noite, o governador pediu pra gente deixar os detentos condenados por crimes menores, não violentos, ajudar na recuperação do furacão. O delegado está com um grupo enorme no aeroporto, pra liberar as pistas.

Felizmente, eu não tinha tomado outro gole de café, ou teria me engasgado de novo.

— Sério? Isso é, humm... o procedimento padrão?

Eu já sabia a resposta. Não era. O governador só fez aquilo por causa da minha mãe.

— Bom, não é comum — respondeu Ryan. — Mas já aconteceu antes. Os detentos gostam. Trinta dias de trabalho reduzem a pena deles em três dias... mas não vamos fazer isso por muito tempo, porque não tem tanto trabalho assim, e as penas de todos são menos de um ano.

Humm... isso fazia sentido. O plano parecia beneficiar todo mundo... menos Rick Chance, talvez, que estava próximo de nós com seu ancinho, olhando para Socks. Todos os cachorros de Drew entravam no mar e depois saíam, felizes, correndo atrás das bolas de tênis que Drew jogava distraidamente para eles.

E Socks era o mais animado de todos.

— Aquele é o meu cachorro? — perguntou Rick em um tom descrente, parecendo chocado com a diferença entre aquele ser bonito e confiante que estava vendo e o sujismundo patético que havia passado tantos meses deitado embaixo de seu banco no bar.

O delegado adjunto respondeu rápido, antes que Drew conseguisse abrir a boca:

— No seu depoimento, você disse que não tinha cachorro, Rick.

Rick tratou de voltar para o trabalho.

— Não tenho. Não tenho.

— Então tenta não ficar mudando de história. — Para mim, Ryan disse: — O Drew contou que você organizou tipo um resgate de animais pro pessoal que está preso do outro lado da ponte?

Chocada, falei:

— Ah! Sim. Organizei. — Eu não estava acreditando que Drew ficara falando de mim. — Quer dizer, se não tiver problema...

— Não tem problema nenhum — respondeu o delegado adjunto. — Achei ótimo. Os engenheiros disseram que pode levar de oito a dez dias até que a ponte seja consertada. A gente vai precisar de toda ajuda possível...

— De oito a dez dias! — Fiquei surpresa. A maioria das casas que tínhamos visitado só tinha comida suficiente para dois ou três dias. — As rações vão acabar. Será que o Frank da mercearia vai demorar pra abrir de novo?

Drew franziu a testa.

— O Frank também evacuou a ilha com a família.

Fiquei horrorizada.

— Onde eu vou arrumar comida pro tanto de cachorros e gatos que as pessoas deixaram pra trás? — Olhei para o delegado adjunto. — Será que o Frank ia achar ruim se eu fosse até o mercado, pegasse as coisas de que preciso e pagasse depois?

Ryan já fazia *não* com a cabeça, sem acreditar, quando Drew passou um braço sobre meus ombros.

— É melhor a gente deixar o policial fazer o trabalho dele, não acha, Bree? — sugeriu ele, me guiando na direção da casa. — A gente se fala, Ryan. Valeu pela ajuda.

— Disponha. — O delegado adjunto olhou para sua equipe improvisada. Um dos integrantes tirava um intervalo de descanso por conta própria, apoiado no ancinho e dando em cima de uma das funcionárias da empresa de energia. — Hobart! — gritou o policial. — Vai trabalhar!

Drew assobiou para os cachorros, que deixaram os passarinhos de lado e vieram correndo até nós.

— Parece que temos um dia cheio hoje — disse ele, seus lábios contra meu cabelo.

— Temos?

Eu adorava o peso do braço dele sobre meus ombros. Mais que isso, adorava o jeito íntimo como ele baixou a cabeça para sussurrar ao meu ouvido:

— É claro que temos. Você acha mesmo que eu vou deixar você ficar perambulando pela cidade, levando o crédito por resgatar todos os animais de estimação de Little Bridge sozinha?

Desta vez, não me importei quando ele disse *deixar*. Eu adorava aquela possessividade.

Eu o abracei pela cintura.

— Eu também prefiro assim.

CAPÍTULO 31

VOCÊ FUGIU DO FURACÃO MARILYN? É MORADOR DA ILHA DE LITTLE BRIDGE? DEIXOU UM ANIMAL DE ESTIMAÇÃO PARA TRÁS?

SABEMOS QUE VOCÊ NÃO IMAGINAVA QUE PASSARIA TANTO TEMPO FORA NEM QUE A TEMPESTADE SERIA TÃO RUIM!

LIGUE PARA O ESCRITÓRIO DA JUÍZA JUSTINE E DEIXE UMA MENSAGEM COM SEU NOME, ENDEREÇO, TIPO DE ANIMAL(IS), SUAS NECESSIDADES E UMA FORMA DE CONSEGUIRMOS ENTRAR NA SUA CASA PARA CUIDARMOS DO SEU AMADO TOTÓ!

VAMOS ALIMENTAR, DAR ÁGUA E CUIDAR DO SEU BICHINHO, SEM JULGAMENTOS!

PORQUE A JUÍZA JUSTINE SE IMPORTA!

Vinte e sete. Foi essa a quantidade de pessoas que entrou em contato com a equipe da minha mãe desde que ela postou os detalhes da Missão de Resgate de Emergência de Animais de Estimação pelo Furacão em Little Bridge. Vinte e sete!

Eu não conseguia acreditar que havia tanta gente presa fora da ilha e que tinha deixado seus bichinhos em casa… porém, pelo visto, esse não era o número total.

— A Shawna vai mandar os outros por fax mais tarde — avisou a Sra. Hartwell. Ela fazia cópias das páginas que já tinha. — Espero que você não se incomode com as cópias, mas acho que seria bom montarmos um cronograma. Assim, podemos saber onde estão e como encontrar vocês, e também garantir que os animais recebam comida e passeiem mais ou menos na mesma hora.

Tudo que ela falava fazia sentido, mas a única coisa em que consegui focar foi:

— Fax?

— É, do escritório da sua mãe. Resolvemos que seria mais fácil elas mandarem os nomes e endereços por fax em vez de ficarem lendo a lista. Desse jeito, a gente não precisaria anotar tudo.

Não foi bem isso que eu quis dizer.

— A senhora tem um fax?

— Bom, sim, lógico, pra cafeteria. É pra facilitar os pedidos de estoque.

Ela me deu um maço de papéis. No topo havia uma página de capa, endereçada a Sabrina Beckham, aos cuidados dos Hartwell. O remetente aparecia como Shawna Mitchell, assistente pessoal da juíza Justine Beckham. Por baixo, vi várias páginas com nomes, endereços e observações sobre animais de estimação, suas necessidades e como entrar na casa dos donos, tudo digitado de forma muito organizada.

— O que é isso, tia Lu? — perguntou Drew. Em um lado da biblioteca, a Sra. Hartwell havia pendurado um quadro de cortiça imenso. Nele, estava preso um mapa da Ilha de Little Bridge, cheio de alfinetes coloridos, cada um conectado a uma linha da mesma cor. — Está investigando algum crime?

— Óbvio que não. — A Sra. Hartwell olhou para a lista que segurava. — Cada alfinete representa um animal diferente que precisa de ajuda. Os amarelos são cachorros, os vermelhos são gatos, os verdes são peixes ou répteis, e os azuis são pássaros. Uma pessoa tem um porquinho, então usei branco pra esse. Enfim, achei que seria uma forma fácil de vocês manterem o controle de todas as casas que precisam visitar e dos bairros onde elas ficam. Dá pra ver que a maioria é do lado do golfo. Mas também tem uma boa quantidade aqui, no lado do oceano Atlântico.

Drew ficou parado ali, sorrindo para mim, aparentemente animado com a proatividade da tia.

— Ah, o Ed falou pra vocês usarem isso. — A Sra. Hartwell me entregou um pequeno objeto preto.

— Um walkie-talkie?

— Pois é. — Ela abriu um sorriso radiante. — Era do Drew quando ele era pequeno, mas ainda funciona. Tem alcance de mais de um quilômetro e meio. Conforme mais pessoas entrem em contato, a gente avisa vocês.

O sorriso de Drew era enorme.

— Caramba. Caramba mesmo, tia Lucy. Que legal. Você pensou em tudo.

Eu tinha uma sensação levemente diferente — de vergonha.

— Desculpa por isso tudo. Principalmente por, humm... não estar aqui pra anotar isso tudo.

Essa parecia ser a questão que pairava no ar... o fato de que eu tinha passado a noite fora, aparecendo pela manhã com o sobrinho dela, os dois de cabelo molhado e com sorrisos bobos enormes.

Mas a Sra. Hartwell parecia encantada.

— Não tem problema nenhum! Não podemos deixar os animais passarem fome, podemos? — A Sra. Hartwell sorriu para nós. — Agora, que tal vocês dois pegarem alguma coisa pra comer na cozinha, se estiverem com fome? Acabei de esquentar o que sobrou das enchiladas de lagosta. E depois podem ir. Tem muitos bichinhos precisando de ajuda!

Fizemos o que ela sugeriu — as enchiladas estavam tão deliciosas quanto imaginei —, depois dei um pulo no andar de cima para trocar de roupa e dar o remédio de Gary.

Assim que cheguei, Gary fingiu não me conhecer — eu nunca tinha passado uma noite inteira longe dele —, mas logo cedeu quando o virei de barriga para cima para fazer carinho (e lhe dar o café da manhã).

Eu não queria pensar muito no futuro... era bom aproveitar o presente, só para variar. Mas o que aconteceria se, em algum momento, as coisas com Drew ficassem sérias?

Não que isso fosse acontecer. O que a gente tinha provavelmente era só um casinho bobo.

Mas e se acabasse virando algo mais profundo? Como Gary se comportaria com os Bobs? Ele se dava bem com os pugs de Patrick e Bill, então seria plausível imaginar que o mesmo aconteceria com os cachorros de Drew.

Mas os cachorros de Drew se dariam bem com *ele*? Precisavam se dar, ou não haveria Drew. Simples assim.

Por que eu estava pensando nesse tipo de coisa depois de passar apenas uma noite com o cara? Por que eu ficava super analisando tudo? Não era de surpreender que meus pais nunca tivessem me contado a verdade sobre minha concepção. Qual era o meu problema? Por que eu não conseguia aproveitar as coisas conforme elas aconteciam?

— Ah, oi. — Nevaeh parou na porta do meu quarto, que eu tinha deixado aberta. — Te achei. Aonde você foi ontem à noite?

Ai, que constrangedor. Estava na cara que a sobrinha do meu novo namorado faria essa pergunta.

— Eu estava, humm... por aí.

— Bom, você perdeu. — Por sorte, Nevaeh estava distraída demais no próprio mundinho para prestar atenção no meu. Ela entrou no quarto e se jogou na cama. — O Marquise e o irmão dele, o Prince, vieram ajudar com os coolers da cafeteria, e um pessoal no fim da rua acendeu uma fogueira no quintal e nós fomos convidadas pra assar marshmallows. Nós acabamos indo, e o Marquise disse que meus olhos são bonitos. Foi tão romântico.

Sorri para ela, lembrando como era ser uma adolescente com uma paixonite.

— Que fofo. Você gosta dele?

Ela pareceu surpresa com a pergunta.

— Claro. Todo mundo gosta dele. Ele é superpopular. — Então ela franziu a testa. — A Katie também gosta dele. A Katie gosta *muito* dele.

— Bom, seja você mesma. Basta ser você mesma com os garotos, e todos vão gostar de você.

Ela girou com um suspiro, então esticou o braço pra coçar Gary embaixo do queixo.

— As pessoas vivem dizendo isso, mas não entendo o que significa ser eu mesma. Tenho quinze anos. Nem sei direito quem eu sou!

Tive de soltar uma risada.

— Eu sei quem você é. Você é a Nevaeh Montero, futura estudante do segundo ano do ensino médio, que, pelo que me contam, só tira dez, ama muito a família e se mata de trabalhar na cafeteria dos tios.

Ela suspirou.

— É, viu só? Se o mundo fosse justo, todos os garotos me amariam. Eu tiro notas ótimas e tenho um emprego. Que homem não iria querer uma mulher inteligente que ganha seu próprio dinheiro?

Quem dera a vida fosse assim, pensei. Em vez disso, falei:

— Deus te ouça. Você pode me fazer um favor e tomar conta do Gary hoje de novo? Preciso ir cuidar dos animais de outras pessoas com o seu tio Drew.

— Claro. — Nevaeh apontou o dedo na direção de Gary, que foi se esfregar nele. — Você tem passado muito tempo com o meu tio Drew ultimamente. Você gosta dele ou algo assim?

Não consegui controlar meu sorriso.

— Gosto. Você acharia estranho se nós dois… saíssemos?

Ela sorriu.

— Não. Acho que seria bom. Já está na hora de ele arrumar uma namorada normal.

Eu não sabia se gostava de ser chamada de "normal" nem se aquilo era uma confirmação de que eu tinha sido aprovada. Mas, levando em consideração a pessoa com quem eu estava falando, era provável que não conseguisse nenhum comentário melhor.

— Valeu, Nevaeh — falei, e me levantei da cama no mesmo instante em que Drew enfiava a cabeça no vão da porta do quarto.

— Do que vocês duas estão falando aí?

— De você — respondeu Nevaeh sem hesitar nem um segundo.

— Nem imaginei que o assunto fosse outro. — Drew jogou alguma coisa no chão. Duas coisas, na verdade. — Aqui, Bree, experimenta.

Eu fiquei olhando.

— Botas de trilha?

— É, são da minha irmã. Acho que vocês calçam o mesmo número. Levando em consideração o que vamos fazer hoje, acho que você precisa de sapatos mais resistentes.

Eu me encolhi.

— Ah, não. Meus tênis servem.

— Você se lembra do cesto de vime que te atacou na casa da sua senhoria? Se você estivesse de botas, não teria se machucado. Experimenta.

Ele tinha razão. Então, depois de certa relutância, calcei as botas Timberland da irmã dele. E fiquei decepcionada quando elas couberam direitinho.

— Ah, os sapatos da minha mãe combinaram com você — comentou Nevaeh. — Você meio que parece uma Lara Croft de cabelo rosa.

Escolhi encarar isso como um elogio.

— Então tá — falei. — Bom, é melhor a gente ir. Temos que cuidar de muitos bichos.

— Eu me ofereceria pra ir junto — disse Nevaeh —, mas o tio Ed falou que precisa da minha ajuda na cafeteria de novo. Ele vai servir comida o dia todo, até o toque de recolher.

O tom dela sugeria que aquilo era um sacrifício imenso, mas eu não me convenci.

— E imagino que o Marquise também vai ajudar — provoquei.

Ela desviou o olhar de mim, dando de ombros.

— Sei lá. Talvez.

Mas notei que ela havia feito chapinha no cabelo para dar um brilho extra, o que desmentia a fachada de indiferença.

Nós pegamos a caixa de ferramentas de Drew e a ração extra que conseguimos com os Hartwell e seus vizinhos generosos, montamos na scooter e seguimos para as primeiras casas da lista da Sra. Hartwell.

Não parecia haver um denominador comum entre as pessoas que tinham deixado seus animais para trás. Não eram apenas estudantes como Sonny e Chett. Também eram viúvas ricas, porém levemente senis, que moravam em mansões parecidas com a da Sra. Hartwell e que tinham deixado seus amados gatos aos cuidados de filhos imprestáveis que os abandonaram. Ou famílias grandes e amorosas que não tinham espaço no carro para o aquário imenso (tanto o gato como os peixes estavam bem, apenas famintos).

Então havia as casas onde não achamos nenhum sinal de bichos de estimação. Nada de tigelas de comida, caixas de areia, coleiras, brinquedos ou pelos. Essas pertenciam a mentirosos que queriam entrar na lista para que alguém fosse até lá a fim de verificar os estragos. Como não havia outra forma de se comunicar com os habitantes da ilha — a menos que você conhecesse alguém que tivesse uma linha de telefone fixo em casa ou um telefone via satélite —, algumas pessoas alegaram ter animais para que a gente fosse até lá ver se a casa continuava de pé, depois de assistirem na televisão às notícias dramáticas sobre a situação precária da ilha.

Decidimos que, como castigo por desperdiçarem nosso tempo, elas ficariam sem resposta.

Já em relação a outras casas, no entanto, as notícias não eram tão boas, e os motivos por trás da decisão dos donos de abandonar os animais não eram tão fáceis de entender.

— Ei, eu conheço essa — disse Drew quando paramos na frente de uma pequena residência no estilo "casa de concha", perto da marina. Esse tipo de arquitetura era muito usado no fim do século XIX por imigrantes das Bahamas e era conhecido por suas molduras de madeira, janelas grandes e pés-direitos altos, tudo pensado para trazer mais frescor em uma época que não havia ar-condicionado.

— Ah, é? — Olhei para a lista que tinha sido enviada por fax. — Você conhece o Duane Conner?

— Sim, conheço o Duane. — Drew já havia saltado da scooter e seguia para a casa. — Ele tem dois pitbulls. Sempre encontro com eles na praia dos cachorros.

Tirei o capacete. O dia estava quente, e eu suava sob ele.

— Tem uma praia dos cachorros? Achei que você morasse na praia dos cachorros.

— Não, é outra praia, no lado do golfo, onde eles podem ficar sem coleira. O Duane sempre vai lá. Eles são bons cachorros, só um pouco brutos quando o dono não está por perto. Tem certeza de que estamos no lugar certo? — Ele parou no meio de um quintal destruído pela tempestade, encarando a casa. — O Duane nunca iria embora sem o Turbo e o Orion.

Verifiquei a lista.

— Aqui diz que o Duane estava fora da cidade quando o furacão passou e deixou o irmão, Max, cuidando dos cachorros, e que o Max ligou falando que ficou com medo e foi embora sem os dois.

Assim que ouviu o nome de Max, Drew balançou a cabeça com raiva.

— Droga. É, faz sentido. O Max não presta pra nada. Tudo bem, vamos. Como a gente vai entrar?

— Não vamos entrar — respondi, sentindo o nervosismo crescer na minha barriga. — Diz aqui que o Max pode ter deixado os cachorros presos na varanda de trás.

Drew falou um palavrão.

E foi lá que os encontramos — depois de pular o muro nos fundos. Dois pitbulls parecendo muito tristes. Pela linha de água ao redor da casa, dava para ver que o nível de alagamento do lugar tinha alcançado a varanda e que os cachorros foram obrigados a nadar por um tempo durante a tempestade.

Porém a água havia descido, e os cachorros agora estavam bem.

Mas já fazia algum tempo que eles não comiam, já que a ração deixada por Max tinha sido levada pela enchente.

Os cachorros ficaram doidos de alegria ao nos ver, latindo e ganindo.

— Da próxima vez que eu encontrar com ele, vou matar o Max — disse Drew, enquanto olhava para os cães desgrenhados, balançando os rabos com uma alegria deprimente.

Apertei os lábios para não dizer algo de que me arrependeria depois.

— Pelo menos ele foi sincero — preferi dizer, despejando a ração de gato que trouxemos nas tigelas dos cachorros.

Era a única comida que tínhamos, doada pela Sra. Hartwell. Ela guardava o saco para os gatos que viviam na igreja no fim da rua, que estavam todos bem.

Os cachorros não se importaram com o tipo da ração. Eles devoraram a comida na mesma hora, depois olharam para nós, pedindo mais.

— Pelo menos ele contou a verdade ao Duane... disse que abandonou os cachorros, e o Duane ligou pra gente.

— Não estou nem aí se o Max falou a verdade — disse Drew, soltando a guia dos cachorros da balaustrada da varanda. — Vou matar ele mesmo assim. E vamos levar os dois. Eles são meus cachorros agora.

— Não são, não. — Drew dizia isso em quase todas as casas onde entrávamos. — Você pode levar eles pra dar uma volta, ou ficar na casa da sua tia, se quiser, até o dono voltar. Mas não dá pra você ficar com todos os bichos que a gente encontra.

— Vou ficar com eles até o Duane voltar. Só entrego eles pro Duane. E, se eu encontrar com o idiota do Max, vou matar ele.

— Pelo menos o Max contou a verdade ao irmão, pra ele ligar pra gente — repeti.

Eu não queria pensar em quantos donos de animais que ainda não tinham visto nem ficaram sabendo do post da minha mãe e ainda não tinham entrado em contato.

Enquanto eu dizia a mim mesma que não pensasse nisso, ouvi um som. Parecia vir do céu. Olhei para cima bem a tempo de ver um avião grande, cinza-escuro. Ele voava muito baixo. Era o primeiro objeto criado pelo homem que eu escutava voando desde o furacão, e ele voava muito baixo mesmo.

— Avião de carga militar — disse Drew, respondendo à pergunta que não fiz. — Devem ter liberado a pista.

— Será que é a Agência Federal de Gestão de Emergências? — perguntei, esperançosa. Se fosse o caso, talvez o avião tivesse ração a bordo.

— Duvido. Geralmente, mandam militares primeiro. Mas é uma boa notícia mesmo assim.

Para mim, não era. Aquilo significava que minha mãe podia cumprir sua ameaça de vir.

— Em quantas casas já fomos? — perguntou Drew, batendo na lista que eu havia tirado da mochila.

— Ah. — Contei. — Vinte. Temos outras sete. Depois, acho melhor voltarmos pra sua tia pra ver se recebemos mais algum fax. Tenho certeza de que sim.

Ele pareceu desanimado.

— *Mais?* Impossível ter mais.

Sorri para ele.

— Por quê? Você está pronto pra voltar a restaurar janelas históricas?

Ele fez uma careta para mim, pegando as coleiras dos cachorros agora bem mais animados.

— Nada disso. Adoro nosso novo negócio... mesmo que ninguém pague a gente. Só seria melhor se isso envolvesse menos animais com fome e mais tempo com você, de preferência na minha cama.

Sorri.

— Acho que podemos dar um jeito nisso. Depois que formos a todas as casas.

O restante dos animais da lista estava bem, e precisava apenas de um pouco de atenção — como a gata preta e branca que só queria ficar no nosso colo e ganhar carinho (acabou que descobrimos que um vizinho estava cuidando dela, mas não tinha como entrar em contato com a dona para avisar). Na casa seguinte, uma poodle também recebia cuidados dos vizinhos e só queria brincar de pegar a bola com a gente, porque estava entediada. As duas tinham comida para pelo menos mais um dia... porém, depois disso, teríamos problemas.

— Eu realmente acho — falei para Drew enquanto subíamos os degraus da última casa da lista, com os pitbulls do amigo dele nos seguindo depois que ele insistiu em trazê-los — que é melhor invadir a mercearia do Frank e pegar o que precisamos. Sei que ele não ia ficar bravo. Ele também gosta de animais. Fiquei sabendo que ele tem um boxer.

Tive de aumentar meu tom de voz, porque, enquanto eu falava, outro avião passou. Uma série de aviões de carga, hidroaviões e helicópteros passava o tempo todo, tantos que era quase impossível ouvir meus próprios pensamentos. Parecia que estávamos em Casablanca, como no filme clássico em preto e branco com o mesmo título, mas com aviões chegando, não partindo, e sem nenhuma palmeira com folhas.

A casa onde estávamos era uma imponente mansão vitoriana mais velha, parecida com a dos tios de Drew. Pintada de um tom bonito de azul com detalhes em creme, não parecia ter sido muito afetada pelo furacão. As placas que protegiam as vidraças já haviam sido removidas, o que era estranho para um lugar que estava vazio, e havia um conjunto de cadeiras de vime brancas novas na varanda.

— A gente não vai invadir a mercearia — disse Drew enquanto os cachorros corriam para subir os degraus na sua frente, animados. — A farmácia vai abrir logo. Apesar de eu não querer dar meu suado dinheirinho pra um conglomerado corporativo, podemos comprar ração...

Enquanto ele falava, uma figura que eu não havia notado se levantou de uma das cadeiras da varanda e se enfiou na minha frente.

— Oi, Sabrina — disse Caleb.

CAPÍTULO 32

Devido às inundações e aos danos causados pelo furacão Marilyn, o Departamento de Saúde da Flórida aconselha residentes a tomarem precauções contra água não potável. A água da bica pode conter organismos causadores de doenças e não ser segura para o consumo. É MELHOR PREVENIR DO QUE REMEDIAR!

Fiquei tão chocada que quase caí da escada.

— O... o que você está fazendo aqui?

Minha mente girava. Aquilo não fazia sentido. Por que Caleb estava em Little Bridge? Como ele sabia que eu estaria naquela casa? E por que ele estava usando jeans branco e uma camisa cor-de-rosa da Lacoste em uma região que havia acabado de ser atingida por um furacão?

— Você sabe por que eu estou aqui, Sabrina — respondeu Caleb. Seu rosto bonito e expressivo estava cheio de angústia. — De que outro jeito eu conseguiria te ver? Você não atende quando eu ligo. Você não responde minhas mensagens. Você...

— Não tem sinal de celular.

— Eu estava falando de antes.

Antes de ele conseguir dar mais um passo na minha direção, Drew veio feito uma bala, segurando Caleb pela gola da camisa e empurrando-o contra a porta com pintura decorativa da casa.

— Olá — disse Drew com uma falsa alegria enquanto os dois pitbulls imediatamente enfiavam os focinhos na virilha de Caleb e começavam a cutucá-lo com as patas, soltando latidos animados. — Você já foi apresentado aos meus cachorros?

Caleb fez uma careta e tentou se libertar, mas não havia para onde ir com Drew pressionando-o com tanta firmeza contra a porta e o hálito quente dos pitbulls em sua cintura.

— Eu... eu não te conheço. Você pegou a pessoa errada, cara.

— Acho que não — rebateu Drew, com o rosto a centímetros do de Cal. — Você se chama Caleb, né?

Caleb, ainda tentando se esquivar, já que Drew continuava grudado nele e os cachorros não largavam suas partes íntimas, lançou um olhar de súplica para mim.

— Sabrina, quem é esse cara?

— Ele é meu novo amigo, o Drew. — Meu coração ainda batia disparado com a surpresa do encontro, mas seu ritmo diminuía agora, e eu me sentia capaz de apresentar o homem alto, moreno e bonito para o homem alto, louro e bonito. — Drew, esse é o Caleb. Caleb, Drew.

— E aí, cara? — disse Drew, passando a segurar a gola da camisa de Caleb com um pouco menos de força, apesar de os cachorros continuarem latindo e o cutucando. — Talvez você possa me explicar um negócio. Sabe, a gente veio dar comida pra um gato nessa casa. Ou talvez seja um cachorro. O que era, Bree, um gato ou um cachorro?

Dei uma olhada na lista.

— Um gato.

— Pois é — disse Drew, agora segurando Caleb sem nenhuma força, já que os cachorros o mantinham encurralado. — Mas aí a gente chega aqui e encontra você. Cadê o gato, Cal?

Caleb parecia apavorado.

— Não existe gato nenhum, tá? Eu vi o post da juíza ontem à noite e aproveitei a oportunidade. Essa casa é do meu primo. Ele disse que eu poderia vir pra cá sempre que quisesse...

Balancei a cabeça, impressionada.

— Como você chegou aqui?

— Vim pra Miami, depois peguei um hidroavião. Estão permitindo a entrada de qualquer um que traga comida ou suprimentos médicos. A gente trouxe um bando de antibióticos. Conheço um médico. Escuta, Sabrina, você pode pedir pra esse cara recolher os cachorros? Eu preciso...

— *A gente?* — Meu coração foi tomado por algo frio. — *A gente* quem?

Caleb suspirou.

— Tá, beleza. O Kyle também veio.

O frio se transformou em um pânico gélido.

— O quê? Achei que ele estivesse na reabilitação.

— Ele estava. Mas saiu.

— *Saiu?* Ou resolveu ir embora?

— Ele resolveu ir embora. Escuta, eu não gosto de cachorros, será que não dá pra...

— Segura aqui. — Drew me passou as guias dos cachorros, depois se virou para Caleb. — Cadê o babaca?

— Escuta, não é o que vocês estão pensando. O Kyle mudou. Ele admitiu o que fez com você, que errou. Foi por isso que ele veio. Pra se desculpar.

— Ele pode se desculpar comigo — disse Drew, enfiando o queixo na cara de Caleb.

— Meu Deus, Sabrina, quem *é* esse cara? — questionou Caleb. — Pede pra ele dar um tempo, tá?

Eu tinha conseguido puxar os cachorros para longe — mas foi difícil, porque eles eram bem fortes — e estava amarrando as guias na balaustrada da varanda.

— Não. Ele é meu amigo. E é um amigo muito melhor do que você foi. Ele sabe de tudo o que aconteceu e não acha que eu exagerei.

Cal, parecendo sentir que corria cinquenta por cento menos de perigo agora que os cachorros estavam amarrados, se recostou na porta, exibindo uma expressão envergonhada.

— Escuta, a questão não foi eu achar que você tinha exagerado. Eu só queria que você tivesse sido um pouco mais compreensiva. Você sabe que o Kyle sempre teve um problema de vício...

— Então isso significa que ele pode sair atacando mulheres enquanto elas estão dormindo? — rebateu Drew.

— N-não. De jeito nenhum. — Os olhos de Cal se arregalaram. — Você tem razão. Isso não devia ser desculpa. É só que, de vez em quando, ele é um pouco...

Eu não aguentava mais ouvir aquilo.

— Cadê ele?

Drew me encarou como se eu fosse doida.

— Você não vai falar com ele, vai?

— Vou — respondi —, vou. — Para Caleb, repeti: — Cadê ele?

Caleb parecia nervoso.

— Lá dentro. Na cozinha. Mas, Sabrina, acho melhor eu ir com...

— Fica aqui e vigia ele — falei para Drew. — Já volto.

Drew balançou a cabeça.

— Ah, não. Não vou deixar você ir sozinha.

Ajeitei a mochila no ombro.

— Vou ficar bem. Confia em mim. Preciso fazer isso.

O nervosismo de Drew não amenizou, porém algo no meu rosto deve ter indicado que eu falava sério, pois ele parou de insistir.

— Tudo bem. Mas leva os cachorros, pelo menos.

— Não. — Balancei a cabeça e dei um tapinha na mochila. — Isso basta. Não importa o que você escutar, não entra.

Caleb lançou um olhar preocupado para mim e Drew.

— O que isso quer dizer?

Drew deu de ombros.

— Que ela quer assentar as coisas.

Sorri, surpresa por ele se lembrar.

— Pois é.

— Então é ela quem manda. Bree... — Drew enfiou uma das mãos em um dos seus muitos bolsos, então me ofereceu um objeto preto pequeno. — Aqui.

Aceitei. Era o walkie-talkie que sua tia nos deu.

— Ah — falei. — Ótimo, valeu. — Eu não tinha nenhuma intenção de usá-lo, mas o coloquei dentro da mochila mesmo assim. — Se eu não voltar em cinco minutos, pode mandar os cachorros.

Drew assentiu. Ele parecia mais tranquilo por isso do que com o fato de eu estar com o walkie-talkie.

— Combinado.

— Espera. — Caleb não parecia nada tranquilo. — O quê? Como assim, pode mandar os cachorros? Não entendi. O que está acontecendo? O que isso quer dizer?

— Não se preocupa — falou Drew. — É só você ficar aqui comigo, se não quiser se machucar.

— Machucar? — Ouvi Caleb choramingar enquanto eu seguia para a porta atrás dele. — Ela vai machucar alguém?

— Talvez. — Drew soava entediado. — O que você vai fazer, chamar a polícia? Será que *isso* não é exagero? Se você quiser sair correndo pela rua, gritando por ajuda, pode ficar à vontade. Não vou te impedir. Talvez os cachorros façam isso, mas eu, não.

Fechei a porta atrás de mim. O ar dentro da casa estava gelado, e me dei conta de que havia um gerador, apesar de ele ser bem mais silencioso que o dos Hartwell. O interior era decorado com os mesmos tons praianos suaves da fachada, mas era muito elegante, com as paredes de pinho livres de tinta e envernizadas, brilhando, do jeito que sempre imaginei o interior de um caixão antiquado. Todos os equipamentos eletrônicos eram novos, mas ficavam discretamente escondidos em nichos e painéis na parede, para não destoar da arquitetura do século XIX.

O sol do fim da tarde entrava na cozinha, nos fundos da casa, por portas duplas de vidro que haviam sido abertas para revelar uma piscina comprida que não parecia ter sido atingida pela tempestade — ou, se tivesse, alguém havia sido contratado para limpá-la. Do outro lado dela havia uma parede alta, de azulejos pretos, da qual caía uma cachoeira que já havia voltado a funcionar, consumindo a preciosa energia elétrica do gerador.

Kyle estava de costas para mim. Ele preparava um jarro de margarita.

— Pelo visto, a reabilitação foi um sucesso — comentei da porta, soando sarcástica.

Ele se virou, surpreso, então abriu um sorriso enorme. Ele também estava vestido no auge da elegância dos Hamptons, com uma calça jeans branca apertada, um suéter de cashmere bege jogado por cima dos ombros, com a diferença que sua camisa era amarela. Talvez ele fosse ainda mais louro que Cal, e com certeza estava mais bronzeado. A reabilitação havia sido boa.

— Sabrina! — exclamou ele. — Adorei o cabelo.

— É mesmo? Que bom. — Enfiei a mão dentro da mochila e peguei a arma que Ed havia me emprestado. Enquanto Kyle observava, de olhos arregalados, soltei a trava de segurança e apontei para ele. — Pro chão.

Ele explodiu em uma gargalhada.

— Você só pode estar brincando.

Mirei na garrafa de José Cuervo na bancada atrás dele e puxei o gatilho. A garrafa explodiu em mil cacos de vidro, sem que nenhum parecesse acertá-lo, levando em conta a trajetória da bala, que atravessou a garrafa, as portas de vidro e entrou na parede de azulejos pretos atrás da cachoeira.

Kyle gritou mesmo assim e cobriu a cabeça com os braços, tentando se proteger.

— Pro chão — repeti, quando ele parou de gritar. Eu mal conseguia escutar minha própria voz com o estrondo do tiro.

— Ai, meu Deus — choramingou Kyle. — Ficou doida, sua piranha burra? Você podia ter me matado.

— Não — respondi, calma —, mas vou fazer isso se você não for educado comigo. Agora, pro chão ou vou mirar em você e não na tequila da próxima vez.

Com relutância e com as mãos para cima, ele se ajoelhou. A dificuldade do movimento era nítida, por sua calça ser tão justa.

— Desculpa. — Ele pareceu estar me levando mais a sério agora. — Eu te chamei de piranha sem querer.

— Espero que tenha sido sem querer mesmo, ainda mais porque, pelo que fiquei sabendo, você veio aqui pra se desculpar.

— Sim! — Ele parecia só ter se lembrado disso agora. — É o passo nove! Estou aqui pra fazer reparações com aqueles que magoei enquanto eu bebia.

— Aham — falei. — Só é meio difícil acreditar nisso, levando em conta que você está bebendo agora.

— Bom. — Ele olhou para os cacos de vidro que cobriam o chão de azulejos pretos às suas costas. — Pois é. Sei que não estou passando a melhor impressão. Mas ninguém é perfeito.

— Isso é verdade — concordei. — E quem sou eu pra julgar? Só que, no seu caso especificamente, vou julgar, sim. Não aceito seu pedido de desculpas, Kyle.

— Sabrina. Sério. Foi tudo um mal-entendido. Me deixa explicar, por favor. Sabe, naquela manhã na casa do Caleb, eu estava fora de mim. Eu estava bêbado, ou fumei um baseado ruim, ou estava sonâmbulo, sei lá.

— Sério? E eu pedir pra você sair de cima de mim não te ajudou a acordar?

— Bom, você não me pediu pra sair. Você me disse que queria sair pra jantar…

— Que interessante — comentei. — Você estava tão bêbado, mas se lembra dessa parte.

Ele pareceu confuso.

— Então você não queria sair pra jantar? Porque, na verdade, sempre achei que rolava um clima entre a gente...

— Não, Kyle, não rolava e não rola. Eu só disse aquilo pra você sair de cima de mim. Acaba que as mulheres falam muitas coisas que não querem dizer pra se livrar de babacas como você. Mas vou te dizer uma coisa agora: se algum dia, em qualquer momento, eu ficar sabendo que você encostou em alguma garota, ou em qualquer pessoa, independentemente do sexo, contra a vontade dela, eu vou te achar, não importa onde você estiver, e vou te matar. E ninguém vai me pegar, porque eu sei como esconder corpos de jeitos que ninguém os encontraria. E, mesmo se encontrassem, tenho certeza de que nenhum tribunal nesse país me condenaria, porque você é tão idiota que todo mundo ficaria feliz com a sua morte. Está me entendendo, Kyle?

Ele concordava vigorosamente com a cabeça.

— Sim. Sim, entendi. Mas, mesmo assim, posso dizer que sinto muito, de verdade? Naquela manhã, eu estava fora de mim... foi tudo culpa das drogas. E da bebida. Acho que você está pegando muito pesado. No fim das contas, nada aconteceu...

— *Nada?* — Quase dei um tiro nele. — *Nada?* Acho que você quer dizer nada pra você. Nada aconteceu com *você*. Eu não conseguia dormir por causa do que você fez. Eu abandonei a faculdade por causa daquilo. — Fui chegando cada vez mais perto dele, aproximando o cano da pistola de sua cabeça. — Eu mudei de estado por causa daquilo. Passei meses brigando com a minha mãe por causa daquilo. Você pode não ter me machucado no sentido físico, Kyle, mas você e o Cal e todo mundo que ficou dizendo que *nada* tinha acontecido acabaram comigo, me fazendo pensar que era eu quem estava errada por ter ficado tão nervosa por uma coisa que vocês diziam ser *nada*. Mas quer saber? Eu não estava errada. Porque não foi simplesmente *nada*. E sabe qual é a pior parte? Pra fugir desse *nada*, eu tive que aceitar sair com você, só pra te convencer a tirar seu corpo nojento, fedido e idiota de cima de mim, quando a verdade é que você é a última pessoa no mundo com quem eu iria pra qualquer lugar. E esse tempo todo, no seu cérebro minúsculo estúpido, você achava que eu *gostava* de você? Você é burro?

O cano da pistola estava apontado para a têmpora dele. Kyle permanecia ajoelhado, paralisado, assustado demais para mover um músculo.

— Não — disse ele. — Agora eu tenho toda a certeza do mundo de que você não gosta de mim e que a gente nunca vai sair. Desculpa, Sabrina. Desculpa mesmo.

Como ele finalmente soava sincero, acionei a trava de segurança e guardei a pistola na mochila.

— Que bom. Nunca mais chega perto de mim. Entendeu?

Ele engoliu em seco. Parecia que finalmente havia compreendido.

— E-entendi.

— Ótimo. Adeus pra sempre.

Eu me virei e saí da casa. Lá fora, Drew estava apoiado em uma das colunas da varanda, examinando as cutículas, enquanto Caleb havia voltado à cadeira de vime, lançando olhares desconfiados para os pitbulls, que ofegavam enquanto o encaravam, sentados.

Drew ergueu o olhar quando eu saí.

— Tudo bem? — perguntou ele, animado.

Sorri.

— Acho que nos entendemos. Obrigada por perguntar.

Caleb quase explodiu da cadeira — mas permaneceu a uma distância segura de nós, graças aos pitbulls.

— O que foi aquele barulho? — Seus olhos estavam tão arregalados que quase pularam do rosto, e sua pele brilhava de suor nervoso. — Foi um tiro? Você atirou nele?

— Não seja ridículo. — Afastei uma mecha do meu cabelo da nuca. Estava muito quente do lado de fora. — Ele está bem. Mas expliquei que não aceito o pedido de desculpas e que não quero mais ser amiga dele, nem sua, Caleb. Não gosto de nenhum de vocês, e especialmente não gosto desse plano sorrateiro e mentiroso pra entrar em contato comigo. Vocês foram muito desonestos e desperdiçaram o nosso tempo — apontei para Drew e depois para mim — enquanto estamos tentando fazer um trabalho importante de resgate. Então, por favor, nunca mais entra em contato comigo. — Olhei para Drew. — Vamos embora?

Ele levantou seu corpo comprido da coluna na qual estava encostado, dando de ombros.

— Vamos.

— Tá bom — falei, começando a soltar os cachorros. — Adeus, Cal.

— Espera. — Cal parecia confuso. — É só isso? Vocês simplesmente... vão embora?

— Sim, nós vamos embora. — Tive de passar as guias para Drew, porque os cachorros eram fortes demais para mim. Pelo visto, eles entendiam a palavra *vamos* e, ao ouvi-la, se prepararam para ir embora. Eles praticamente deslocaram meu ombro, me puxando para a escada. — Eu segui em frente, Cal. Sugiro que você faça a *mesma* coisa.

— Mas...

Eu me virei de costas para ele e comecei a seguir pelo jardim da casa até a calçada. Enquanto eu ia andando, Drew esticou o braço e pegou minha mão. Não olhei para trás, apesar de Caleb continuar chamando:

— Sabrina! Sabrina, eu preciso... Sabrina!

— Continua andando — disse Drew baixinho.

— Eu sei — sussurrei para ele. — Não precisa me dizer.

— Esse cara tem algum problema.

— Sem dúvida.

— Por que você saía com ele?

— Humm... eu podia te perguntar a mesma coisa sobre a dona Sal Cor-de-Rosa.

— Pelo menos ela não usava Lacoste.

— Deixa de ser chato. Isso ainda está na moda em alguns lugares.

— Onde?

— Sei lá.

— Sabrina!

Nós conseguimos virar a esquina para a rua onde paramos a scooter sem que Caleb ou Kyle viessem atrás da gente. Eu segui na moto — devagar — enquanto Drew vinha com os cachorros, para não traumatizá-los com uma corrida atrás da scooter.

— Então, o que aconteceu lá dentro? — perguntou ele. — Espero que você tenha dado um tiro nele.

— Não. Atirei numa garrafa de tequila.

Ele fez uma careta.

— Não! Coisa boa?

— José Cuervo.

Ele balançou a cabeça.

— É capaz de eles prestarem queixa na polícia. Seu ex parece fazer o tipo.

— Acho difícil. E, mesmo que prestem, você não acha que o delegado tem mais o que fazer agora do que se preocupar com uma garçonete de cabelo cor-de-rosa que atirou numa garrafa de tequila numa casa de veraneio?

Ele pensou no assunto.

— É verdade. Daqui a seis meses talvez ele comece a investigar. Mas, mesmo assim, o que ele faria? Acusaria você de ter feito um disparo ilegal? Tipo, metade da cidade dá tiro pro alto todo Ano-Novo.

Pensei na bala que havia ficado alojada na parede atrás da cachoeira, então resolvi que Caleb podia pagar pelo conserto, se o primo dele percebesse a presença dela.

— Obrigada por me apoiar — falei, esticando o braço para apertar sua mão. — Sei que aquilo foi... esquisito.

Ele pareceu surpreso.

— Como assim? Eu estava pronto pra comer aquele cara na porrada. Não sei por que você não deixou. Agora seria o momento perfeito. Sem polícia, sem punição.

— Mas o problema era meu. Foi bom resolver tudo sozinha.

E tinha sido mesmo. Mesmo que meus métodos tivessem sido questionáveis, eu sentia uma paz esquisita, sem nenhum resquício de ansiedade.

Era uma sensação diferente. Mas boa. Muito boa.

— É — disse Drew. — Você parece meio... calma.

— Graças a você — falei. — Agora, vamos voltar pra casa da sua tia e ver se tem mais alguém na lista. Depois, temos que ir no Chett e nos amigos dele pra ver seus animais. Todos precisam de mais comida e de um passeio.

— Meu Deus, você sabe exatamente o que dizer pra deixar um cara no clima de romance.

Eu ri. Ainda estava rindo, me sentindo melhor do que me sentia em muito tempo — e isso era impressionante, levando em conta o quanto fiquei feliz na noite anterior —, quando cheguei à casa da tia de Drew.

E foi nesse momento que a porta dos Hartwell abriu e minha mãe saiu de lá, abrindo os braços e gritando:

— Sabrina!

CAPÍTULO 33

Garrafas de água e refeições prontas para consumo estão sendo distribuídas pela Agência Federal de Gestão de Emergências no estacionamento do supermercado Publix em um cronograma rotativo. Os suprimentos estarão disponíveis entre 7h - 9h, 11h - 13h e 17h - 19h. Os horários estão sujeitos a mudanças.

— Ai, meu Deus! — Fiquei paralisada.

Minha mãe usava um macacão de voo. Literalmente, um macacão de voo cinza, do tipo que astronautas usam. Só que o dela era de seda e provavelmente da Armani.

— Sabrina, querida!

Minha mãe me abraçou.

Ela era macia e tinha o mesmo cheiro de sempre, de Chanel Nº 5. Receber um abraço da minha mãe acionou algo dentro de mim, uma lembrança na qual eu não pensava havia muito, muito tempo. Demorei alguns segundos para entender que lembrança era essa, e então a compreensão veio, me acertando como um raio: lar.

Mas era tão estranho ver minha mãe na Ilha de Little Bridge. Ela parecia tão deslocada, com seu cabelo louro-claro escovado, suas unhas feitas e seu rosto cuidadosamente maquiado. Sem mencionar o macacão de voo.

Eu não sabia, depois do incidente havia menos de dez minutos com Caleb e Kyle, mais quantos visitantes de fora da cidade eu seria capaz de suportar.

— Querida, fiquei tão preocupada. Você está bem? — Ela se afastou para me analisar, me permitindo lançar um olhar para Drew. Ele estava parado perto do gumbo-limbo, tentando não rir. Eu queria matá-lo. — Ah, querida. Seu cabelo. Está tão... *colorido.*

— Estou bem, mãe — falei entre os dentes. — O que você veio fazer aqui? E o que é isso que está usando?

— Ah, querida — disse ela, segurando minha mão. Sua pele estava fria por ela ter passado tanto tempo no ar condicionado. — Você não vai acreditar. Seu tio Steen conseguiu um espaço pra gente num avião de carga. Não iam deixar a gente vir, porque o governador decretou que esse lugar é uma área de desastre nacional. Então tivemos que trazer suprimentos. Mas não se preocupe, trouxemos um monte de coisas pros seus novos amiguinhos, muitas coisas boas e saudáveis, tipo garrafas de água e legumes frescos, fraldas, e um pouco daquele negócio, como é mesmo que chama...

— Refeições prontas pra consumo.

Ela havia me puxado para dentro, para a sala de estar, onde seu advogado, Steen, trajando um terno de trabalho, empunhava um telefone via satélite, sentado no sofá.

— São rações militares — explicou ele, abrindo um sorriso rápido para mim. — Olá, Sabrina.

— Humm... oi. — Eu não estava conseguindo lidar com tantas pessoas do meu mundo de Nova York no meu mundo de Little Bridge no mesmo dia. Não hoje, justamente hoje, quando eu estava tão feliz por causa de Drew. Não era justo.

Pior ainda, havia outra pessoa, uma desconhecida sentada na outra extremidade do sofá. Era uma mulher pequena, de cinquenta e poucos anos, cabelo louro curto, que usava roupas mais sensatas — short cáqui com uma blusa de gola e botas práticas iguais às minhas — do que minha mãe e Steen.

Ela bebericava uma xícara de café que a Sra. Hartwell, parada nervosa em um canto, devia ter servido, encarando com seriedade o restante de nós através de óculos de lentes grossas, provavelmente se perguntando como tinha se metido naquela furada. Como também segurava um Gary ronronante em seu colo, imaginei que ela estivesse um pouco contente, porque era impossível ter um Gary ronronante no colo e não se sentir feliz.

Mesmo assim, fiquei com pena dela, fosse lá quem fosse, por ter se metido naquela bagunça.

E não só dela — coitada da Sra. Hartwell também. Aquilo era a última coisa de que aquela senhora tão legal precisava, bancar a anfitriã para a juíza Justine enquanto se recuperava de um furacão. O mínimo que eu podia fazer era agilizar a visita.

— Mãe — falei. — Muito obrigada. Tenho certeza de que todo mundo vai ficar muito feliz. Mas onde é que...

— Ah, eu entreguei tudo pro delegado no aeroporto, quando chegamos — disse minha mãe com um ar despreocupado, sem deixar eu terminar a pergunta. — Ele disse que vai começar a distribuição hoje à tarde, no estacionamento de um mercado.

— Isso mesmo. — A Sra. Hartwell apontou de um jeito desgostoso para o rádio de Ed, que estava sobre a mesa de centro. — Avisaram mais cedo no Não Perde e Lambedor de Sapos que vão começar a distribuir comida no estacionamento do Publix às três da tarde pra quem precisar.

— E não é só comida pra humanos. — Minha mãe parecia extremamente orgulhosa de si. — Ração pros animais também, Sabrina, graças a essa senhora. — Ela apontou para a mulher tímida que segurava Gary. — Você sabe quem é ela?

Era óbvio que eu não fazia ideia.

— Humm... não, mãe.

— Essa — disse minha mãe em um tom orgulhoso — é a sua mãe biológica, Sabrina. A Dra. Iris Svenson!

CAPÍTULO 34

Tratamento de emergência grátis para animais de estimação disponível em Little Bridge

A Equipe de Gestão de Emergências Veterinárias está disponível hoje para atender todas as emergências com animais de estimação na Clínica Veterinária. Temos um hospital totalmente funcional, incluindo uma sala de operação.

Todos os atendimentos serão disponibilizados gratuitamente até nossos veterinários locais retornarem.

APENAS ANIMAIS são aceitos.

De repente, senti meus joelhos cederem. Ainda bem que estávamos na sala de estar, onde havia muitas poltronas. Desabei sobre uma delas, perto do sofá, com a cabeça girando.

Minha mãe. A mulher que segurava Gary no colo era minha mãe.

— Espera. — A Sra. Hartwell parecia confusa. — Você tem duas mães, Bree?

— Não. — A Dra. Svenson ajeitou os óculos de lentes grossas, sem parar de fazer carinho em Gary, que esticava e encolhia as patas da frente, todo feliz, tendo o cuidado de não fincar as unhas nos joelhos expostos dela. Ele nunca fazia isso quando estava no meu colo. — Ela não tem duas mães, só uma. É mais correto dizer que sou a mãe doadora dela. Doei o óvulo que gerou a Sabrina. A Sra. Beckham deu à luz e criou ela, então é sua mãe verdadeira.

A Sra. Hartwell ainda parecia confusa.

— Ah.

Drew, que apoiava uma mão reconfortante no meu ombro, me deu um apertão tranquilizador.

— Eu explico pra ela depois — sussurrou ele ao meu ouvido.

Não prestei muita atenção. Eu tinha coisas mais importantes com o que me preocupar.

— Mãe. — Eu não acreditava que ela tinha feito aquilo. Não que eu não estivesse feliz em conhecer minha mãe doadora. Eu só não pretendia fazer isso *agora*, desse jeito, com meu cabelo molhado de suor preso em um rabo de cavalo, usando um par de botas Timberland emprestadas, logo depois de ameaçar o melhor amigo do meu ex-namorado com uma arma. — Você precisava fazer isso?

— Bom, precisava, sim, Sabrina! — Era nítido que minha mãe estava chateada por sua surpresinha não produzir o resultado desejado. — Além de ser sua mãe, a Dra. Svenson é uma nutricionista veterinária muito respeitada! Ela trabalha pro Grupo de Conselho Científico Veterinário! Ainda não entendi exatamente o que é isso, mas tenho certeza de que é muito, muito importante.

A Dra. Svenson olhou para mim com um sorriso tímido que parecia ligeiramente familiar — até eu me dar conta, com um susto, que era igual ao meu.

— O objetivo do Conselho é desenvolver relacionamentos cooperativos entre a comunidade veterinária e vários outros grupos pra aprimorar seus serviços.

É óbvio. É *óbvio* que minha mãe doadora era veterinária. O que mais ela poderia ser?

Sorri para ela — ou tentei fazer isso, de toda forma.

— Estou muito feliz por te conhecer — falei, esticando a mão direita, sentindo que meus dedos tremiam. — Desculpa pela minha mãe. Ela não tem limites.

— Ah, eu sei. — A Dra. Svenson deslizou a mão até a minha e a apertou de leve, enquanto Gary, incomodado com a interrupção do carinho, resmungava. — Eu conheci ela, sabe. E o seu pai. Gostei muito deles. Foi por isso que escolhi os dois. Achei que eles seriam bons pra... bom, pra você. Eu não conheci você na época, é claro, mas... bem, pelo visto, deu tudo certo. Você parece... feliz.

Meus olhos se encheram de lágrimas. Não só por causa do que ela disse. Mas pelo seu toque também. Apesar de serem apenas seus dedos se fechando sobre os meus, a sensação era exatamente igual à do abraço que minha mãe me deu na varanda: como voltar para casa.

Mas como isso era possível? Eu nem conhecia aquela pessoa.

E, mesmo assim, era como se eu a conhecesse desde que nasci. Talvez porque isso fosse verdade: afinal de contas, metade de mim vinha dela.

— Eu *estou* feliz — falei, apertando a mão dela, sem me importar se ela via minhas lágrimas nem se sentia meus dedos trêmulos. — Obrigada. Obrigada pelo que você fez por mim. Estou muito, muito feliz.

Ela sorriu — era um sorriso bem menos tímido agora, mais parecido com o meu quando eu me sentia satisfeita de verdade com alguma coisa — e disse:

— Que bom. E não precisa me agradecer. Eu recebi uma compensação financeira dos seus pais pela minha ajuda e usei o dinheiro pra ajudar a pagar meus estudos. Também teve certo egoísmo na doação, acho. Eu sabia que nunca teria filhos, porque não sou uma pessoa maternal. Mas é um instinto humano básico querer transmitir seu DNA. Então ajudar um casal a ter um bebê parecia a forma mais sensata de fazer isso.

Bom, que coisa. Talvez a gente não tivesse *tanta* coisa em comum assim.

Pelo menos até Gary, completamente enojado por não ser mais o centro das atenções, esticar a pata aveludada e bater na mão de nós duas, soltando um miado irritado. A Dra. Svenson olhou para ele e riu.

— E gostei muito do seu gato — disse ela, fazendo carinho atrás da orelha de um Gary felicíssimo.

— Valeu — agradeci-lhe, rindo também. — Adotei ele no abrigo local. Acredita que ele passou anos lá, sem ser adotado por ninguém?

— Os outros que saíram perdendo. Notei que ele não tem dentes. Estomatite?

— Sim! — Eu não conseguia acreditar que ela tinha reconhecido a doença. Mas, por outro lado, ela era veterinária. — A cirurgia custou mil e duzentos dólares, mas ele ficou bem mais feliz depois.

— Sim, é fantástico como pacientes com estomatite felina ficam melhores depois de extrair os dentes.

— E você nem imagina o que a Dra. Svenson fez, Sabrina — exclamou minha mãe, batendo palmas para chamar nossa atenção. Era nítido que ela sentia que estava perdendo sua plateia, e, para minha mãe, isso nunca era bom. — Como ela é nutricionista veterinária e faz parte dessa grande organização, ou seja lá o que for, ela tem o contato dos responsáveis por todas as empresas produtoras de ração. Então convenceu todos eles a doar comida para o fundo de recuperação do furacão Marilyn! Trouxemos sacos enormes de ração pra cachorros, gatos, coelhos, areia pros gatos... tudo!

— Que ótimo — falei, sorrindo para minhas duas mães. — Nós agradecemos. Vocês nem imaginam o quanto a gente precisava dessa doação. Só temos praticamente um saco de ração pra gatos, que estamos dando pros cachorros.

O *nós* finalmente fez minha mãe perceber Drew parado atrás da minha poltrona. Talvez, com o tempo, ela notasse a presença dele por conta própria, mas foi o *nós* que chamou sua atenção, e talvez o fato de que ele estava tão perto de mim, com a mão protetora ainda em meu ombro.

— Ah — disse ela, observando-o com um olhar de aprovação. Notei que ela analisava suas pernas compridas e bronzeadas, expostas, evidentemente, por sua habitual bermuda cargo baixa, e a barriga reta e com pelos claros, já que sua camisa de linho estava, como sempre, abotoada até a metade devido ao calor. — E você quem é?

— Mãe, esse é meu, humm... amigo Drew Hartwell. — Eu tinha me recuperado o suficiente para me levantar da poltrona fofa e fazer as apresentações. — Drew, essa é a minha mãe, a juíza Justine Beckham.

— É um prazer. — Drew se inclinou para a frente para apertar a mão da minha pequena mãe de macacão de voo.

— O prazer é meu. — Os olhos azuis da minha mãe analisaram todas as partes de Drew que ela não tinha conseguido ver de mais longe. — Você é um amigo especial da minha filha?

— Mãe. — Como ela ainda tinha a capacidade de me fazer morrer de vergonha depois de tantos anos?

Porém Drew levou o comentário, como sempre, na esportiva.

— Ora, sim, eu sou. — Abrindo aquele sorriso irônico irritante e adorável, ele apoiou um braço sobre meus ombros, depois me posicionou de forma que eu encarasse minhas mães. — Estou muito feliz por conhecer as duas, porque as senhoras parecem ser muito especiais pra Bree, e, recentemente, a Bree se tornou muito especial pra mim.

Olhei para cima. Ai, meu Deus. Por favor, faz isso parar.

A Dra. Svenson assentiu calmamente com a cabeça para Drew, ainda fazendo carinho em Gary.

— É um prazer conhecer você.

Minha mãe, por outro lado, mal conseguia se controlar.

— Bom, mas que ótimo, Drew. Sabe, faz tempo que a Sabrina não tem um amigo especial, e, pra ser sincera, nós estávamos um pouco preocupados com ela, né, Steen? Steen!

Steen desviou o olhar do telefone via satélite, no qual mandava uma mensagem.

— O quê?

— Esse é Steen Frederickson, o *meu* amigo especial — disse minha mãe, esticando a mão na direção de Steen, que obedientemente atravessou a sala para segurá-la, apesar de não tirar os olhos do telefone. — Você não se importa, né, Sabrina? Tenho me sentido tão sozinha sem o papai, e o Steen sempre foi tão bom pra nós.

Sorri. Eu estava surpresa por minha mãe ter demorado tanto para encontrar um "amigo especial". Ela nunca tinha sido o tipo de pessoa que gostava de ficar sozinha com os próprios pensamentos. Eu estava bem feliz por ela ter escolhido alguém tão estável e prático quanto Steen.

— Não — falei, me esticando para segurar a mão dela. — Estou feliz por vocês dois.

— Puxa! — A Sra. Hartwell, que estava parada em um canto, assistindo ao meu pequeno drama familiar se desdobrando como se fosse um episódio de reality show, bateu palmas, toda feliz. — Que coisa maravilhosa. Acho que isso merece uma comemoração!

Drew apertou meus ombros.

— Com certeza! Que tal uma tequila?

Fiz uma careta e dei uma cotovelada nas costelas dele.

— Não seja ridículo, Drew — disse a tia dele. — Eu estava falando do almoço. Meu marido e minha sobrinha estão na nossa cafeteria, servindo comida de graça pra praticamente a ilha toda, e outros restaurantes resolveram doar comida com a gente, antes que tudo estragasse. Alguém quer ir pra lá comigo, pra gente comer? Já limparam nossa rua, então posso dar uma carona pra todo mundo na minivan.

Olhei para minha mãe para ver sua reação, já que ela nunca tinha entrado em uma minivan na vida.

— Ah, adorei a ideia — disse ela. — Nós vamos, né, Steen?

— Estou morrendo de fome — respondeu Steen, finalmente guardando o telefone. — Eu topo.

— Também vou. — A Dra. Svenson empurrou Gary com delicadeza de seu colo, apesar de ele protestar bem alto, e se levantou. — Se tiver opções vegetarianas.

— Tem — garanti.

— Muito bem. — A Sra. Hartwell abriu um sorriso radiante. — Então vamos! Só vou buscar a minha bolsa.

Ela voltou apressada para a cozinha, enquanto Drew pegava minha mão e me puxava para o corredor.

— O que foi? — perguntei, quando ele me pressionou contra a parede, onde os outros não conseguiam nos ver.

— Nada. — Ele afastou alguns fios de cabelo soltos do meu rosto, então se inclinou para me beijar. Como sempre, parecia que fogos de artifício disparavam dentro de mim. — É só que eu entendi agora.

— Entendeu o quê? — Passei os braços ao redor de seu pescoço e fiquei na ponta dos pés para lhe dar outro beijo.

— Por que você é desse jeito. Completamente maluca.

— Obrigada pelo elogio. Qual é a explicação pro seu jeito?

— Você quer dizer tão bom, doce e bonito?

— Eu quis dizer um doido varrido.

— Ah, eu bati muito com a cabeça quando era pequeno.

— Sei — falei, adorando a sensação de seu corpo rijo e comprido pressionado contra o meu na parede. — Dá pra perceber.

— Depois do almoço, e quando a gente terminar de dar comida pra todos os bichos, posso te levar pra minha casa e me atracar com você de novo?

— Esse era o meu plano.

— E as suas mães?

— Não convida elas.

— Ah, tudo bem. — Ele me beijou de novo, depois mordiscou meu lábio inferior. — Eu estava torcendo pra você dizer isso.

Alguém tossiu no corredor, e nós dois viramos a cabeça e demos de cara com minhas duas mães, Steen e a tia de Drew nos encarando.

— Humm — disse a Sra. Hartwell. — Estamos esperando vocês.

Eu e Drew começamos a rir.

EPÍLOGO

Quatro meses depois

Hora: 20h22
Temperatura: 22°C
Velocidade do vento: 8km/h
Rajadas: 0km/h
Chuva: 0mm

O Sereia estava iluminado para as festas de fim de ano.

Luzes de Natal de todas as cores possíveis haviam sido penduradas não apenas em volta das janelas e das portas, mas por todo o teto, em volta de Barbies sereias e principalmente pela bancada e pela janela da cozinha.

O lugar estava lotado, apesar de ser apenas noite de quinta... mas era a noite de quinta antes do Natal, e Little Bridge estava saturada de turistas loucos para escapar do frio do inverno do norte. O conselho de turismo da cidade tinha feito hora extra para anunciar o fato de que a ilha estava completamente recuperada do furacão Marilyn e pronta para receber o dinheiro dos visitantes dispostos a passar as férias nas Keys.

E tinha dado certo. Todos os hotéis da ilha estavam lotados Nem no estacionamento de trailers tinha vaga.

E eu estava adorando cada segundo.

— Como estão indo as coisas? — perguntou Drew quando passei correndo pelo seu banco em frente ao balcão pela terceira vez em pouquíssimo tempo.

— Humm... meio esquisitas. Acabei de vender outro.

Ele levantou sua cerveja.

— Por que isso é esquisito? Não sou do tipo que gosta de falar eu bem que avisei...

— Tirando que você é.

— ... mas eu bem que avisei. Você devia ter cobrado mais caro.

Desabei no banco ao seu lado — que só estava vazio por ele o estar guardando. Caso contrário, alguém poderia se sentar ali a qualquer segundo, de tão cheia que a cafeteria estava de clientes felizes.

A única razão para eu estar sentada no Sereia sem Ed estar gritando comigo era porque eu não estava trabalhando.

Ah, eu não abri mão do turno do café da manhã. Eu e Angela continuávamos nos matando de trabalhar de terça a sábado, das seis da manhã às duas da tarde — as férias escolares tinham acabado, e Nevaeh havia se juntado aos colegas do segundo ano na escola. Eu só a via quando visitava os Hartwell ou quando ela ajudava na cafeteria de vez em quando.

Hoje, eu não estava no Sereia a trabalho, e sim porque era uma ocasião especial — era a primeira exposição de arte local. E as obras eram minhas.

E estavam à venda.

Talvez tenha sido rápido demais. Drew tinha razão, eu tinha cobrado muito pouco. Como elas eram pequenas e, portanto, como ele havia sugerido, fáceis de levar para casa na mala de mão, além de exibir exatamente aquilo de que turistas — e, sejamos sinceros, todos nós — gostavam tanto em Little Bridge, o lindo mar azul amplo e o céu repleto de nuvens coloridas, os quadros vendiam feito água.

Com certeza isso estava fazendo bem para o meu ego.

Mas também confirmava algo que minha mãe doadora me disse — a gente se falava por e-mail de vez em quando. Não muito, já que ela não fazia o tipo maternal, como havia me dito. Ela era apenas uma boa amiga, que sabia muito sobre coisas que me interessavam, tipo metade do meu histórico genético, animais e arte:

"Encontre alguma coisa que você ame fazer", ela me aconselhara, "e faça essa atividade sempre que puder... Esse é o significado da vida. Eu também adoro pintar, mas não iria querer ganhar a vida assim. Acho que isso acabaria com o meu amor pela pintura. Mas, se essa parecer uma boa ideia para você, tente."

Agora alguém me dizia isso.

Não que eu não fosse grata pela minha mãe. A gente se falava por telefone quase todos os dias. Na verdade, os planos dela eram estar ali para minha primeira exposição em uma "galeria", mas o avião dela não tinha conseguido decolar por causa de uma ventania em Nova York.

Por dentro, fiquei um pouquinho feliz. Eu já tinha muito com o que me preocupar sem precisar fazer sala pra juíza Justine durante um feriadão.

— Sete. — Levantei os dedos para mostrar a Drew quantos quadros tinha vendido. — Sete já foram embora, e ainda não são nem oito horas.

— Viu? — Ele sorriu de felicidade por mim. — Você não está feliz por ter guardado alguns? Aposto que, se você levasse os outros pra uma galeria de verdade, ganharia ainda mais...

Balancei a mão para silenciá-lo.

— Quieto. Não quero que isso vire uma carreira por enquanto. Só estou me divertindo.

— Quando é que a gente não se diverte?

Isso era verdade. Desde a manhã depois da tempestade, eu só me divertia com Drew Hartwell — com a breve exceção do incidente com Kyle e Caleb.

Porém não tivemos problemas com aquilo. Nunca mais tive notícia de nenhum dos dois, e não esperava ter. Eu tinha uma vida nova agora, e desejava que eles tivessem sorte nas suas...

A menos que estivessem atormentando outra pessoa. Nesse caso, talvez eu precisasse tomar uma atitude.

— Mas você acha que as pessoas estão comprando os quadros porque são bons? — perguntei. — Ou porque eu sou a garota que salvou os animais de quase todo mundo depois do furacão, e elas querem mostrar que ficaram gratas?

Drew revirou os olhos.

— Bree, olha ao redor. Metade das pessoas aqui não mora em Little Bridge, nem sabe quem você é. Elas estão comprando os quadros porque eles são bons.

— Sei lá. — Mordi meu lábio inferior. — Quer dizer, não faz diferença. Mas seria muito legal se as pessoas estivessem comprando porque acham que...

— Amiga! — Daniella surgiu aparentemente do nada e enroscou os braços no meu pescoço. Ela usava um par de chifres de rena com pisca-pisca, uma jaqueta bomber de lantejoulas e meias arrastão embaixo de um vestido verde curto. — Você é muito maravilhosa! Os quadros ficaram ótimos! Estou morrendo de saudade da sua cara idiota!

— Valeu — falei, tentando me soltar de sua gravata. — Também estou morrendo de saudade da sua cara idiota. Mas você parece saber onde me encontrar.

— É. Tudo bem. — Ela abriu um sorriso fraco para Drew. Talvez ela tivesse tomado mais Moscow Mules do Sereia, o drinque especial de fim de ano da cafeteria, do que deveria. — Eu também gosto da sua cara idiota. — Daniella direcionou essa declaração para Drew. — Então você pode ficar com ela. E com o Gary.

— Prometo cuidar bem dos dois — jurou Drew, sério, erguendo a cerveja em um juramento solene.

— Acho bom. — Daniella viu alguma coisa atrás de mim e apontou. — Mas ela! Eu amo a cara idiota *dela*!

— Espero que sim. — Angela se aproximou, segurando um Bloody Sereia. — Bree, já viu como os seus quadros estão vendendo? Daqui a pouco você vai ficar famosa e largar a gente pra voltar pra Nova York e virar uma celebridade, não vai?

Olhei para Drew e sorri.

— Humm... duvido muito. Mas obrigada pela ideia. Como vai o meu apartamento?

Angela sorriu.

— É meu apartamento agora, muito obrigada. E com certeza é melhor do que ficar com a minha mãe. Mas, realmente, morar com essa aqui é animado. Como vão as coisas, Daniella?

— Sensacionais. — Daniella olhou para o copo de água que Ed havia lhe passado por cima do balcão sem dizer nada. — O que é isso? — Ela tomou um gole da água. — Ahh! Que refrescante.

— Sua safadinha.

Ergui o olhar e dei de cara com Patrick e Bill na minha frente, usando suéteres de Natal que não combinavam.

— Por que você nunca contou pra gente — quis saber Patrick — que é uma artista com treinamento clássico?

— Humm... eu não diria que tenho treinamento clássico...

— Mesmo assim — disse Patrick —, compramos um dos seus quadros. *Pôr do sol em Sandy Point*, acredito que seja esse o nome.

Olhei rápido para Drew e vi que ele sorria.

— Boa escolha — falei. — É um dos meus favoritos.

— Sim, achei que era o melhor de todos. Vamos pendurar em cima da televisão. Assim, quando a gente cansar de assistir ao jornal ou a qualquer outra coisa horrorosa que estiver passando, só precisamos olhar pra cima pra ficarmos instantaneamente calmos.

— Adorei a ideia — falei.

— E toda vez que olharmos pra ele — disse Bill —, vamos lembrar de você. Como está o nosso amigo felino favorito na casa nova?

— Muito bem, na verdade.

Não consegui evitar um sorriso. Gary tinha praticamente dominado a casa de Drew. Seus muitos anos morando no abrigo tinham lhe dado muita experiência em manter outros animais na linha, incluindo cachorros, porque ele não demonstrou medo dos Bobs nenhuma vez, nem nos primeiros dias. Em vez disso, rapidamente se comportou como o novo alfa, dando uma patada no focinho de qualquer cachorro que o desrespeitasse. Ele era o único que dormia na cama dos humanos à noite, mas permitia que os cachorros se sentassem no sofá com a gente.

Por outro lado, não se interessava nem um pouco pela praia. O deque era seu território, onde eu cultivava grama em um vaso para ele — uma sugestão do abrigo, onde eu agora trabalhava como voluntária vários dias por semana —, já que ele gostava tanto de mastigar e rolar na grama embaixo da querida e falecida árvore de jasmim-manga.

— Vocês precisam visitar a gente com o Brandon Walsh e as meninas qualquer dia desses — falei. — O Gary ia ficar tão feliz.

Patrick arfou.

— A gente adoraria!

Então eles foram engolidos pela multidão de pessoas que vinha me parabenizar pela exposição, que terminou com todos os quadros vendidos. Enquanto eu e Drew andávamos pelo cais festivamente iluminado até a picape para voltarmos para casa, ele se esticou para segurar minha mão.

— Feliz?

— Aham!

— Mas?

— Não tem mas.

— Então por que esse silêncio? Você não está mais com medo das pessoas só terem gostado dos quadros por você ter salvado os animais, né?

— Não. — Olhei para a marina, onde várias pessoas tinham decorado seus barcos com pisca-piscas, transformando mastros em anjos iluminados ou pinheiros de Natal. — É só que... Eu queria que meu pai ainda estivesse vivo pra ver isso. E pra conhecer você.

Drew parou de andar e se virou para me encarar, com uma expressão carinhosa.

— Eu estava pensando a mesma coisa sobre os meus pais e você.

Nós olhamos um para o outro sob os pisca-piscas enquanto a água batia gentilmente no muro do cais.

— Não me julga — falei, olhando para seu rosto bonito —, mas, às vezes, eu sinto que meu pai está vendo. É esquisito?

Drew esticou os braços e me puxou para perto dele.

— Não — disse ele. — Não é nem um pouco esquisito.

AGRADECIMENTOS

Sou muito grata a muita gente que ajudou na criação deste livro. Tenho certeza de que vou me esquecer de alguém (se for o caso, desculpe!), mas aqui vão algumas pessoas que fizeram muito além do esperado:

Minhas amigas Beth Ader, Jennifer Brown, Gwen Esbenson, Michele Jaffe e Rachel Vail. Devo muito a vocês.

Todas as pessoas maravilhosas na minha editora de longa data, a HarperCollins, mas especialmente minha editora, Carrie Feron; a diretora de publicidade Pamela Jaffee; e bem-vinda à equipe, Asanté Simons.

Minha agente e amiga de muitos anos, Laura Langlie.

Minha equipe de apoio de mídia, sem a qual eu estaria perdida: obrigada, Janey Lee, Heidi Shon e Nancy Bender.

Brittany Davis, residente de Key West, que corajosamente resgatou dezenas de animais depois do furacão Irma.

E, é claro, meu marido Benjamin Egnatz, com quem eu fugiria (ou ficaria em casa) em qualquer ocasião!

LANCHES PARA SOBREVIVER A UM FURACÃO

Está se preparando para um furacão? Primeiro, siga todas as instruções das autoridades locais, incluindo ordens para evacuar a região!

Mas mesmo que você esteja apenas se preparando para passar uma noite tranquila em casa, não se esqueça dos lanches! A única parte boa dos furacões é o senso de comunidade que eles trazem. Os melhores lanches que já comi vieram da geladeira de outras pessoas (que precisávamos comer rápido, antes de estragar), abrigada com amigos e vizinhos. Isso inclui a carne assada defumada caseira, a cauda de lagosta grelhada e uma variedade de queijos, batatas fritas e molhos dos meus vizinhos.

O restante veio da minha casa, receitas simples feitas com amor, por pessoas que amamos, durante um momento de crise, incluindo algumas das receitas que Drew e Bree provaram durante o furacão Marilyn em *Sem julgamentos.*

MOLHO DO FURACÃO

A primeira vez que provei esse molho foi na festa de uma amiga para assistir ao Kentucky Derby, então ele é oficialmente conhecido como o "molho Kentucky" entre meus entes queridos, mas, agora, é preparado sempre que uma tempestade passa (se a gente o fizesse com mais frequência, nossos cardiologistas reclamariam).

225 gramas de maionese (de preferência Hellmann's)
225 gramas de cream cheese
225 gramas de sour cream
Molho barbecue defumado (de preferência, Kraft) a gosto

1. Bata a maionese, o cream cheese e o sour cream até a mistura ficar lisa (uma batedeira portátil facilita).
2. Acrescente o barbecue.
3. Mexa até alcançar um tom laranja/bege claro (desculpe não ser mais precisa, é uma receita caseira).
4. Coloque na geladeira, de preferência durante a noite. Sirva com batatas fritas ou torradas, ou passe em um sanduíche!

BOLO PUDIM DE LIMÃO

Esse bolo pudim de limão é uma receita antiga da família do meu marido e é perfeita para furacões, porque fica molhadinha e não precisa ser guardada na geladeira. É um prato fácil e pode ser feito em todas as ocasiões, não apenas durante desastres naturais.

1 mistura pronta para bolo branco (pode ser sem glúten)
1 mistura pronta para flã de limão
2 xícaras de açúcar de confeiteiro
4 ovos
3/4 de xícara de água
3/4 de xícara de óleo vegetal
1/3 de xícara de suco de limão (pode ser substituído por 1/3 de xícara de suco de laranja concentrado)
3 colheres de chá de manteiga (opcional)

1. Aqueça o forno a 180°C.
2. Bata a mistura para bolo e a do flã junto com os ovos até o creme ficar liso.
3. Acrescente a água e o óleo, e misture bem.
4. Coloque em uma forma de pudim ou uma forma de bolo de 22×33 centímetros.
5. Asse por 45 a 50 minutos, ou até um palito sair limpo depois que você o espetar no bolo.
6. Desenforme e deixe esfriar sobre uma grade.

7. Enquanto o bolo esfria, misture 1/3 de xícara de suco de limão fresco (pode ser substituído por 1/3 de xícara de suco de laranja concentrado) e 2 xícaras de açúcar de confeiteiro para fazer a cobertura (3 colheres de sopa de manteiga podem ser adicionadas se preferir o glacê à cobertura).
8. Faça furos pequenos a médios no bolo quente com um garfo ou um palito antes de jogar a cobertura. Pule esta etapa se preferir o glacê.
9. Jogue a cobertura ou o glacê sobre o bolo.
10. Deixe descansar por duas horas ou durante a noite.

Aproveite!

E lembre-se: espere pelo melhor, prepare-se para o pior!

Este livro foi composto na tipografia Berling LT Std,
em corpo 11,5/15,3, e impresso em papel off-white
no Sistema Cameron da Divisão Gráfica
da Distribuidora Record.